KB202241

한국문학의 이해

한국문학의 이해

김흥규

민음사

머리말

이 책은 가능한 한 넓은 범위의 독자들에게 우리문학의 전체적 윤곽을 소개하기 위한 入門的 略圖이다.

우리문학 연구는 1960년대 말 이래 최근까지 급속한 진전을 이룩해 왔다. 그러나 대다수의 국문학개론류 서적들은 그간의 성과와 문제의식을 충분히 포용하지 못한 상태에 머물러 있다. 바로 이 점이 저자로 하여금 새로운 종합을 구상하도록 한 가장 큰 동기이다. 아울러, 우리문학 전반의 균형된 概觀을 추구하되, 딱딱하고 메마른 교과서적 서술의 틀을 넘어서 부분과 전체를, 과거적 사실과 현재적 의미를, 옛 시대의 문학과 오늘날의 문학을, 밝혀진 것과 밝혀져야 할 것을, 그리고 言語體로서의 문학과 그 바탕에 놓인 人間·社會를 함께 생각하는 책이 필요하다는 점도 또 하나의 계기로 작용했다. 이러한 의욕에도 불구하고 저자의 손을 떠난 마지막 원고는 처음의 구상에 훨씬 못 미치는 것이 되고 말았으나, 그 미흡함에 대한 비판을 통해서도 우리문학의 심층적 이해를 위한 모색의 地平이 넓혀질 수 있다면 다행이겠다.

그동안 이루어진 수많은 연구성과에 힘입었으면서도 이 책에는 참조사항과 그 출처를 밝히는 註가 없는데, 그것은 概說書類에서 허용될 수 있는 편의상의 이유 때문이다. 참고한 사항 및 관련 저서 논문을 자세히 밝히자면 아마도 본문 원고의 1/3쯤에 달하는 脚註가 첨부되어야 했을 것이다. 그렇게 한다는 것은 이 책의 목적에 비추어 보건대 독자들에게 부질없이 난삽한 重壓을 강요하는 것으로 생각되었다. 이를 피하는 대신 부록으로 덧붙인 참고문헌이 저자의 빚진 바를 대강이나마 밝힘과 동시에, 독자들에게는 보다 진전된 탐구에의 지침으로 활용되기를 기대한다.

끝으로, 이 책의 출간을 기대하고 격려해 주신 여러 同學들과 민음사 가족들께 감사를 드린다. 결국 이 책은 나의 책이면서 나의 책이 아닌 셈이다.

1986년 3월 北窟里에서 金興圭

韓國文學의 理解 · 차례

1 우리는 왜 韓國文學을 이야기하는가

우리는 왜 한국문학을 읽고, 이야기하며, 연구하는가?

물음을 던지고 받는 이가 모두 이 땅에 살고 있는 한국인인 한 이 질문은 무의미한 것처럼 보인다. 그렇다. 이 물음은 무의미하다. 우리가 의식하든 않든 한국문학이 과거로부터 오늘날까지 이어져 온 우리 삶의 한 부분으로 있는 것이라면, 그것을 읽고 이야기하며 정밀하게 이해한다는 일은 굳이 까닭을 묻기 이전에 하나의 주체적 필연성으로 우리에게 부과되는 과업이다.

그러나, 오늘의 시대를 사는 한국인으로서 우리는 이 자연스러운 대답이 그 원칙적 타당성만큼 자명하게 받아들여지는지 확신하기 어려운 때가 더러 있음을 느낀다. 단적으로 말하여 우리는 다음과 같은 종류의 물음에 명시적으로나 묵시적으로 마주치는 경우를 상정해 볼 수 있다.

우리는 왜 굳이 〈韓國〉문학을 중요한 관심사로 삼는가? 그것은 수많은 개별문학 중에서 어떤 하나를 이해하는 것과 대등한 선택의 평면 위에 놓인 한 가지 일인가, 혹은 각별한 의의를 지니는 과제인가?

우리는 왜 굳이 한국〈文學〉에 깊은 관심을 가지는가? 문학은 많은 부분이 상상적 체험과 정서적 감응력에 의존하는데, 그렇다면 우리에게 더 긴절한 요청은 객관적 실체로서의 역사와 그 이념, 사상에 대한 이해에 우선적인 관심을 기울이는 일이 아닌가? 격심한 모순과 갈등으로 이어진 우리의 과거를 해석하고 현재를 조명하는 데 있어서 문학

을 읽고 논하는 일은 역사학, 사회학, 정치학 등의 다른 인문·사회과
학만큼의 값이 있는가?

한국문학의 전체적 윤곽을 살피고자 발걸음을 떼어 놓으려는 단계
에서 위의 두 가지 물음에 대해 완전한 답을 제시하기란 쉽지 않다.
특히 둘째 물음은 단순한 思辨的 성찰의 과제에 그치지 않고 문학을
읽고 논하는 우리의 실천에 의하여 그 답이 완성될 수 있는 성질의
것이다. 하지만, 이와 같은 제약에도 불구하고 위의 물음들에 대한
적극적 응답의 전망이 서지 않으면 한국문학의 온당한 이해를 위한
시야가 명료하게 설정되기 어렵다. 무엇을 이해한다는 행위는 언제나
주체의 위치와 시각에 관한 자각적 인식을 필요로 한다.

이 땅의 역사와 문화의 아들인 한국인이 한국문학을 진지한 관심사
로 삼는다는 것은 대등한 평면에 병렬되어 있는 여러 문학 중에서 어
떤 일부에 흥미를 느끼는 일과는 원천적으로 구별된다. 논리상으로
가정한 초월적 시각에서 본다면 한국문학은 물론 중국문학, 일본문
학, 영문학, 불란서문학, 칠레문학…… 등과 마찬가지로 지구상에 존
재하는 수많은 個別文學의 하나일 따름이다. 이들은 모두 문학이라는
커다란 덩어리의 한 부분이자 分身이므로 사람들은 그 어느 것을 통해
서도 문학의 일반적 이해에로 나아갈 수 있다. 그러나 모든 사람은
추상적인 일반개념으로서의 〈사람〉으로 존재하지 않고 일정한 언어,
역사, 문화에 의한 집단 속의 〈나〉와 〈우리〉로 존재한다. 이것은 곧
우리가 특정한 문학적 환경 속에서 이 세상과 대면하며 모국어를 통해
자신의 체험, 생각, 감정과 세계의 形象을 그려내도록 조건지어짐을
뜻한다.

어느 누구도 피할 수 없는 이 제약은 일종의 감옥처럼 보인다. 어머
니의 속삭임과 자장가, 할머니의 옛이야기, 마을의 전설과 민요, 종교
적 세계관의 원형을 내포한 神話와 經典, 욕설, 隱語, 禁忌語, 속담,
커 가면서 얻는 갖가지 사회·문화적 체험, 예로부터 지금까지의 갖가
지 古典과 숱한 작품들, 문학·예술에 관한 이런저런 설명과 다툼……
이런 수많은 것들이 사람으로 하여금 특정한 모국어 문학의 상속자가
되게 하며, 그를 그 속에 얽어 넣는다. 우리가 외국의 언어와 문학을
힘써 알고자 하는 것은 바로 이러한 〈갇혀 있음〉의 편견이나 무지를
넘어서 더 넓은 안목으로 세계를 보고 스스로를 올바르게 인식하기 위

합이다. 그런 뜻에서 외국문학을 다양하게, 깊이 이해하는 일의 중요성은 거듭 강조해도 지나치지 않다.

그러나 他者를 앎으로써 나의 한정된 세계를 확장한다는 것은 내가 나의 근거로부터 떠나 타자의 영역에로 移住해 가는 것과는 확연히 구별된다. 너무나도 자명한 말이지만 타자를 향해 개방되고 확장되기 위해서는 그렇게 할 나와 내 세계가 있어야 하며, 이에 대한 주체적인 인식이 따르지 않으면 안 된다. 여기서 우리는 위에 말한 모국어 문학이 한갓 감옥이 아니라 그 속에 있는 주체의 주체됨을 떠받치고 다른 여러 문학의 능동적인 이해에로 나아가게 하는 토대이기도 함을 확인하게 된다. 문학 일반의 문제를 심층적으로 탐구하는 데 있어서 각자의 모국어 문학이 가장 근본적인 바탕이자 그 성과를 최종적으로 확인하는 귀착점이 된다는 논리도 이로써 명백하다고 할 것이다. 이것이 우리로 하여금 〈韓國〉문학의 이해를 단순한 선택의 지평 너머에 있는 과제로 받아들이게 하는 까닭이다.

문학을 읽고 논하는 일이 實在로서의 역사와 그 이념, 사상의 탐구에 필적할 만한 것인가라는 물음은 일단 플라톤의 시인추방론이나 墨子의 非樂論과 같은 理性主義的, 실용주의적 시각으로부터의 회의를 머리에 떠올리게 한다. 하지만 위의 물음이 우리에게 좀더 절실한 무게로 다가오는 직접적인 까닭은 우리의 가까운 선조들이 살았던 근대사의 苛烈함과 우리 자신이 살고 있는 이 시대의 현실적 고뇌 때문이다. 길게 말할 것도 없이 우리는 지난 몇 세기 동안의 역사에서 正義의 원리가 너무나도 손쉽게 그리고 자주 부정되는 것을 체험했다. 또한 우리는 현실의 급박한 움직임에 곧바로 대응하지 못하는 모든 가치에 대해 여러 차례 절망하고는 했다. 오늘날의 상황도 이로부터 예외는 아니다. 문제로 가득찬 시대 속에서 그 실제적 효용이 확실치 않아 보이는 문학보다 현실 역사의 얽힘을 파헤치고 사상적 모색의 맥락을 드러내는 일이 좀더 중요하다고 여겨지는 것은 있을 법한 일이다.

그러나, 이 懷疑는 내포한 동기의 진정성에도 불구하고 문학과 인간 모두에 대한 그릇된 이해로부터 출발한 것이기에 그대로 받아들여질 수 없다. 문학은 현실에 실제로 있었거나 있는 특정 사실을 액면 그대로 模寫하지 않는다는 점에서 事實的인 것과 거리를 가지지만, 바로 이 거리를 통해서 낱낱의 사실을 감싸안으며 넘어서는 形象的 認識

에로 나아가는 것이기 때문이다. 廉想涉의 소설 「萬歲前」(原題 「墓地」, 1922)에 등장하는 주인공 이인화나 그의 가족들은 1910년대 말의 우리 사회 어딘가에 있었던 특정 가문의 구성원에 정확히 부합하지 않지만 당대적 삶의 여러 양상이 긴밀하게 통합된 갈등구조를 통하여 오히려 어떤 보고서나 史料보다 절실하게 이 시대의 음울한 현실상과 내면적 고뇌를 드러내고 있다. 그리고 그것은 논리적 사유나 개념으로 포착하기 어려운 삶의 부피를 온전하게 살리면서 추상화되지 않은 진실의 인식에로 나아가는 방법이기도 하다.

이해의 절차가 조금 더 멀고 가까운 차이는 있더라도, 7세기 말의 「慕竹旨郞歌」에 대해서도, 15세기의 『金鰲神話』에 대해서도, 그리고 조선 후기의 「春香傳」이나 『靑邱野談』에 대해서도 우리는 마찬가지 해명의 의의를 말할 수 있다. 문학은 객관적 경험의 영역이나 이 세계와 인간존재에 관한 탐구의 문제를 떠나서 존립하는 것이 아니라, 형상적 체험의 전체성을 통해 그것들에로 나아가는 것이다. 그런 뜻에서 문학을 읽고 논하는 일은 그 자체가 과거와 오늘의 삶에 대한 적극적 인식을 추구하는 한 방식이자, 이 세계에 대해 실천적인 문제를 제기하는 행위로서의 몫을 가진다. 이것이 우리에게 한국〈文學〉의 이해가 다른 영역의 인문·사회적 탐구와 더불어 절실한 과제로 주어지는 이유이다.

2 韓國文學의 領域

韓國文學의 範圍

　한국문학의 전체적 윤곽과 특성을 파악하고자 할 때 무엇보다 앞서
는 과제는 그 시간적·공간적 범위를 획정하는 일이다. 우리는 편의상
〈한국〉문학이라는 포괄적 용어로써 아득한 先史時代 이래 오늘날에
이르기까지의 우리문학 전체를 지칭하고 있지만, 수천 년의 역사 과정
에서 우리 민족이 생활한 공간은 확장과 수축, 분열과 통합의 동적인
변화를 거듭하여 오늘에 이른 것이므로 통시대적 개념으로서의 한국
문학은 이를 적절하게 포괄하지 않으면 안 된다. 이와 아울러 우리는
19세기 이전의 사회·문화적 계층구조에 따라 표현 언어와 전승 방식
을 달리하면서 존재하였던 몇 갈래의 문학, 즉 口碑文學·國文文學·
漢文文學이 어떻게 한국문학의 범위에 포괄되는지, 그리고 이들 영역
의 특성과 상호관계는 어떠한지에 대하여도 기본적인 이해를 갖출 필
요가 있다.
　위의 두 가지 중 첫번째 과제에 대하여는 심각한 논쟁의 여지가 없
다. 삼국시대 초기 이전의 우리문학을 획정하는 지리적·문화적 경계
라든가 해외에 사는 韓人들의 문학을 어떻게 보는가 등의 문제가 남기
는 하나, 한국문학은 기본적으로 〈한민족이 각 시대의 역사적 생활공
간에서 이루어 온 문학의 총체〉라고 규정할 수 있기 때문이다. 인종·
언어·문화상으로 다양한 종족들이 혼합된 多民族國家의 경우와 달리
한국문학사의 흐름은 곧 민족사의 전개 과정과 일치한다. 선사시대로

부터 고대국가 성립기까지에 해당하는 우리문학의 초기 단계는 중앙아시아로부터 여러 차례에 걸쳐 東進, 南下하여 한반도 및 만주 일대에 정착한 제 부족이 통합되면서 점차 종족문학으로부터 민족문학에로 나아간 형성기라 할 수 있으며,* 그 이후의 한국문학은 高句麗·百濟·新羅의 삼국시대를 거쳐, 신라·渤海가 병립한 남북국시대, 高麗시대, 朝鮮시대, 현대의 역사공간에 터를 두고 전개되었다. 각 시대마다 많든 적든 존재하였고 또 지금도 찾아볼 수 있는 재외 韓族 및 한인들의 문학은 문학의 영역이 단순한 지리적 개념이 아니라 문화적 개념이라는 점에서 이 또한 한국문학의 주변적 부분으로 포괄하여 마땅하다.

이에 비하여, 표현 언어와 전승 방식에 따라 구별되는 문학영역을 우리문학의 전체 범위 속에 어떻게 수용할 것인가는 단순치 않은 문화사적 검토를 필요로 한다. 구비문학·국문문학·한문문학이라는 세 가지 존재 양태 가운데서 구비문학과 한문문학이 그 논의의 대상이 된다.

口碑文學

이 중에서 구비문학은 그것이 한국문학의 일부분이라는 사실이 자명함에도 불구하고 구비전승이라는 존재 방식이 문학으로서의 요건과 상치되지 않는가라는 이의에 간혹 부딪친 적이 있다. 이러한 입장을 지닌 논자들은 〈文學〉 및 "literature"라는 말이 어원적으로 〈문자〉 또는 〈문자로 기록된 것〉이라는 의미를 가졌다는 점을 강조하면서 기록성을 문학의 본질적 조건으로 보아 구비문학을 문학의 범위(또는 중심영역)에서 제외하려 했다. 이에 의하면 한민족의 생활사에서 형성·전승된 일체의 口碑物은 비록 문학과 관련이 있으되 아직 문학의 고유한 영역에 들어오지 못한 〈문학 이전의 言語體〉이거나 準文學일 따름이라 한다. 문학을 〈기록된 언어예술품〉으로 규정하는 것이 어느 시대에도 통용될 수 있는 보편타당성을 가진다면 구비문학은 확실히 문학이 아니며, 〈口碑 oral〉라는 말과 〈문학 literature〉이라는 말은 함께 연결될 수 없는 모순개념임이 분명하다.

그러나, 이러한 관점은 매우 편협하고도 그릇된 것이다. 음성언어와 문자언어가 모두 언어이듯이 문학은 기록되든 않든간에 언어를 매개

---

* 여기에서 말하는 민족문학이란 물론 중세적 신분질서의 재편성과 더불어 대두하는 근대적 민족문학과는 구별해야 할 〈始源的 民族文學〉이다.

로 한 예술로서 성립하며, 바로 그런 까닭으로 해서 언어적 존재인
인류의 오랜 생활사 동안 지속적으로 이어져 왔다. 만약 기록문학만을
문학이라고 한다면 문자문명 이전의 인류에게는 문학이 없었다고 할
것이며, 문자의 발달 이후에도 이를 능숙하게 쓸 만한 여유를 누리지
못했던 고대·중세 사회의 대다수 하층민들이나 아직 문자를 지니지
못한 여러 종족들 역시 문학의 세계에 들어가 본 적이 없다고 해야
마땅할 것이다. 두말할 필요도 없이 이러한 주장은 문학이 사람의 보
편적 욕구와 필요에 근거한 예술임을 부정하는 오류에 직면하게 된다.
그것은 인류 역사의 초기 단계에서부터 구비전승에 힘입어 발전해온
문학사의 광대한 영역과 유산을 부당하게 축소하여 버리는 현재 중심
주의의 편견에 지나지 않는다.

　물론 우리는 문학의 전승 방식이 그 성격과 작용에 중대한 차이를
일으킨다는 점을 소홀히 할 수 없다. 구비문학과 기록문학의 차이는
기록성 여부라는 외형상의 문제에 그치지 않고 문학행위 전체의 양상
에 커다란 변이를 초래한다. 아울러, 구비문학은 전승 방식의 속성으
로 인해 역사적 실체를 온전히 파악하기 어려우며, 우리가 손에 쥘 수
있는 것이란 옛 문헌에 여기저기 化石化되어 흐트러져 있는 자료 혹은
오랜 시간을 거쳐 오늘날까지 잔존한 이야기와 노래들일 따름이라는
것도 사실이다. 그러나, 이러한 이유로 해서 구비문학이 진지한 문학
일 수 없다든가, 기록문학 이해의 보조적 자료 정도로 취급되어 족하
다고 말할 수는 없다. 뒤에서 더 논하겠지만, 구비문학은 우리문학뿐
아니라 모든 문학의 역사적 전체상을 온전하게 해명하는 데 필수적
인 의의를 가지는 중요한 영역이다.

漢文文學 排除論의 문제

　한문문학의 경우에는 한문이라는 표현수단으로 인하여 그 문화적
귀속의 문제가 심각하게 거듭 논의되었다. 이에 관한 여러 견해 가운
데서 한문문학의 한국문학 귀속을 부인하는 논자들은 한문이 중국에서
온 글이라는 점을 결정적인 논거로 삼았다. 즉, 〈한국문학이란 한국인
의 사상·감정·경험을 한국어로서 표현한 문학〉인 바, 중국으로부터
온 글과 양식에 의하여 이루어진 문학을 우리문학으로 간주할 수는 없
다는 것이다. 이와 같은 견해는 일찌기 1910년대부터 형성되어 1920

'년대 말 무렵에 뚜렷하게 定式化되고(李光洙, 「朝鮮文學의 槪念」, 1929),
1950년대까지의 우리문학 인식에 커다란 영향력을 발휘하였다.

이러한 관점의 타당성 여부를 따지기 이전에 우리는 그 시대적 배경
과 동기를 일단 긍정적으로 이해할 수 있다. 그것은 조선 왕조의 지
배 질서와 긴밀하게 맺어져 있던 漢學과 儒家的 이념이 19세기 말, 20
세기 초의 시대적 격류 앞에서 대응의 길을 찾지 못하고 무력하게 붕
괴되고 만 데 대한 비판적 의식의 소산이다. 아울러, 식민지화의 질곡
속에서 스스로의 문화적 自傳과 개별성을 확인하고자 하는 의식은 국
어문학만이 진정한 우리문학으로서의 자격을 가진다는 대전제를 절실
하게 요구하였다. 한문으로 된 문학이 더 고상하고 진지한 문학이라는
낡은 통념은 이와 같은 역사적 전환에 의해 타파되고 우리문학의 참
다운 실체는 국문문학이어야 한다는 명제가 당연한 것으로 정립되었다.

그러나 이와 같은 역사적 의의를 인정하더라도 우리의 문화와 문학
사를 전체적으로 파악하고자 하는 입장에서 볼 때 한문문학을 한국문
학의 영역으로부터 배제하는 것은 지나치게 편협한 名分主義的 태도
이다. 문학에 있어서 언어의 문제가 제1의적인 중요성을 가진다고 해
도 그것은 각 시대에 있어서의 문화적 조건과 관련하여 파악되어야 하
며, 또한 한문은 일부 극단론자들이 말하듯이 단순히 〈중국글〉이 아
니기 때문이다.

여기서 우리는 19세기까지의 동아시아 세계, 즉 한문문화권에서 한
문이 차지하였던 바 普遍文語로서의 위치를 잠시 살펴볼 필요가 있다.
한문은 물론 중국에서 나온 것이지만, 살아 있는 생활언어로서의 중국
어에 곧바로 대응하는 것은 아니다. 〈漢文〉이라는 말 자체가 시사하듯
이 그것은 先秦시대로부터 漢代까지의 기간에 문장언어로서의 전형이
성립된 古典文言文이다. 그런 점에서 한문은 중세 유럽의 라틴어나 아
랍문화권의 고전아랍어와 동일한 성격을 가지는 보편문어의 일종이다.

이처럼 일찌기 중국의 생활언어와 분리된 고전문어로서의 한문은
우리나라와 일본·베트남 등에로 전파되어 개별 민족어와 공존하면서
해당 사회 상층부의 문화 속에 정착하였다. 이 중에서도 우리나라는 고
려 초에서 조선조 말에 이르기까지의 文治主義的 기풍과 관료제에 따
라 지배계급—지식층이 특히 한문에 능숙하여, 역사 서술 및 행정은
물론 개인적 기록과 문학행위를 이로써 영위하였다. 이와 같은 현상은

베트남과 일본에서도 비슷하였으며, 단지 사회구조적 양상에 따른 정도의 차이가 있을 따름이다. 그 결과로 이루어진 한문문학은 이들 각 민족이 한문이라는 보편문어를 통하여 한편으로서는 동아시아 문화권의 문화적 자산을 흡수하면서 한편으로는 각자의 경험과 사고를 표현한 것으로서, 단순히 그 문자체계의 근원만을 기준으로 삼아 他者의 것이라고 배제할 수는 없다. 보편문어로 된 문학이라는 점에서 비슷하달 수 있는 유럽 각국의 라틴어 문학에 비하여 동아시아 제민족의 한문문학은 세속적·개인적인 성향이 훨씬 강하였던 까닭에 민족적 개별성을 더 풍부하게 발전시켰다는 점도 여기에 참고할 만하다.

장황하게 논할 필요도 없는 사실이지만, 유럽에서는 각국의 라틴어 문학을 로마 문학이나 이탈리아 문학에 귀속시켜야 한다고는 보지 않는다. 라틴어로 씌어졌다 해도 그것이 자국인에 의하여 자국의 역사적 경험과 문화의 일부를 형성한 것인 한 타자의 것이라 제외되어야 할 이유가 없기 때문이다. 그들과 우리가 다른 점은 로마 제국의 영광이 이미 사라져서 오늘의 이탈리아와 동일시될 수 없는 데 비해 중국은 동아시아 지역에 커다란 세력으로 현존한다는 사실일 것이다. 바로 이 때문에 우리는 근대 이전의 한문문화를 이 지역의 보편문화라는 시각에서 보기보다 현재의 문화적·정치적 국경에 결부시켜 이해하는 방향으로 이끌리기 쉽다. 그러나 근대 국민국가 형성 이전의 문화적 사실을 그 이후의 지리적 경계에 의해 일률적으로 구획하는 것은 온당한 논법이 아니다.

한문문학을 일률적으로 한국문학의 영역에서 배제할 때 야기되는 또 하나의 난점은 19세기까지의 문학 유산 중 상당 부분이 버려질 뿐 아니라 우리문학의 전개 양상과 내부적 관련의 全體像을 온전하게 설명할 수 없다는 사실이다. 남아 있는 문헌자료의 양이 반드시 문학사의 실상과 비례하는 것은 아니지만, 방대한 양으로 현존하는 한문문학 자료들은 그것이 창작·향수된 시대의 문학적 실상의 중요한 한 부분임에 틀림없다. 한국문학을 향유한 계층 역시 우리 역사의 전체적 연관 속에서 생겨나고 활동한 객관적 실체인 한, 그들의 문학은 우리 문화와 문학의 여러 층위 사이에서 진행된 갈등·교섭·轉移 등의 역동적 양상을 구명하는 데에 긴요한 일부분이 된다. 16세기의 江湖詩歌를 이해하는 데에 그 창작 주체인 사대부들의 漢詩와 性理學的 세계관을 중요한 관련사항으로 검토해야 한다든가, 조선 후기 서사문학의 발달 양상을 해명하는 작업에 野談・傳・한문소설류의 다채로운 작용을 소홀히 여길 수 없다는 등의 사례에서 이 점은 너무나도 명백하다.

漢文文學 包容論의 視角

우리문학에 대한 연구가 본격화되면서 한문문학의 포용에 대해 상당한 신축성을 두는 절충적 입장이 나타나게 된 것은 이런 점에서 불가피한 일이었다. 대체로 1940, 50년대에 부각된 이 입장은 한국문학의 범위를 획정하는 기본 전제에서 〈우리말과 글로 된 문학〉을 중심으로 삼되, 일부 한문문학을 그 주변영역으로 인정함으로써 위의 난점들을 완화하려 하였다. 그 결과 국어문학을 지칭하는 개념인 〈진정한 국문학〉〈純國文學〉〈좁은 의미의 국문학〉과 이의 주변에 속하는 영역인 〈準國文學〉〈더 큰 국문학〉〈넓은 의미의 국문학〉 등을 구분하여 한국문학의 영역 구성을 이원적으로 파악하는 논리가 출현하였다.

하지만 이와 같은 절충안을 취한다 하더라도 한문문학을 얼마만큼 우리문학의 범위에 포용하는가는 논자에 따라 적지않은 차이가 있었다. 예컨대, 趙潤濟(『國文學史』, 1949)는 국문문학을 〈순국문학〉으로 한문문학은 〈큰 국문학의 일부〉로 하되, 설화와 소설만은 비록 한문으로 되었더라도 국문학의 흐름을 고려하여 순국문학에 포함시키는 것이 마땅하다고 보았다. 李秉岐・白鐵은 한문문학을 내용적 특성에 따라 取捨하여 국문학사의 보충자료로서 이용해야 한다는 절충안을 제시하고, 共著『國文學全史』(1957)에 한국 한문학사를 별도의 부록으로 삼았다. 張德順(『國文學通論』, 1960)은 더 포용적인 입장을 취하여, 훈민정음 창제 이전의 문학은 借字表記(鄕札)에 의한 것이건 한문에 의한 것이건 모두 국문학으로 처리하고, 훈민정음 창제 이후의 문학은 국문문학만을 국문학으로 우선 규정하되 한문문학 중 〈국문학적 가치〉가 있는 것은 〈보다 큰 국문학〉의 범위에 귀속시킬 수 있다고 했다.

이와 같은 절충안은 국어문학만이 한국문학이라는 완강한 규정에 비하여 여러 가지 잇점을 가지고 있으나, 절충의 기준과 타당성에 관한 문제성으로부터 완전히 벗어나 있지는 못하다. 우선 우리는 한문문학 중에서 〈국문학적 가치〉가 있는 갈래(양식) 혹은 작품들을 가려내는 기준이 무엇인가라는 의문을 가질 수 있다. 위에서 단적으로 보았듯이 이에 대한 여러 학자들의 견해는 일정하지 않으며, 하나하나의 기준 안에서도 이론적으로나 실제적으로 구분상의 난점이 발견된다. 예컨 대, 한문문학 中에서 설화·소설류만을 한국문학의 범주에 포함시키는 것은 19세기까지의 國文詩歌 역시 사대부층의 한문문학적 교양 및 한 시의 세계와 상당한 관련을 맺어 왔다는 점에서 불균형한 선택이라 할 수 있다. 훈민정음 창제(1446) 이전과 이후의 한문문학을 자격상으로 구별해야 한다는 주장은 원칙론적으로 이해할 만하나, 한글 창제 이후 에도 사대부층의 문자생활과 문학활동에서 한문의 압도를 수정할 만한 사회·문화적 조건의 변혁이 없었다는 점을 생각하면 이 구분도 역사 의 실상에 따른 것이기보다는 규범적 분할의 논리에 속한다. 人文的 현상에 관한 모든 연구행위가 가치평가적 속성을 가진다는 명제는 참 이라 해도, 〈국문학적 가치〉란 해당 작품들을 일단 연구대상으로 인 정한 위에서 이루어지는 해석·평가의 결과이지 그것을 전제로 대상 영 역에의 귀속을 가늠할 수는 없다는 점도 위의 견해들에 공통된 문제 점이다.

이해의 대상으로 삼기 전에는 가치를 파악할 수 없고, 가치를 인정 하기 전에는 대상으로 포용할 수 없다는 인식론상의 순환논리를 어떻 게 해결한다 해도 남게 되는 또 하나의 문제는 〈국문학적 가치〉가 있 는 부분을 가려낸 나머지의 한문문학을 과연 한국문학의 영역에서 제 외할 수 있는가 하는 의문이다. 이 경우에도 앞서 지적한 바의 난점, 즉 우리 역사에서 생성된 여러 층위의 문학 사이의 다면적 관련과 전체 상을 온전하게 파악하기 어렵다는 점은 기본적으로 존속한다. 국문학 적 가치가 희박한 부분을 가려낸다 해도 그것이 문학사의 당대적 맥락 속에서 일정한 의미·기능을 가지고 다른 문학행위와 상보적 혹은 대 립적으로 존재하였던 것인 한, 이를 도외시하고는 그 밖의 영역에 대 한 올바른 이해도 제약될 수밖에 없다. 손쉬운 예로 朴趾源의 경우를 들어 본다면, 「許生傳」「虎叱」「兩班傳」 등의 작품세계는 그의 문학의 식을 담은 비평적 저작이나 『熱河日記』 등과 떼어놓고는 깊이있게 해 명하기 어려우며, 이들 전체는 또한 18세기의 儒學 사상과 정통 한 문문학이 당면하였던 내부적 갈등의 얽힘에 비추어짐으로써 그 참모 습을 드러낼 수 있는 것이다.

이상의 논의를 통해 우리가 도달하게 되는 귀결은 19세기 말까지의 우리 역사공간 안에서 이루어진 한문문학을 그 귀속 자격에 관한 한 아무런 차등 없이 한국문학의 범위에 포괄하는 것이 마땅하다는 것이다. 이 입장은 앞서 검토한 절충안이 국문학 연구의 진전에 따라 여러 가지 난점을 드러내게 된 1950년대 말 이후 본격적으로 제출되어 1970년대 이래로 보다 널리 받아들여지면서 구체적 연구성과를 통해 그 의의를 입증하고 있다.

韓國文學의 總體

이와 같은 관점에서 파악할 때 한국문학이란 〈韓民族의 경험·사고·상상이 역사상의 각단계마다의 생활방식과 문화적 조건에 상응하는 표현언어를 통하여 形象的으로 창조된 문학의 전체〉라고 규정할 수 있다. 다시 말하여, 한국문학은 우리 민족에 의해 면면히 이어져 온 문학적 창조와 그 나눔의 시간적·공간적 총체이므로, 수천 년에 걸치는 역사단계에서 각 시대마다 다양하게 나타난 표현방식(구비전승, 借字표기, 한문, 한글)의 차이에도 불구하고 그 모두를 우리는 한국문학의 영역 안에 포괄하고자 하는 것이다. 앞서 논의된 여러 난점들은 이에 이르러 해소된다. 이에 따라 우리는 현재와 과거의 문학을 그 전폭에 걸쳐 이해의 대상으로 삼게 될 뿐 아니라 한국문학의 역사적 발전·변모 과정에서 여러 층위의 문학 사이에 일어난 상호교섭과 갈등을 임시 방편적인 예외논리에 의존하지 않고 온전하게 다룰 수 있다. 그리고 그것은 우리 문화의 전체상을 충실하게 파악하는 데에도 기여하게 될 것이다.

이상의 논의를 바탕으로 국문학의 범위에 포함되는 여러 영역을 도형화하여 정리하면 다음과 같다.

諸領域의 상관관계와 意義

한국문학의 영역을 구비문학·한문문학·국문문학의 총합으로 볼 때 뒤따르는 과제는 이들 각 영역의 특징과 역사적 상관관계에 대한 거시적인 이해이다. 이들 세 영역은 표현·전승 방식과 사회적 배경의 차이에 따른 개별성을 지니는 한편, 우리 문화의 전체 구조 안에서 끊임없는 상호작용을 계속하면서 각 시대마다의 역사적 조건에 따라 그 역할을 달리해 왔다. 이를 살피기 위해 우리는 구비문학·국문문학·한문문학의 전개 양상에 따라 우리 문학사를 다음과 같이 여섯 단계로 나눌 수 있다.

i) 구비문학만이 있던 시대.
ii) 구비문학이 문학의 대부분을 차지하되, 한문의 전래에 의해 일부 구비문학이 문자로 기록되고 한문문학이 부분적으로 출현한 시대.
iii) 구비문학과 병행하여 鄕歌와 같은 借字表記 文學이 형성·발달하고, 제한된 사회계층에서 한문문학이 성장한 시대.
iv) 문인·지식층의 한문 사용이 보편화되어, 사회 상층의 한문문학과 하층의 구비문학이 병존한 시대.
v) 한글이 창제되어 한문문학·국문문학·구비문학이 사회계층적 구조와 긴밀한 관련을 맺으면서 공존한 시대.
vi) 신분제적 사회체제의 붕괴로 인해 한문문학이 존재 기반을 상실하고, 인쇄문화의 발달에 따라 구비문학의 의의도 크게 약화되면서 국문문학이 한국문학의 거의 전 영역으로 확대된 시대.

구비문학은 위의 여섯 단계 중에서 i)의 시대로 부터 v)의 시대까지 지속적으로 존재하였던, 우리문학의 근원이자 基層이다. 모든 나라의 문학이 그러하듯이 우리문학은 구비문학만이 있던 시대로부터 출발하여 구비문학과 기록문학이 공존하는 단계로 발전했으며, 이 과정에서 구비문학은 그 자체의 변모·발달과 더불어 기록문학에 소재·양식·상상력을 제공하는 원초적 자산으로 작용하였다. 우리말의 심원한 깊이와 아름다움을 통해 신라인들의 서정을 탁월하게 노래한 향가도 구비문학에 근원하고 있으며, 조선 후기 소설의 중요 부분인 판소리계 소설은 口碑叙事詩인 판소리에서 왔고, 판소리는 이보다 더 원초적인 형태의 구비문학과 예술에 발생론적인 관계를 맺고 있다.
그러나 이 같은 지속적인 중요성에도 불구하고 구비문학의 문학사적 비중이 항상 동일하였던 것은 아니다. 아직 문자문화가 존재하지 않았던 先史時代로부터 뒤의 시기로 갈수록 그 역할이 축소되는 것은 자연스러운 추세이거니와, 이를 좀더 명료하게 나누어 말한다면 i), ii), iii)의 시기에 있어서의 구비문학과 iv), v) 단계에 있어서의 그것을 구별하여 볼 수 있다. 이 중 앞의 단계에서는 구비문학이 全社會的 기반을 지닌 문학형태였던 데 비해, 뒤의 단계에 들어서는 문인, 지식층의 한문 사용이 보편화되면서 사회 상층부의 한문문학이 발달하고 구비문학은 평민층 및 그 이하의 하층민 세계를 주된 영역으로 하게 되었다는 점이 무엇보다 중요한 차이이다. 대체로 보아 古代에 해당하는 전자의 시기에는 구비문학이 사회계층을 망라한 포괄성을 지녔으나, 고려 초기 이래의 중세사회에서는 신분질서에 따른 문학의 二元化에 의해 구비문학의 계층적 하강 현상이 나타났던 것이다. 물론 고려 초기 이후의 문인·지식층도 구비문학으로부터 완전히 떠난 것은 아니다. 그들 역시 옛이야기와 노래를 통해 이 세계에 눈뜨고, 성년이 된 이후에도 절실한 감흥을 노래하는 데에는 고유의 국어문학을 빌지 않으면 안 되었다. 그러나 전반적인 양상을 보건대는, 문자문화를 누릴 수 있었던 지배적 계층은 보다 많이 한문문학에 의존하고 하층민들은 거의 완전히 구비문학에 의하여 문학적 욕구를 충족했다고 하겠다.

이와 같은 역사적 요인에 따라 구비문학이 지니게 된 특성을 우리는 민족문학적 基層性과 民衆性의 두 가지로 요약할 수 있다.

민족문학적 기층성이란 어떤 민족문학에서 지속적 혹은 再歸的으로 나타나는 形象的 思考의 원형, 주제, 표현 양식, 모티프, 리듬 등의 특질을 총칭하는 것으로서, 우리의 구비문학은 먼 상고시대로부터 iii)의 시기에 이르기까지 한문문화의 유입에도 불구하고 한국문학의 主流로 계속되는 동안 이의 원초적 바탕을 형성하였다. 이와 같은 특질은 고려, 조선 시대에 이르러 문인·지식층의 한문문학이 발달하면서 좀더 뚜렷해지게 되었다. 즉, 상류의 문인층이 동아시아 문화권의 共通文語인 한문을 문학언어로 사용하면서 흔히 초민족적 보편주의 이념과 미의식을 지향한 데 비하여, 대다수 민중들은 민족어와 토착양식에 의한 구비문학으로 고유한 생활경험·사고·미의식을 표현함으로써 민족문학적 기층성을 보다 선명하게 유지하고 발전시켰던 것이다. 아울러, 중세 지배계층의 한문문학이 현실의 생활체험과는 상

24

당한 거리를 둔 관념세계와 미의식의 추구에 기울고는 하였던 데 비하여, 구비문학은 직접적인 노동과 생활의 지평에서 苦鬪하는 사람들의 문학이었기 때문에 그만큼 나날의 삶에 밀착된 현실성·민중성을 가질 수 있었다.

　문화는 상이한 것들 사이의 교섭과 보편적 이상의 추구라는 動因에 의해서도 그 폭과 깊이를 더해 가는 것이므로 우리는 한문문학의 가치도 정당하게 평가해야 하지만, 구비문학의 이 두 속성은 한국문학의 저류를 파악하는 데에 매우 중요한 특질이 아닐 수 없다.

　古代國家 성립기를 전후하여 한문이 전래된 이후 소수의 지식층에 의해 창작되던 한문문학은 新羅·渤海가 병립한 남북국 시대(8~10세기 초)에 이르러 상당히 발전된 수준에 이르렀으나 그 사회적 기반과 범위는 아직 지배계층 전반에 걸칠 만큼 넓지는 않았다. 참고할만한 자료가 다소 남아 있는 신라의 경우를 보면 六頭品 출신의 문인·학자들과 唐 유학생들이 한문문학의 담당계층이었음을 확인할 수 있다. 우리나라의 한문문학은 고려의 건국 이후 유교 이념에 입각한 文治主義 사회가 형성되고 관료제가 발달하면서 본격적인 확산·심화를 보게 되었다. 豪族 연합정권의 성격을 지니고 출발한 고려 왕조는 중앙 집권적 관료제를 통해 국가체제를 재정비하고자 하는 뜻에서 과거제를 시행하는 등 한학적 교양을 중시하였다. 이에 따라 신라 이래의 借字文學(鄕歌)은 쇠퇴하고 지배층의 세계에서는 한문문학이 보편화되었다. 이와 같은 추세는 兩班官僚國家인 조선 왕조에 와서 더욱 심화되어, 한문문학은 사대부층의 필수적 교양으로 굳건히 자리잡고 수많은 작가와 탁월한 작품이 나왔다.

　한문문학은 이처럼 지배계급인 문인·사대부층에 의하여 향유된 데다가 표현언어인 한문의 특성으로 인해 일반적으로 매우 강한 폐쇄성을 지녔다. 아울러, 유학을 중심으로 한 天下意識 아래 堯·舜·孔孟의 道를 이상으로 삼는 중세적 보편주의와 문학상의 中華的 典範에 대한 지향성이 여기에 깊은 영향을 끼쳤다. 하지만, 이와 같은 사실로 인해 한국 한문문학의 역사적 발전과 개별문학적 주체성이 부정될 것은 아니다. 한문문화 유산에 대해 무조건적인 부정의 태도를 가진 이들의 생각하는 바와 달리 우리의 한문문학은 중국문학과 긴밀한 관련을 가지면서도 각 시대마다의 문학담당층과 사상적 추이에 따라 다채로순 변모, 분화, 갈등, 발전을 보여 왔다. 한자의 音價를 중국음과는 다른 국어 음운으로 정착시키고 한국한문의 독특한 讀法을 활용한 등의 기본적 사항은 물론이거니와 양식·주제·소재 등의 선택과 그 구현에서 우리의 先人들은 의식적이든 아니든 자신이 살고 있는 세계의 여러 문제와 스스로의 주체를 표현하지 않을 수 없었던 것이다. 특히 17세기 이후에는〈朝鮮詩〉〈朝鮮風〉〈俚諺〉등의 개념으로 선명하게 집약되는 문학적 개별성에의 자각이 활발하게 나타났다는 점도 주목할 만하다.

이와 아울러 우리가 합당하게 평가해야 할 한문문학의 의의는 그것이 우리문학의 폭을 넓히고 精緻한 심미적 의식과 풍부한 사유의 세계를 이루는 데 적지않이 기여했다는 점이다. 다시 말하여, 보편문어 문학이자 지배층의 문학이었던 한문문학은 고유어로 된 基層文學과 공존 혹은 대립하면서 후자의 卽生活的 具體性과 個別文學的 求心力에 대해 상보적 의의를 가지는 초월성 및 보편지향적 遠心力으로 작용하였던 것이다. 이러한 성향이 극단화될 경우에는 물론 공허한 귀족취미와 몰주체적인 중화주의로 전락하기 마련이다. 그러나, 우리문학의 전체적 구조 안에서 한문문학이 한편으로는 스스로의 한국문학적 개별성을 형성하면서 다른 한편으로는 고유어 문학의 바탕에 새로운 자산들을 덧보탬으로써 그 영역을 확충하고 내용을 다채롭게 하는 기능을 발휘하였다는 점을 주목할 필요가 있다.

국문문학은 국어문학이자 기록문학이라는 점에서 구비문학과 한문문학 사이의 중간적 위치에 있으며, 실제로 이들 영역과의 다양한 관련 속에서 발달하여 왔다. 향찰로 기록된 최초의 국문문학인 향가는 구비문학의 바탕 위에서 출발하여 10구체 향가라는 격조높은 서정시 양식을 낳았다. 그러나 고려조에 와서 향찰이 쇠퇴한 이후 국문문학이 본격적으로 전개될 수 있는 토대는 조선 世宗 때의 훈민정음 창제(1446)를 기다려야 했다. 한글 창제라는 문학사적 전환점 이후의 국문문학은 官邊文學 및 국가적인 편찬·번역사업으로부터 시작하여 우선 사대부층 남성과 부녀들에게로 확산되었다. 대체로 조선 전기에 해당하는 이 시기의 국문학은 먼저 시가 부문에서 발달하였고, 후대의 산문문학이 성장하게 될 문체적 바탕이 마련되었다. 이러한 축적 위에서 17세기 중엽 이후 平民歌客들의 등장, 소설·야담을 포함한 산문문학의 다양한 전개, 상업적 출판의 융성, 市井文化의 발달 등 여러 현상들이 서로 연관을 맺으며 전개됨에 따라 국문문학은 질적으로나 양적으로 매우 풍성한 단계에 이르렀다. 특히, 중세 사회 해체기에 해당하는 이 시대의 문화상황 속에서 국문문학은 중세적 문인취미에 대조되는 현실주의와 세속적 지향을 근간으로 삼아 근대적 삶의 인식에로 나아가는 커다란 진전을 보였다. 그리고 마침내 19세기 말, 20세기 초의 역사적 격변 이후 한문문학이 존재기반을 상실하고 구비문학 또한 그 역할이 쇠퇴함에 따라 국문문학은 한국문학의 거의 전 영역을 차지하게 되었다.

이와 같은 발전과정에서 국문문학은 구비문학을 모태로 하고 한문문학으로부터의 기여를 흡수하였을 뿐 아니라, 그 담당층에 있어서도 사대부 문인으로부터 하층의 賤民에까지 이르는 다양성을 보여준다. 창작, 전파, 향수에 관여한 계층의 다양성은 당연히 그것이 다루는 경험의 영역을 풍부하게 하였다. 이와 같은 포괄성은 국문문학이 중세적 신분제와 二元的 문화구조의 틀을 넘어 보다 넓은 공감을 추구할 수 있도록 하는 기본적 요소로 되었다. 그런 뜻에서 국문문학은 구비문학·한문문학과 더불어 한국문학의 범위를 구성하는 한 영역이면서, 우리문학사의 시간적 연속 안에서 이들을 포용하여 민족문학의 통일적 지평을 형성하여 나아간 중심적 부분이라 말할 수 있다.

19세기 말을 경계로 하여 그 이전의 국문문학을 구비문학·한문문학과 함께 고전문학이라 하고, 그 이후의 국문문학을 현대문학이라 부르는 구분도 관습적으로 널리 쓰이고 있다. 그러나 고전문학과 현대문학의 구별은 연구의 편의를 위한 시대적 분할의 결과일 뿐, 이들이 서로 단절된 별개의 영역을 형성하는 것은 아니다. 오늘날의 우리문학 이해에서는 오히려 이와 같은 편의적 양분법에 따른 인식의 왜곡을 극복하는 일이 절실한 과제로 대두되어 있다. 이에 관하여는 7장의 〈고전문학과 현대문학〉 항에서 자세히 논하기로 한다.

3 韓國文學의 갈래

文學과 갈래

특정한 개별문학의 전반적 윤곽을 파악하고 보다 구체화된 이해에로 나아가는 지침을 얻고자 할 때 해당 문학을 이루고 있는 갈래(장르)들의 종류와 주요 특징을 개관하는 방법이 많이 쓰인다. 이것은 너무나도 잘 알려진 전통적 방법이어서 케케묵은 것이라는 느낌을 주기까지 하지만, 여전히 상당한 미덕을 가지고 있다. 우리도 일단 이와 같은 방식으로 한국문학의 갈래들을 살펴보기로 한다.

그러나, 전통적 방법의 잇점을 살린다고 해서 그 문제성과 편견까지를 되풀이하는 것은 바람직하지 못하다. 특히, 갈래를 문학 이해의 실상으로부터 동떨어진 교과서적 분류로 化石化시키거나, 실험실의 진열장에 가지런히 배열된 약품처럼 純一한 질료들의 群集으로 여기는 접근 방법은 깊이 반성되어야 한다. 이를 위해 우리는 한국문학의 갈래들을 개관하기 전에 갈래의 일반이론에 대한 약간의 검토를 하지 않을 수 없다.

문학은 하나하나의 개별 작품으로 존재한다고 말하는 이들이 있다. 엄밀하게 따져볼 때 이 주장은 정확하지 않다. 한 편의 문학작품은 진공 속에 홀로 떠 있는 객체가 아니다. 그것은 일정한 언어·문학의 지평 안에서 여러가지 문학적 관습과 기대를 매개로 하여 작자와 독자 사이에, 그리고 앞시대와 동시대의 수많은 작품들 사이에 숨쉬고 있는 意味體이다. 우리가 어떤 작품을 이해한다는 것은 텍스트의 액면적 의

미만을 아는 데에 그치지 않고, 해당 작품을 둘러싼 문학상의 관습과 기대를 참조하면서 그것을 인간 경험의 어떤 모습으로 살려내는 일에 해당한다. 예컨대, 〈어져 내 일이여 그릴 줄을 모르던가〉라고 시작되는 한 작품을 처음 대할 때 우리는 그와 비슷한 형태, 語法, 구조를 지닌 다른 작품들의 경험을 의식적으로든 무의식적으로든 떠올리고 작품의 흐름 속에서 무엇인가를 예상하거나 되돌아가 짚어 보면서 구체적인 이해를 형성한다. 그러한 참조의 근거가 전혀 없다면 우리의 작품 이해는 대개 아주 더디며 불확실한 것이 된다.

이 점은 작자의 창작에 있어서도 마찬가지다. 작가는 자신이 속한 문학 세계의 관습과 방법을 습득하고 때로는 변용하면서 경험·상상을 작품화한다. 그리고 그 소산인 작품은 다시 기존의 관습·규준에 작용하는 새로운 因素가 된다.

이처럼 작가·작품·독자를 매개하면서 인간 경험의 예술적 형상화를 인도하는 여러 층위의 관습들이 일정한 연관을 갖추고 다수의 작품에 공통적으로 나타날 때 우리는 그것을 갈래(장르)라고 부른다. 갈래란 일정한 군집의 작품들이 공유하는 문학적 관습의 체계이며, 개별 작품의 존재를 지탱하는 超個人的 準據의 모형이다. 微視的으로 관찰할 때 모든 문학 작품은 어느 하나도 같지 않다는 점에서 개성적이지만, 그 개성이 일정한 문학 행위의 場 속에 실현되기 위하여는 기존의 양식 및 관습과 어떤 방식으로든 관련을 맺지 않을 수 없다. 일체의 관습화된 제약을 거부하는 실험적 예술조차도 그것이 신선한 충격을 주기 위하여는 부정할 관습이 존재해야 한다. 그리고 그 출현과 발전이 의미있는 것으로 받아들여질 경우 실험적 예술 행위 자체가 새로운 양식을 형성하게 된다. 그런 뜻에서 모든 문학·예술 작품은 초개인적 관습과 개체적 체험·욕구의 결합에 의한 산물이라고 말할 수 있다.

하지만, 문학 이해에서 갈래가 이처럼 중요하다 해도 그것을 엄격히 구획된 분류상자 혹은 견고하게 닫혀 있는 방들처럼 여기는 것은 옳지 못하다. 문학상의 갈래들 사이에는 때때로 귀속이 불분명한 작품들이 있다. 또한, 하나의 갈래 안에 포괄되는 작품이라 해도 해당 갈래의 속성에 완전하게 부합하지 않는 예가 종종 발견된다. 시조, 판소리, 夢遊錄, 소네트, 희랍 비극 등과 같은 역사적·관습적 갈래들은 어떤 선험적 원리에 의하여 본래부터 그렇게 있었던 것이 아니다. 그것은 문학 행위의 時空 속에서 언젠가 형성되어 혹은 길고 혹은 짧은 기간 동안 존속하다가 어떤 시기에 이르러 붕괴하거나 다른 것으로 변모하는 역사적 산물일 따름이다.

갈래란 일정 범위의 작품들을 완전무결하게 귀일시키는 특성·원리의 조직체라기보다, 〈親族的 類似性〉을 지닌 다수의 작품에서 추출되는 範例的 一般型이라고 말할 수 있다. 시대와 문화에 따라 정도의 차이가 있지만, 개별 작품은 그것이 속한 갈래의 범례적 일반형에 충실히 부합하기도 하고 다소 어긋나거나 심하게 변형되기도 한다. 비록 후자의 경우라 해도 일반형으로서의 갈래는 그 어긋남이나 변형의 정도 및 방식을 파악하는 데 긴요한 참조의 틀이 된다는 점에서 완전히 무가치한 것은 아니다. 또한 어떤 갈래들은 여러 층위의 관습들을 엄격하게 준수하도록 강요하는 데 비하여, 비교적 단순한 요건을 충족하는 것으로 족한 느슨한 갈래도 있다. 갈래는 이성적 규칙의 산물이기에 불변하는 본질적 규범을 지닌다고 믿었던 시대가 있는가 하면, 모든 갈래는 인위적 추상화의 산물일 뿐 창조적 개성과는 무관하다는 주장이 환영받은 시대도 있다. 각국 문학의 역사를 살펴보면 어떤 시기에는 갈래들의 안정적 균형이 오래도록 유지되다가, 어떤 시기에는 新舊 갈래들의 변화와 浮沈이 아주 심하기도 하였음을 알게 된다. 문학의 갈래에 대한 설명은 가능한 한 간명하면서도 이러한 편차와 역사적 動態를 포괄할 만한 유연성을 갖추는 것이 바람직하다.

작은 갈래와 큰 갈래

이처럼 역사적 실체로서 존재하였거나 현존하는 갈래들이 너무나 많기 때문에 동서양의 학자들은 오랜 옛날부터 모든 관습적 갈래들을 적절하게 포괄할 수 있는 몇몇 上位의 범주 즉 큰 갈래(장르類)를 설정하고자 노력해 왔다. 그 내용은 실로 다양하여 2분법, 3분법, 4분법, 5분법, 7분법 등 여러가지 분류체계를 볼 수 있으며, 큰 갈래들의 辨別的 자질과 속성에 관하여도 다단한 이설들이 존재한다. 그러나, 우리는 이 자리에서 갈래 이론의 근본 문제를 깊이 파고들기보다 한국문학의 전체적 윤곽을 개관하고자 하는 터이므로, 근래에 비교적 널리 통용되기 시작한 4분법 체계를 택하여 그 구체적 적용을 위한 주요 사항만을 간략히 논하기로 한다.

4분법 갈래론이란 문학작품의 형성원리 및 존재방식을 크게 네 개의 특성 또는 범주로 나누고, 이로써 다양한 역사적 갈래(작은 갈래)들의 속성 및 상호관계를 설명하려는 이론이다. 네 개의 큰 갈래는 논자에 따라 달리 설정될 수 있으나, 抒情(的인 것), 叙事(的인 것), 戲曲(的인 것)의 전통적 3분법에 議論·記述類를 제4의 큰 갈래로 추가하는 趙東一 교수의 構圖를 채용하기로 한다. 이와 같은 4분법은 동아시아 문학의 역사적 전체상을 포괄하는 갈래 이론의 구성에 특히 긴요하다. 문학의 상상성, 허구성을 중시하는 서구 근대문학 이론에서 널리 통용되는 3분법 갈래론으로써 우리의 문학 전체를 파악하고자 하는 것은 그 실제적 설명능력의 한계가 명백하다. 한국·중국·일본·베트남 등 한문문화권에서는 전통적으로 직접적인 자기표현의 문학과 기술·의론의 언어행위가 당당한 문학으로——심지어는 허구적인 문학보다 더 진지한 문학으로——여겨졌기 때문이다. 19세기 이전의 文集 대부분을 채우고 있는 詩·文이라든가 각종 기록문학류가 그 단적인 예이다. 교훈적·이념적 전달이 주가 되는 의론류와 사실 기록 및 경험의 서술이 주가 되는 기술류를 모두 포괄하는 이 영역을 어떻게 命名할 것인가에 관하여는 아직 만족스러운 결론이 없으나, 우리는 일단 위의 4분법 갈래론을 제창한 조동일 교수의 용어를 취하여 이를 〈敎述〉(的인 것)이라 부르기로 한다.

그러나, 이처럼 4분법의 입장을 취한다 해서 갈래 이론상의 여러 논의가 매듭지어지는 것은 아니며, 오히려 문제는 여기서부터 본격화한다. 그것을 우리는 다음의 두 가지 물음으로 집약할 수 있다.

  i) 서정(적인 것), 서사(적인 것), 희곡(적인 것), 교술(적인 것) 등의 큰 갈래는 일정한 원리·요건에 따라 서로간의 경계선이 확연히 구분되는 範疇的 개념인가, 혹은 일종의 理念型으로서 그들 사이의 중간적 위치를 인정하는 座標的 개념인가?
  ii) 위의 둘 중 어떤 입장을 택하든, 큰 갈래들은 역사와 문화의 차이에도 불구하고 항상 그렇게 있는 實在인가, 혹은 문학의 다양한 작은 갈래들을 설명하기 위해 만들어진(따라서 다른 것으로 대치될 수 있는) 개념의 장치인가?

위의 두 가지 물음에 대해 우리는 모두 후자의 입장을 취하기로 한다. 즉, 큰 갈래의 체계는 다양한 역사적 갈래들을 파악하기 위해 구성된 개념틀로서, 우리는 이러저러한 큰 갈래들의 전형적·중심적 속성을 집약할 수 있지만 실제의 역사적 갈래들은 이들 중 어떤 하나에 충실히 부합하기도 하고 다소 벗어나기도 하며, 때로는 큰갈래들 사이의 중간적 위치 어딘가에 놓일 수도 있다고 보는 것이다. 이 자리에서의 원론적 논의는 부득이 제한될 수밖에 없으나 우리는 이 입장을 다음과 같이 간략하게 정리할 수 있다.

첫째, 큰 갈래는 그 초시대적, 汎文化的 실재성을 믿는 논자들이 주장하듯이 어떤 시대 어느 문학에나 통용되는 보편적 범주 혹은 완전한 체계일 수 없다. 人文的 현상에 관한 모든 이론 모형이 그러하듯이 큰 갈래의 본질과 체계에 대한 이해는 일차적으로는 특정한 세계관과 문학적 태도를 반영하고, 이차적으로는 갈래론자의 관심 및 연구 동기가 투사된 전략적 가설의 성격을 지닌다. 따라서 그것은 이러한 문화 근거 및 연구자의 관심에 가까운 차원에서 더 높은 효용을 발휘하며, 그로부터 멀어질수록 설명능력이 박약해지는 것이 불가피하다. 물론 큰 갈래의 종류와 성질에 관한 모든 이론들이 똑같은 정도의 효용과 타당성을 가진다고 할 수 없다. 그러나, 수천 년의 문학이론·비평사를 통해 숱한 갈래론이 등장하고 또 현존하는 데에는 큰 갈래 구분 자체의 역사성이라는 근본 요인이 깔려 있는 것이다.

둘째, 큰 갈래의 실재성을 가정하는 普遍實在論者들은 그것이 서로 준별되는 범주적 개별성을 띤다고 보는 경우가 많은데, 이와 같은 논리는 결국 일정한 靜態的 구도를 획정하고 역사적 갈래들을 각기의 큰 갈래 안에서만 單線的으로 계열화하는 편향을 유도한다. 즉, 서정은 서정 갈래 안에서, 서사는 서사 갈래 안에서…… 와 같은 식으로 역사적 갈래들의 전이와 변모를 파악하는 데 빠지기 쉬운 것이다. 살아 움직이는 문학 현상들의 역동적·입체적인 관련과 상호간의 넘나듦은 이에 따라 충분히 설명되지 못한다. 가령 서사와 교술을 준별되는 성질의 배타적 범주로 볼 경우, 事實談이 逸話가 되고 다시 전설로 화하거나 소설로 전이되는 일을 자연스러운 현상으로 설명하기란 어렵다. 또 우리문학의 서사민요나 영문학의 밸러드 ballard 중 상당수 작품들처럼 서사적 요소를 가지고 있으되 그 이야기가 갈등의 전개에 관한 서사적 흥미보다는 서정적 주제 내지 情操의 조성에 기여하는 사례나, 이와 다른 방식으로 두 가지 큰 갈래의 성격이 공존하는 혼합 갈래들을 예외논리로써 처리해야 하는 것도 문제이다. 큰 갈래를 범주적 실재로 간주하는 한 이러한 난점으로부터 근본적으로 벗어날 길은 없다.

이와 같은 논거에서 우리는 큰 갈래를 역사적 갈래들의 이해를 위한 좌표적 개념틀로서만 받아들이고자 한다. 따라서 용어에 있어서도 서정·서사·희곡·교술 같이 不變의 範疇性을 전제하는 명사류 대신 서정적·서사적·희곡적·교술적 갈래들이라는 冠形語的 구분을 택한다. 이 경우 하나하나의 큰 갈래 개념은 어떤 경계선이나 벽에 의해 닫혀 있는 방이 아니라 열려 있는 공간 속의 위치를 가늠케 하는 준거로서의 점이며, 역사적 갈래들은 이들 사이의 各異한 位相에 존재하는 것이라 본다. 그것은 특정한 큰 갈래의 좌표점에 밀착하기도 하고, 다소 떨어진 영역에까지 연장되기도 하며, 때로는 점과 점의 사이에서 아메바처럼 운동하는 수도 있다. 썩 내키는 방법은 아니지만 설명의 편의를 위해 이를 도형화하면 다음과 같다.

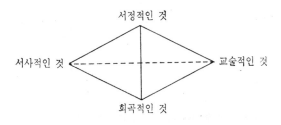

네 개의 꼭지점으로 이루어진 큰 갈래의 좌표 공간 위에 역사적 갈래들이 존재하며, 시대의 흐름에 따라 발생·확장·수축·전이·쇠퇴의 운동을 계속한다. 이 경우의 역사적 갈래들은 純一한 하나의 점이 아니라 일정한 延長과 부피를 가진 입체로서, 그 범위 안에서도 어떤 큰 갈래의 좌표점에 가까운 부분과 상대적으로 먼 부분이 있을 수 있다. 또한, 어떤 역사적 갈래는 개별 작품들의 규범 이탈이나 변형을 잘 허용하지 않는 응집성이 강한 데 비해, 갈래 형성의 요건이 매우 느슨하기 때문에 둘 또는 그 이상의 좌표점 사이에 완만하게 펼쳐져 있는 역사적 갈래들이 발견되기도 한다. 假傳 같은 것이 전자의 예라면, 한국문학 갈래론에서 커다란 말썽거리로 남아 있는 歌辭라든가 한문문학의 辭·賦 따위는 후자의 본보기라고 할 만하다.

이처럼 큰 갈래를 폐쇄적 범주가 아닌, 연속공간 위의 좌표점으로 볼 경우 역사적 갈래들을 樹形的 분류 체계에 따라 그 중 어느 하나에 귀속시키는 것이 그다지 손쉬운 일도 바람직한 일도 아니라는 것은 명백하다. 그럼에도 불구하고 우리는 설명의 편의를 위해 대다수의 역사적 갈래들을 그 주요 속성 내지 경향에 따라 서정적 갈래들, 서사적 갈래들, 희곡적 갈래들, 교술적 갈래들 하는 식으로 일단 구분해 보지 않을 수 없으나, 이러한 편의적 구분조차도 용이하지 않은 중간적·혼합적 갈래들의 경우에는 무리한 분류를 강제하기보다 그 다면적 연관을 존중하는 접근방법이 필요하다. 또한, 어떤 큰 갈래의 친족 범위 안에 나열한 역사적 갈래들 중에서 부분적으로 다른 큰 갈래에 근접하는 속성이나 작품들이 나타날 수 있다는 점도 유의되어야 할 것이다.

위의 사항들을 염두에 두고 한국문학의 갈래들을 주요 속성 혹은 지배적 경향에 따른 큰 갈래 구분으로 정리해 보면 다음과 같다.

i) 抒情的 갈래들 : 古代歌謠, 鄕歌, 高麗俗謠, 時調, 辭說時調, 雜歌, 抒情民謠, 대다수의 漢詩, 新體詩, 대부분의 現代詩

ii) 叙事的 갈래들 : 神話, 叙事詩, 傳說, 民譚, 叙事民謠, 叙事巫歌, 판소리, 古典小說, 新小說, 現代小說

iii) 戲曲的 갈래들 : 탈춤, 꼭둑각시놀음, 唱劇, 新派劇, 現代劇

iv) 敎述的 갈래들 : 樂章, 唱歌, 隨筆, 書簡, 日記, 紀行, 한문문학의 文類(序·記·跋·論·策·銘·行狀…… 등)

v) 중간·혼합적 갈래들 : 景幾體歌, 歌辭, 假傳, 夢遊錄, 野談

(1) 抒情的 갈래

古代 歌謠

문학의 발생에 있어 서정시가 먼저인가 서사시가 먼저인가는 실증적으로 해결하기 어려운 물음이지만, 한민족의 선조가 되는 여러 종족들이 한반도를 포함한 동북 아시아 일대에 정착한 시대에는 이미 다채로운 서정가요들이 발달해 있었다고 생각된다. 물론 이 시기의 가요들은 수렵·채취·농경에 관련된 呪術·願望이나 종교적 기능을 지닌 것이 선행하였을 터이나, 천지자연과 초월적 존재에 대한 예찬·환호·감탄·청원·祈求·고백 등의 祭儀的 抒情과 더불어 사람살이의 여러 소망과 체험에서 우러나오는 서정가요 또한 존재하였던 것 같다.

陳壽의 『三國志』 魏志 東夷傳에 보이는 여러 기록 중 다음의 대목들은 祭儀的 맥락과 연관이 깊은 고대가요의 모습을 짐작하게 한다.

扶餘에서는 殷曆으로 정월에 하늘에 제사하고 나라 안이 크게 모여서 여러 날 동안 마시며 노래하고 춤추었다. 이를 迎鼓라 했다. 밤낮 없이 길에 사람들이 가득 차서 늙은이, 어린이 할 것 없이 모두 노래하여, 연일 그 소리가 그치지 않았다.

馬韓에서는 늘 五月에 씨뿌리기를 마치면 귀신에 제사하는데, 사람들이 무리지어 노래하고 춤추며 술마시어 밤낮을 쉬지 않았다. 그 춤은 수십 명이 얼리어 서로 따르며 땅을 딛어 몸을 굽혔다 폈다 하고, 손과 발이 서로 응했다.

반면에, 같은 문헌의 다음 귀절들을 통해서는 반드시 제의적 행사의 기회가 아니더라도 고대인들의 노래하기를 즐겼음을 알 수 있다. 기록의 맥락으로 보아 이들 고대가요에서는 서정적 시가가 주요 부분을 차지하지 않았을까 한다.

高句麗 사람들은 노래부르고 춤추는 것을 좋아해서 나라 안 촌락의 남녀가 밤마다 무리지어 모여서 노래하고 즐겼다.

이 나라(辰韓)의 풍속은 노래하고 춤추며 술마시고 거문고 타는 것을 좋아했다.

이 시기의 시가 중 漢譯되어 전하는 「龜旨歌」는 분명한 呪歌로서 제의적 행위의 일부분이지만, 「箜篌引」은 작품의 내용과 附帶說話를 액면대로 해석할 때 절실한 비탄을 담은 서정시로 볼 수 있다. 고구려의 둘째 임금인 瑠璃王이 노래했다는 「黃鳥歌」는 다음에 보듯이 간결하면서도 직절한 표현력을 갖춘 서정시다.

36

翩翩黃鳥	가벼이 나니는 꾀꼬리여
雌雄相依	암숫놈이 어우러져 정답구나
念我之獨	내 몸의 외로움 생각노니
誰其與歸	그 뉘와 더불어 돌아갈거나

작품의 짜임은 극히 단순하나 완벽한 대칭 구조의 균형을 이루고 있다. 짝을 이루어 즐거운 꾀꼬리와 홀로 있는 사내, 나니는 가벼움과 외로운 심사의 무거움, 그리고 마지막 귀절 뒤의 쓸쓸한 여운——이런 여러 요소들이 서로 대립하고 중첩되면서 그리움의 노래다운 간절함과 생각의 깊이를 보여준다.

이 노래가 실린 『三國史記』 高句麗本紀는 유리왕이 사랑하는 여인 (雉姬)을 잃고 돌아오는 길에 나무 밑에서 쉬다가 꾀꼬리들을 보고 느끼어 이렇게 노래했다(乃感而歌曰……)고 했다. 이 문맥에서의 〈歌曰〉이 반드시 창작까지를 의미하는 것이 아닌 한 「황조가」는 당시 민간에서 널리 불리던 서정 가요의 하나였다고 볼 수도 있을 것이다.

이들 고대가요는 모두 四言 四句의 漢詩形으로 번역되어 전해진다. 성립 시기와 出典을 달리하는 작품들이 이처럼 동일한 형태를 가진다는 것은 漢譯者가 중국 고대가요인 『詩經』 소재 작품들의 형태를 참조한 때문일 터이나, 이와 아울러 당시의 우리 고대가요가 지녔던 定型이 4구로써 한 작품 혹은 歌節을 만들었던 것을 반영하는 사실이 아닌가 고도 생각해 봄직하다. 신라 鄕歌 중의 4구체 작품들이 민요적 특성을 짙게 보이는 점을 고려하더라도 이 추측은 매우 신빙성이 높다.

鄕歌

〈鄕歌〉라는 명칭은 〈鄕樂〉〈鄕語〉 등의 비슷한 용례에서도 알 수 있듯이 중국 시가 및 梵唄와 달리 自國語로 된 시가를 가리키는 신라 시대의 용어였다. 이 부류에 속하는 작품들은 한자의 訓과 音을 빌어 우리말을 적는 鄕札에 의해 기록되어 전하기 때문에 향찰 표기라는 요건이 향가 일반에 필수적인 것처럼 여기는 이들도 있다. 그러나, 『三國遺事』의 향가 관계 기록을 살펴보면 다수의 작품들이 기록을 동반하지 않은 상태로 창작되어 가창·전승되다가 나중에 기록되기도 하였음을 알 수 있다.

향가는 이처럼 구비문학적 성격을 띤 작품에서부터 개인작의 세련된 창작시가에까지 걸쳐 있을 뿐 아니라, 형태와 내용 또한 단일하지 않다. 따라서 그것을 통일적 관습 및 원리를 지닌 단일한 갈래라고는 볼 수 없다. 연구자들 가운데는 향가라는 이름의 단일성에 이끌린 나머지 향찰로 표기된 작품들 모두를 하나의 갈래에 속하는 것처럼 다룬 예가 있지만, 향가라는 이름의 당대적 의미는 唐詩, 梵唄에 대응되는 자국어 시가의 총칭으로 보아야 한다. 신라인들은 향가라는 汎稱과 더불어 兜率歌, 詞腦歌, 思內, 詩腦, 嗟辭詞腦格, 德思內, 石南思內 등의 세분된 명칭을 사용했다. 현전 자료의 부족으로 인해 구체적인 해명에는 많은 어려움이 있으나 문학상의 갈래로서 개별성을 가지는 것은 바로 이것들(혹은 적어도 그 일부)이 아닌가 짐작된다.

향가가 하나의 단일한 갈래가 아니라 여러 층위의 작품군 및 시가 양식의 범칭이라는 점은 무엇보다도 그 형태상의 다양성에서 나타난다. 현재 남아 있는 향가는 『삼국유사』에 실린 14수와 『均如傳』소재의 「普賢十願歌」 11수를 합한 25수인 바(睿宗의 「悼二將歌」를 넣으면 26수), 이들 중 「薯童謠」「風謠」「獻花歌」「散花功德歌」는 4구체이며, 「慕竹旨郎歌」「處容歌」는 8구체, 그리고 「彗星歌」「讚耆婆郎歌」「祭亡妹歌」「普賢十願歌」 등 나머지 19수는 10구체이다. 이와 같은 형태적 다양성은 구수의 많고 적음에 그치지 않고 詩想의 전개 구조에 있어서의 차이까지를 동반하는 것이다. 특히 10구체 향가는 작품 전체가 세 토막(4/4/2행)으로 나뉘면서 마지막 2행(落句, 後句, 隔句)의 머리 부분에 정서적 高揚을 집약하는 감탄사가 오도록 양식화되어 있어서 4구체, 8구체와는 전혀 다른 시적 구도를 보인다.

이와 같은 사실에 주목한 대다수의 학자들은 향가가 단순 소박한 민요적 시형인 4구체로부터 발전하여 8구체를 형성하고 다시 완성형이랄 수 있는 10구체에 도달한 것이 아닌가 추정하고 있다. 이러한 추론은 매우 자연스러운 것으로 여겨진다. 그러나, 4구체, 8구체가 각기 다음 단계의 양식에 대체되어 소멸하지 않고 공존하면서 창작되었다는 사실도 주의해야 한다. 현전하는 4구체 향가 中 月明師의 「兜率歌」는 景德王 19년(760)에 지어졌으며, 8구체는 고려 睿宗의 「悼二將歌」(12세기초)에까지 존속하였다는 사실이 이를 단적으로 입증한다. 따라서 현존 향가의 세 가지 형태는 그들 사이에 발생론적인 연관이 있으면서도 각기의 양식적 개별성과 외의를 지녔던 것으로 보아야 할 것이다.

내용상으로도 향가 작품들의 성격은 단일하지 않다. 10구체 향가는 모두 개인작의 서정시이지만 「風謠」는 분명히 민요이며, 「處容歌」는 巫歌로 이해되고, 「獻花歌」는 민요와 무가의 사이에서 해석의 가능성이 거론된 바 있다.

이로써 보건대 향가는 성격이 단일하지 않은 여러 종류 시가의 총칭이며, 그 발전 과정은 대체로 4구체 형태의 민요적 내용으로부터 구조의 확장과 개인적 서정의 심화가 이루어지면서 10구체 향가의 정형이 출현하여 선행 양식들과 공존하였던 것으로 볼 수 있다. 그런 의미에서 향가의 발달, 분화의 역사는 민요·무가 같은 구비문학으로부터 개인 창작의 서정시 양식이 확립되는 데까지 이르는 중요한 문학사적 변화를 내포한다고 하겠다.

사정이 이렇기 때문에 향가 전체를 하나의 갈래처럼 가정하여 그 속성이나 작자층을 全稱的으로 규정하려는 접근은 바람직하지 못하다. 가령 현존 작품의 작가들을 신분적으로 분류하여 향가가 신라시대의 국민문학이었다고 주장한다든가 혹은 그 반대로 귀족층의 시가 양식이었다고 논쟁하는 것은 서로 다른 계열의 작품군들에 대해 무리한 일반화를 서두르는 일이 아닐 수 없다. 이 점에 유의하여 현존 작품들을 살펴 보면 향가는 적어도 두 부류 즉 민요이거나 민요적 속성이 짙은 4구체류와, 작가가 뚜렷하며 세련된 개인적 서정을 담은 10구체류로 나누어 문학담당층을 논하는 것이 옳을 듯하다. 전자는 하층민까지를 포함한 광범한 분포 영역을 가졌던 것으로 추정되고, 후자는 거의가 花郎·僧侶 등 상층의 신분에 속하는 이들에 의해 창작되었다. 그러므로 향가 전체는 귀족문학이 아니지만, 10구체 향가는 당대의 귀족·지배층의 정신세계를 반영하는 시가 양식이라 말할 수 있다.

10구체 향가는 전편이 세 토막으로 구성되어, 앞의 네 구에서 시상을 일으키고 다음 네 구에서 이를 심화 혹은 전이시킨 뒤 「阿也」(打心, 城上人)라는 감탄사에 이어지는 落句에서 이를 서정적으로 완결하는 견고한 짜임을 지니고 있다.

그 본보기를 겸하여 月明師의 「祭亡妹歌」를 보기로 한다.

生死路隱   生死 길흔

此矣有阿米次肹伊遣	이에 이샤매 머뭇그리고,
吾隱去內如辭叱都	나는 가ᄂ다 말ㅅ도
毛如云遣去內尼叱古	몯다 니르고 가ᄂ닛고.
於內秋察早隱風未	어느 ᄀ술 이른 ᄇᄅ매
此矣彼矣浮良落尸葉如	이에 뎌에 ᄠᅥ러딜 닙곤,
一等隱枝良出古	ᄒᄃᆫ 가지라 나고
去奴隱處毛冬乎丁	가논 곧 모ᄃ론뎌.
阿也 彌陁刹良逢乎吾	아야 彌陁刹아 맛보올 나
道修良待是古如	道 닷가 기드리고다.

〈金完鎭 解讀〉

일찍 죽은 누이동생을 위해 齋를 올리면서 지어 불렀다는 이 노래의 근본 문제는 죽음이다. 처음 네 구에는 누이의 죽음에 마주선 괴로운 심경이 잘 나타나 있다. 삶과 죽음의 길이 함께 있는 이 세계에서 한 마디 말을 나눌 겨를도 없이 떠나간 肉親에 대한 개인적 고통이 〈나는 간다 하는 말도 / 못다 이르고 가는 것인가〉라는 의문형의 탄식 속에 담겨 있다. 이러한 개인적 아픔은 다음 네 구에서 생명적 존재 일반의 無常性에 대한 고뇌로 확대된다. 모든 유한한 생명들을 지배하는 힘인 〈바람〉과 보잘것없는 개체의 이미지인 〈잎〉의 대조에서, 그리고 〈한 가지에 나고도 / 가는 곳 모르는가〉라는 또 한 차례의 의문문에서 그 깊은 무력감이 선명히 드러난다. 낙구 머리 부분의 감탄사는 이처럼 심화된 고뇌의 극한에서 터져나오는 탄식이자, 그 종교적 초극을 향한 각성의 계기이다. 지상적 삶의 무상함을 넘어서 광명의 세계에 이르고 자 하는 불교적 發願이 이를 포용하여 작품을 마무리한다.

이와 같은 정서적 고양과 해결의 구조는 숭고한 존재의 예찬 혹은 간절한 기원의 표출 등과 같은 주제에 특히 잘 부합하여,「讚耆婆郎 歌」「願往生歌」「普賢十願歌」등의 맑고도 깊은 서정과 기원을 담은 명작들이 창작되었다. 여기에 불교적 세계관이 직접 간접으로 중요한 작용을 끼쳤다. 향가를 가리켜 〈그 뜻이 매우 높다〉(其意深高)라든 가 〈시어가 맑고 귀절이 아름답다〉(詞淸句麗)라고 당시 사람들이 평 가한 것은 주로 10구체 향가의 이와 같은 서정적 세련과 드높은 격조 를 지적한 것이다.

高麗俗謠

고려의 건국 이후 한문학이 발달하면서 향가가 쇠퇴하자 국문시가는 다시 구비전승의 영역으로 돌아갔다. 때문에 漢詩를 제외한 이 시기의 시가는 온전하게 전해지지 않으며, 한글 창제 이후의 몇몇 문헌에 정착된 소량의 자료만이 그 편모를 보여줄 뿐이다. 그러한 작품 가운데서 景幾體歌를 제외한 국문시가들을 보통 고려속요라 하며, 학자에 따라서는 이를 古俗歌·長歌·別曲 등으로 지칭한 예도 있다.

고려속요란 이처럼 현전하는 고려가요 중 경기체가 이외의 국문시가에 대한 편의적 지칭이기 때문에 그것이 단일한 시가 양식으로서의 공통 원리와 속성을 가진다고 섣불리 가정하는 것은 위험하다. 뿐만 아니라 좀더 자세히 따진다면 그 모두가 〈俗謠〉 즉 민속가요만은 아니라는 점에서 속요라는 용어도 반드시 적절한 것이라고는 하기 어렵다. 그러나 이들 작품에 대해 이미 고려속요라는 이름이 널리 쓰이고 있고 민간가요적 성격이나 기원을 가진 노래가 적지 않다는 점에서 일단 이 용어를 받아들이면서 전반적 윤곽을 살펴보기로 한다.

고려속요를 다루는 데 있어 무엇보다 먼저 유의할 점은 樂府體 譯歌를 제외한 현전 작품 대부분이 『樂學軌範』(1493), 『時用鄕樂譜』(16세기 초 이전), 『樂章歌詞』(16세기 중엽?)에 실려 있다는 사실이다. 이들은 모두 樂書類로서, 조선 초기 宮中樂의 法度·儀物·악곡·춤·가사 등을 종합적으로 정리하거나 그 일부를 간추리는 가운데 고려가요를 전하고 있다. 즉, 현전 고려가요는 고려시대 시가의 전모를 두루 반영하는 것이 아니라 고려조 궁중악의 일부분으로 조선조에 전해지고 다시 조선 초기의 舊樂 정리 과정을 거쳐 문헌에 남겨진 작품들인 것이다. 이 점을 소홀히 한 채 현존 작품만에 근거한 해석을 성급하게 고려시대 시가 전체에로 일반화하려는 태도는 무척 위험하다.

형태상으로 보아 고려속요는 單聯體와 分聯體(聯章體)로 크게 양분된다. 「井邑詞」「鄭瓜亭曲」「思母曲」은 작품 전체가 하나의 연으로 이루어진 단련체 시가이다. (「相杵歌」「維鳩曲」은 〈歌詞只錄第一章〉이라는 『시용향악보』의 편찬 원칙에 따라 분련체 작품의 제 1 연만이 남은 것인지, 원래부터 단련체였는지 의문이 남아 있다.) 「정읍사」와 「정과정곡」은 10구체 향가의 구조와 비슷한 형식으로 인해 쇠퇴기 향가, 혹은 향가에서 고려속요로의 전이 과정에서 출현한 형태로 이해되기도 한다. 「靑山

別曲」「動動」「西京別曲」「雙花店」「滿殿春」 등 고려속요의 대다수를 차지하는 분련체 시가는 작품마다 독특한 후렴구 혹은 口音을 중간에 삽입하는 것이 특징이다. 律格에 있어서는 고려속요 전반에 3음보격이 우세하게 나타나지만, 이에 부합하지 않는 시행이나 작품들도 더러 보인다.

餘音을 갖춘 3음보격 분련체 가요의 한 예로서 「서경별곡」의 일부를 보면 다음과 같다.

　　西京이 아즐가
西京이 셔울히 마르는
　　위 두어렁셩 두어렁셩 다링디리

　　닷곤디 아즐가
닷곤디 쇼셩경 고외마른
　　위 두어렁셩 두어렁셩 다링디리

　　여히므론 아즐가
여히므론 질삼뵈 브리시고
　　위 두어렁셩 두어렁셩 다링디리

　　괴시란디 아즐가
괴시란디 우러곰 좃니노이다
　　위 두어렁셩 두어렁셩 다링디리

작품의 기원 및 성격에 따른 종류는 이보다 복잡해서, i) 민요, ii) 민요로부터 현저하게 개작·윤색된 宮中舞樂 가요, iii) 「舞碍」「觀音讚」 등 범패류의 불교가요, iv) 「處容歌」「軍馬大王」 등의 巫歌系 가요, 그리고 v) 개인창작가요로 나누어 볼 수 있다. 이들 중에서 무가류와 불교가요를 독립적 유형으로 보아야 할 이유는 자명하다고 할 터이나, i), ii), v)에 대하여는 조심스러운 이해가 필요하다.

「상저가」「사모곡」「가시리」 등은 궁중 樂歌의 일부로 전승된 것이라해도 민요적 기원과 속성을 유지한 점에서 俗謠라는 이름에 부합한다. 이 밖에 『高麗史』 『益齋集』 『增補 文獻備考』 『東國輿地勝覽』 등에 창작 배경이나 漢譯詩가 실려 전하는 「禮成江」 「居士戀」 「月精花」 「耽羅謠」 등의 민요도 있다. 이 작품들은 남녀간이나 부모·자식 사이의 사랑을 노래하기도 하고, 어지러운 세태를 원망·풍자한다든가 농민들의 생활을 그리는 등 다양한 내용을 지녔다. 이런 민요의 일부가 樂工, 官妓 등에 의해 궁중으로 유입되어 그대로 존속하거나 혹은 개편·윤색되었기 때문에 고려속요는 궁중 악가라는 전승상의 특성에도 불구하고 민요적 속성을 많이 지니게 된 것이다. 아래의 「相杵歌」는 간결·소박한 언어와 밝은 분위기 및 경쾌한 여음으로 보아 방아 찧을 때 불린 노동요였던 듯하다.

　듥긔동 방해나 디히 히애
　게우즌 바비나 지어 히애
　아바님 어머님끠 받줍고 히야해
　남거시든 내 머고리 히야해 히야해

　　한편 민요적 기원의 작품들 중 상당수는 궁중 악곡으로 정착되는 과정에서 많은 개작이 가해져서 본래적 성격을 상실한 것도 있다. 忠惠王 시대 등 고려 후기 왕실의 遊樂的 풍조 속에서 지어진 「後殿眞勺」이라든가, 「雙花店」 「滿殿春」 등의 부류가 그것이다. 이와 같은 개작에는 물론 궁중 宴樂의 악곡에 가사를 맞추기 위한 刪削과 歌節의 첨가·병합 등의 방법이 작용하였으며, 그 밖에 민요의 속성과는 다른 방향의 내용적 변개도 또한 적지 않았을 것으로 추측된다. 따라서 이런 부류의 작품들은 민요적 기원과 전혀 무관하지 않다 하더라도 순수한 민요로는 볼 수 없다.
　　개인 창작가요로는 쇠퇴기 향가인 「悼二將歌」(睿宗)와 향가의 잔존형이라 추정되는 「鄭瓜亭曲」(鄭叙) 등이 현전한다. 그러나 대다수의 작품들은 『高麗史』 樂志와 列傳에 제목, 작자, 창작동기에 관한 간단한 기록만으로 알려져 있다. 「靑山別曲」은 일반적으로 민요적 기원에서 유래한 것으로 간주되었으나 귀족 혹은 문인층에 속하는 인물의 창작으로 보는 학자도 있다. 이들 창작가요 역시 음악을 동반한 악가로서, 그 주제는 군주를 頌禱한 것과 귀족층의 풍류를 노래한 것으로 대별된다.

이처럼 형태, 기원, 작자층, 성격을 각기 달리하는 작품들을 고려속요라는 하나의 이름으로 총칭하여 온 관습은 다분히 편의적인 것일 뿐, 그들 사이에서 갈래상의 통일성을 확인한 결과는 아니다. 희곡적 짜임과 무가의 성격을 지닌 「處容歌」나, 「城隍飯」「三城大王」「大國」 등의 무가를 제외하고 보면 고려속요 전반이 서정시의 부류에 들지만, 서정의 표현 방식과 성격 그리고 그 바탕에 놓인 체험의 특질은 이들을 몇 개의 상이한 군집들로 나누어 보지 않을 수 없게 한다. 아울러, 현전하는 작품들이 고려시대의 가요 전반을 고르게 반영하는 것이 아니라 궁중악에 선택적으로 흡수되고 적지 않이 윤색·개작·편집되기도 한 樂歌인 한, 이를 절대시하여 고려시대 시가에 남녀간의 애정에 관한 관심이나 遊樂的·염세적 성향이 압도적인 듯이 강조하는 것은 온당하지 못하다.

時調

시조(平時調)는 우리문학의 전통적 양식 가운데서 가장 오랜 동안 많은 사람들에 의해 창작·가창되고 다수의 작품이 현전하는 갈래이다. 3장 12구로 이루어진 간결한 형식, 절제된 언어, 시상의 흐름을 알맞게 통제하면서도 개별적 변이를 소화해 내는 서정구조, 담백·온아한 미의식——이와 같은 특질이 시조로 하여금 오랜 동안 생명력 있는 시형식으로 존속하도록 하였다. 그것은 단일한 정형구조를 지닌 시가 갈래로서는 10구체 향가 이후 가장 잘 정비되고 또 광범한 창작기반을 가졌던 서정시 양식이다.

시조의 정형적 틀은 네 개의 소리마디(音步)가 결합하여 한 행을 이루고 그것이 세 번 중첩되어 한 수를 이루는, 〈4음보격 3행시의 구조〉로 일단 규정할 수 있다. 시조 율격의 기본 단위가 되는 소리마디 가운데서 출현 빈도와 음절수의 평균치로 보아 기준이 되는 4음절 음보를 平音步라 하고, 그보다 작은 음보를 小音步, 큰 음보를 過音步(過音節 音步)라 한다면, 시조의 일반적 율격 형태는 다음과 같이 요약된다(괄호 안에 표시된 것은 해당 위치에서 적지 않은 출현 빈도를 보이는 허용형).

小(平)	平	小(平)	平
小(平)	平	小(平)	平
小	過	平	小(平)

노래／삼긴 사롭／시름도／하도할샤∥
닐러／다 못닐러／불러나／푸돗던가∥
眞實로／플릴 거시면은／나도 불러／보리라∥

〈申欽〉

이와 같은 율격 구조에서 初·中章은 〈小(平)—平—小(平)—平〉의
비교적 규칙적인 흐름을 유지함으로써 각 章의 뒤에 무엇인가가 이어질
것을 예상케 하는 律格的 開放性을 띤다. 반면에 종장은 이 평명한 연
속성을 차단하여 호흡을 非對稱的으로 긴장시켰다가 풀어줌으로써 작
품을 완결하는 구조를 갖추고 있다. 특히 종장의 전반부가 지닌 〈소음
보―과음보〉의 불균형한 구조는 여기에 시적 긴장이 모이도록 하는 효
과를 발휘하고, 후반부는 여기에 이어지는 이완의 흐름을 형성하여 한
수를 마무리하도록 정형화되어 있다. 아울러, 종장의 서두에 흔히 감
탄사 또는 감탄적 의미를 내포한 말들이 자주 온다든가, 종결부는 대
개 〈…노라, …로다, … 놋다〉 등의 감탄형이나 〈…하리라, …어(아)
라〉 등의 의지형·명령형을 사용함으로써 사물에 대한 주체의 정서적
태도를 집약하는 구문의 특성을 지닌다는 점도 주목할 만하다. 시조
가 3장의 간결한 짜임만으로도 구조적 안정성을 유지하면서 서정적
高揚과 완결을 이룰 수 있었던 것은 이와 같은 형식 원리에 힘입은
바 크다.

이처럼 정형화된 양식이 완성된 시기는 대체로 고려말 경으로 추정
되어 왔으나, 그 기원에 대하여는 의견이 일정하지 않다. 10구체 향
가의 三分節 구조에서 시조가 비롯하였으리라는 설, 「滿殿春 別詞」에
서 보는 바 4음보격 3행시의 형태에서 시조의 기원을 찾을 수 있다는
설, 그리고 고려 후기의 민요(특히 모노래와 같은 부류의 민요)로부터
시조가 나왔으리라는 설 등이 그 중 대표적인 것이다.

하지만, 시조의 발생 시기는 고려 말엽이라 해도 그것이 본격적으로
융성하게 된 것은 조선시대에 들어와서의 일이다. 위에 지적한 바와
같이 간결·담백하게 절제된 시조의 언어와 형식은 사대부층의 미의

식에 부합하는 것으로서, 그들은 漢詩만으로는 제대로 표현할 수 없는
내면의 감흥과 정취를 이에 담아 단아한 기품으로 노래하였다. 李滉의
「陶山十二曲跋」에서 말한 바, 한시는 읊조릴 수는 있으되 노래할 수는
없어서(可詠而不可歌) 절실한 감흥을 표현하려면 우리말로 엮어진 시
가를 빌어야만 한다고 밝힌 사실을 보더라도 국문시가에 대한 그들의
일정한 긍정적 인식을 알 수 있다.

그리하여 사대부층을 중심으로 발달한 조선 前期의 시조에서는 李
賢輔(1467～1555), 李滉(1501～1570), 權好文(1532～1587), 鄭澈(1536～
1593), 申欽(1566～1628) 등 뛰어난 작가들이 나왔다. 그 주제의 성향
은 儒家의 이념·규범을 노래한 것과, 혼탁한 세속의 갈등으로부터 벗
어나 江湖 自然 속에서 심성을 기르며 유유자적하는 삶을 그리는 것이
주류를 이루었다. 尹善道(1587～1671)의 「漁父四時詞」「山中新曲」 등
은 이러한 흐름의 대단원인 동시에 시조의 언어적·심미적 세련이 도
달한 하나의 정점이라고 할 만하다.

이 시기 강호시가의 편모를 살피는 데 다음의 자료들이 약간의 도움
이 된다.

秋江에 밤이 드니 물결이 추노믹라
낙시 드리치니 고기 아니 무노믹라
無心혼 돌빗만 싯고 븬 빅 저어 오노라
〈月山大君〉

믈가의 외로운 솔 혼자 어이 싁싁혼고
빅 미여라 빅 미여라
머흔 구룸 恨티 마라 世上을 ᄀ리온다
至匊悤 至匊悤 於思臥
波浪聲을 厭티 마라 塵喧을 막는또다

어와 져므러간다 宴息이 맛당토다
빅 븟텨라 빅 븟텨라
ᄀ는 눈 쁘린 길 블근 곳 훗더딘 딕 흥치며 거러가셔
至匊悤 至匊悤 於思臥
雪月이 西峯의 넘도록 松窓을 비겨 잇쟈
〈尹善道,「漁父四時詞」, 冬 8·10〉

위의 작품들에 등장하는 漁翁(때로는 山翁인 수도 있다)은 물론 고기 잡이로 생애를 잇는 어부가 아니다. 그것은 세속의 名利와 갈등으로부 터 초탈하여 자연의 아름다움을 즐기며 살아가는 處士的 삶의 전형이 다. 빈 배에 싣고 돌아오는 달빛과 〈외로운 솔〉은 그들이 추구한 바 의식의 淸淨함을 선명하게 드러내 주며, 〈秋江〉〈가는 눈 뿌린 길〉 〈雪月〉〈松窓〉은 혼탁한 현실로부터 격리된 自足的 공간의 구성물들 이다.

사대부층이 주요 담당층이었던 조선 전기 시조의 흐름은 17 세기 후 반 이후 평민가객들의 활동이 커지고 시조창이 널리 보편화되는 등 창 작·수용에 관여하는 계층의 확산과 중심이동 현상이 나타나면서 새로 운 국면에 접어들었다. 이전까지 歌曲이라는 전아한 고전적 창법으로 불리던 시조가 이 시기에 와서는 좀더 평이하며 대중적인 친화력을 가 진 〈時調〉(時節歌調, 당대에 새로이 유행하게 된 歌調라는 의미) 창법으로 도 불리게 되고, 金天澤·金壽長 등 중인층 가객에 의해 『靑丘永言』 (1728), 『海東歌謠』(1 차 편찬 1755) 등 많은 歌集이 엮어지게 된 사실 이 그 단적인 징표이다. 이들 가객과 평민층의 시조 애호자들은 사 대부들과 달리 시조를 〈詩餘〉가 아닌 절실한 자기표현의 양식으로 받아들였으며, 더 나아가서는 경험과 감정을 표현하는 진실성에서 그 것이 한시보다 더 가치있다는 인식에까지 도달하였다. 이와 같은 흐름 에 병행하여 시조의 제재와 주제 또한 크게 다양화되어 사대부 시조에 도 적지 않은 변화가 나타났는가 하면, 유명·무명의 작자들에 의해 평민적 생활체험과 감정·의식이 새로운 관심사로 부각되었다.

> 長劍을 싸혀 들고 다시 안자 혜아리니
> 胸中에 머근 뜻이 邯鄲步ㅣ 되야괴야
> 두어라 이 또한 命이여니 닐러 므슴 하리오
> 〈金天澤〉

> 白沙場 紅蔘邊에 굽니러 먹는 져 빅노야
> ㅎ닙에 두셋 물고 무어 낫짜 굽니느냐
> 우리도 口腹이 웬슈라 굽니러 먹네
> 〈작자 미상, 『南薰太平歌』 수록〉

앞의 작품은 胥吏·衙前層에 속했던 김천택의 신분적 갈등을 보여 준다. 자기실현의 가능성을 차단하는 중세적 신분질서 앞에서의 번민 (초장), 참담한 좌절의 확인(중장), 그리고 우울한 체념의 탄식이 邯鄲 之步라는 고사를 빌어 간결하게 표현되어 있다. 뒤의 작품에서는 자연 의 근원적 조화와 윤리적·심미적 가치에 대한 사대부적 시각과 전혀 달리 이 세계를 생존의 갈등이라는 차원에서 파악하는 안목을 보게 된 다. 강호시가에 흔히 등장하는 白沙場, 붉은 여뀌, 白鷺가 여기서는 극히 현실적인 사물로 전환되어, 관조의 심미성 대신 구체화된 세속적 삶의 문제 안에서 파악되고 있다. 물론 조선 후기의 시조에도 예전의 주제·미의식의 관습을 이어받은 부분이 적지 않지만, 위에 지적한 바 새로운 양상의 출현과 확대는 앞으로 좀더 주목되어야 할 것이다.

辭說時調

〈時調〉라는 용어가 그러하듯이 〈辭說時調〉 또한 본래는 평시조보다 긴 사설을 엮어 넘기는 창법의 범칭으로 쓰이다가 이에 속하는 작품들 전반을 가리키는 이름으로 정착되었다. 그 형태를 보면 대개의 경우 종장은 평시조와 비슷한 틀을 유지하되 초·중장 혹은 그중 어느 일부 가 4음보 율격의 정제된 구조에서 현저하게 이탈하여 장형화되었음을 알 수 있다. 논자에 따라서는 이들을 엇시조와 사설시조로, 혹은 中型 時調와 長型時調로 구분하려 한 예도 있다. 그러나 엇시조(중형시조) 와 사설시조(장형시조)의 형태적 차이를 어떻게 구분한다 하더라도 그 들 사이의 국부적 변별성보다는 평시조와의 전체적 대비에서 드러나는 형태 및 내용상의 차이가 뚜렷하고도 重要하다는 점에서 근간에는 이 들을 한데 묶어 사설시조(장형시조, 장시조)라 규정하는 관점이 널리 받아들여지고 있다.

이와 다른 또 하나의 견해는, 비록 소수의 학자들의 주장이지만, 사 설시조가 시조의 파격·변형으로 생겨난 것이 아니라 조선 중기 이전 부터 존속해 온 민간가요의 영역으로부터 나왔으리라는 것이다. 이러 한 입장에서 그들은 사설시조라는 이름 대신 〈蔓橫淸〉이라는 용어를 제안하였다. 그리고 이 부류의 작품들은 평시조와 달리 하층민들의 가 요로부터 전이되어 주로 평민층의 생활체험과 의식을 표현하는 별도의 시가로서 18세기 초보다 훨씬 앞선 시기에 형성되었을 터인 바, 그것이 사설시조라 불린 것은 시조창의 곡조·장단을 채용한 음악상의 요인 때문이라고 보았다.

이와 같은 쟁점의 귀추는 앞으로 더 연구되어야 할 터이지만, 사설시조가 평시조의 균정된 틀과는 전혀 다른 형태를 통해 평민적 익살, 풍자와 분방한 체험을 표현함으로써 조선 후기 문학사의 새로운 국면에 중요한 한 몫을 했다는 데에는 의문의 여지가 없다. 그것은 전아한 기품과 관조적 심미성을 존중하는 사대부 시조와 달리 거칠면서도 활기에 찬 삶의 역동성을 담고 있다. 사설시조를 지배하는 원리는 웃음의 미학이라 할 수 있겠는데, 현실의 모순에 대한 날카로운 反語, 중세적 고정관념을 거리낌 없이 추락시키는 풍자, 고달픈 생활에 대한 해학 등이 그 주요 내용을 이룬다. 아울러, 남녀간의 애정과 기다림 그리고 性의 문제가 많은 비중을 차지하며 대개는 직선적인 언어를 통해 강렬하게 다루어진다는 점도 주목할 만한 사실이다.

다음 두 편 중 앞의 것은 어쩌다 눈에 띈 남성에 대한 여성 심리를 그린 것이고, 뒤의 것은 전쟁에 지친 병졸이 태고에 무기를 처음 만들어 썼다는 黃帝를 원망한 노래이다. 이들 작품에 담긴 진솔한 표현의 묘미와 평민적 감정, 의식은 평시조에서 찾기 어려운 사설시조 특유의 가치를 단적으로 보여준다.

> 져 건너 흰 옷 닙은 사롬 준믭고도 얄믜왜라
> 쟈근 돌드리 건너 큰 돌드리 너머 밥뛰여 간다 ㄱ라뛰여 가눈고 애고애
> 고 내 書房 삼고라쟈
> 眞實로 내 書房 못될진대 벗의 님이나 되고라쟈

> 부러진 활 것거진 통 쎈 銅爐口 메고 怨ᄒᄂ니 黃帝 軒轅氏를
> 相奪也 아닌 前에 人心이 淳厚ᄒ고 天下 泰平ᄒ여 一萬八千歲 사랏거든
> 엇더타 習用干戈ᄒ여 後生 困케 ᄒ연고

물론 사설시조 전반의 미의식과 내용상 자질들이 그 자체로서 근대적 가치를 보증하는 것처럼 단순화하는 논법은 위험하다. 사설시조 가운데서 흔히 발견되는 파괴적·냉소적 웃음과 性의 卑俗化는 그릇된 가치규범의 억압에 대한 逸脫的 저항으로서의 의의가 인정된다 하더라

도, 그것이 곧 중세를 대신하는 새로운 삶의 형상일 수는 없기 때문이다. 인생을 덧없는 시간성 속의 한 순간으로 보고 醉樂에의 몰입을 유일한 선택인 것처럼 노래한 작품들 또한 마찬가지의 비판적인 재해석을 필요로 한다. 다만 이러한 재해석과 평가의 과정에서도 사설시조가 조선 후기라는 시대의 상황 속에서 종래의 관습화된 미의식과 규범적 세계상으로부터 벗어난 인간의 모습, 욕망, 갈등을 시의 세계 안에 이끌어들이고 갖가지 추한 것과 비천한 것들까지도 적극적으로 다룸으로써 새로운 문제의 지평을 열었다는 점은 주목해야 할 것이다.

抒情民謠

민요는 어떤 단일한 갈래로 규정할 수 없는, 일반 민중의 생활 속에서 전승되는 모든 口碑 詩歌의 총칭이다. 그것은 판소리, 巫歌, 雜歌 등과 달리 비전문적인 가요이기에 누구나 쉽사리 익히고 노래할 수 있으며, 생활 현장의 여러 요구와 체험에 직결되어 있어서 내용·형태·기능이 극히 다양하다. 또한 민요는 문학사의 전 기간에 걸쳐 존속하면서 다단한 변화를 겪었고, 때로는 그 일부가 보다 정련된 음악 또는 문학 양식으로 전환되거나 새로운 창작 시가의 모태가 되기도 하였다. 따라서 이와 같은 여러 양상을 덮어 둔 채 민요라는 全稱 개념으로 그 갈래 문제를 단안할 수는 없다. 기록 시가문학의 갈래 속성이 양식마다 다양하듯이 민요 또한 기능·성격에 따라 서정적인 부류와 서사적인 부류를 구분할 수 있으며, 이밖에 일정한 사실·기억·지식 따위를 노래하는(따라서 교술적이라 할 수 있는) 민요도 있다.

그러나, 이처럼 다양한 가운데서도 서정적인 유형 및 성격의 민요가 많다는 점은 확인하기에 어렵지 않다. 이런 종류의 민요를 편의상의 범칭으로서 서정민요라 하고, 그것이 우리 민요의 전체적 윤곽 안에서 차지하는 위치와 특징을 간략히 살펴보기로 한다.

민요는 기능적 특성에 따라 機能謠와 非機能謠로 나뉘고, 기능요는 노래를 수반하는 기능의 종류에 따라 노동요, 儀式謠, 유희요로 구분된다. 이 중에서 서정적인 노래가 대부분을 차지하는 것으로 우선 비기능요를 들 수 있다. 비기능요는 특정한 일과 관련이 없이 흥이 나면 언제 어디서나 부르는 노래이므로 내용 및 형태상의 제약이 별로 없으며, 대개는 음악적으로나 문학적으로 기능요보다 더 다듬어져 있다.

그 주제는 삶의 여러 국면에서 자주 부딪치는 문제들에 대한 소망, 괴로움, 슬픔, 기쁨 등이 주류를 이룬다. 이러한 주제적 특징과 형태 상의 상대적 간결성이 비기능요로 하여금 보다 많이 서정적 경향을 띠도록 한다. 旌善, 密陽 등 여러 지역에 각기 다르게 전승되는「아 리랑」이나「도라지타령」등이 그 대표적인 예이다.

아리랑 아라리요
아리랑 고개 고개로 날만 넘겨 주게
가을철인지 봄철인지 나는 몰랐더니
뒷동산 해와 저 별이 나를 알궈 주네
아울애기 뱃사공아 내 좀 건네주시우
싸리꽃 씀바귀 다 쏟아집니다.
〈「旌善 아리랑」, 江原道 명주군 사천면〉

기능요 가운데서는 노동요에서 서정민요가 더 많이 발견되지만, 의 식요에도 서정민요가 없는 것은 아니다. 특히 사람의 죽음에 관련된 의 식요(「상여소리」「달구질 노래」등)에는 구성지고 슬픈 가락에 실려 불 리는 서정민요들이 많이 보인다. 다만, 이들 기능요의 경우에는「모노 래」「보리타작 노래」「놋다리 밟기 노래」…… 등 하나하나의 종류가 일률적으로 서정적이거나 서사적인 속성을 띠는 것이 아니라, 구체적 인 상황과 노래에 따라 성격이 달라지는 점에 유의할 필요가 있다. 예컨대, 모심기를 하면서 부르는 농업노동요인 모노래는 4음보격 2행 의 단위로 노래가 이어지는데, 그 내용은 농민들의 생활 경험에 관련 된 서정적 토막의 연쇄가 될 수도 있고 상당한 줄거리를 가진 서사적 노래가 되는 예도 있다. 〈대문놀이〉〈군사놀이〉등 어린이들의 놀이 에 많이 불리는 유희요는 대개 특정한 약속의 틀에 따라 진행되며, 서정적인 노래가 흔하지 않다.

민요는 또한 가창 방식에 따라 先後唱, 交換唱, 一人唱(齊唱)으로 나뉜다. 이 중에서 1인창 방식의 민요는 短形일 경우 대개 서정적인 부류에 속한다. 선후창과 교환창 민요는 여러 성격의 노래들이 섞여 있어서 작품에 따라 가릴 수밖에 없으나, 서정적 노래든 서사적 노래 든 간에 선후창 쪽이 즉흥성과 개인적 창의를 더 많이 허용한다는 점에 유의할 만하다. 선창자(들)와 후창자(들)가 의미 있는 가사를 번갈아 부르는 교환창에 비해 선후창에서는 한 사람의 선창자가 의미있는 歌節을 부르고 후창자(들)는 반복적인 후렴으로 이를 받기 때문에 더 많은 창의성과 변화가 허용되는 것이다. 그런 점에서 서정적 방향의 선후창 민요는 표현의 다양화와 개인성 발휘에 좀더 큰 여유를 가진다고 할 수 있다. 선후창 민요로서 가장 잘 알려진 유형인 「강강수월래」와 「쾌지나칭칭 나네」가 좋은 본보기이다.

다음에 선후창, 교환창의 서정민요를 각각 하나씩 예로 들어 둔다. 노래 한 토막이 2행으로 된 「모내기 노래」에서는 첫줄을 한 패가 부르고 이를 받아서 다른 한 패가 뒷줄을 부르는데, 때로는 패를 나누지 않고 부르는 수도 있다.

> 어어루 상사디야
> 뒷동산에 할매꽃은
> 어어루 상사디야
> 늙으나 젊으나 꼬부라졌네
> 어어루 상사디야
> 뒷동산에 고목나무
> 어어루 상사디야
> 내 속캉 같이 또 다 썩었네
> 어어루 상사디야
> 〈「논매기 노래」, 慶南 居昌郡〉

> 방실방실 웃는 님을 못다 보고 해가 지네
> 걱정 말고 한탄 마소 새는 날에 다시 보세
>
> 물 밑에 고기 중에 잉어 고기 지맛일레
> 나무 끝에 실과 중에 청실배가 지맛일레
>
> 수건 수건 반포수건 님 떠주는 반포수건
> 수건 귀가 떨어지면 님의 정도 떨어지네
>
> 잠 못잘세 잠 못잘세 궁디시레 잠 못잘세
> 덮어주소 덮어주소 한산 소매로 덮어주소
> 〈「모내기 노래」, 慶北 英陽郡〉

내용 및 언어적 측면에서 본 서정민요의 특징은 일반 민중들의 생활 속에서 일어나는 여러 가지 경험과 느낌을 진술한 언어로써 표현한 점에 있다. 때로는 구슬프고 비통하게, 때로는 익살스럽거나 활기차게 자신들의 삶에 직결된 문제들을 노래한다는 것은 물론 다른 민족의 민요에서도 널리 발견될 수 있는 보편적 특징일 것이다. 그러나 완강한 신분질서와 土地支配의 굴레 아래 특히 어려운 생활사를 겪어야 했던 우리 평민들의 노래에서는 이러한 明暗의 대비가 좀더 뚜렷할 수밖에 없었던 것으로 보인다.

漢詩

한시 역시 민요와 마찬가지로 〈한문으로 씌어진 시〉의 범칭일 뿐 그 자체가 단일한 문학상의 갈래는 아니다. 한시에는 상당한 서사적 줄거리를 갖춘 작품이나 역사적 사실을 읊은 詠史詩도 있으며, 때로는 시의 형태를 빈 議論・記述類도 있기 때문이다. 辭・賦・詞 등을 일단 제외하더라도, 한시에는 古詩, 絶句, 律詩, 俳律, 樂府 등의 여러 양식이 있다. 또 이들 중에서도 俳律, 樂府 같이 비교적 장형에 속하는 양식은 작품에 따라 갈래 성격이 반드시 서정적인 것에만 국한되지 않는 예도 보인다. 그러나 이와 같은 사실에도 불구하고 한시가 문인 지식층의 자기표현 문학으로서 서정적 경향을 주로 하였다는 점을 고려하여 여기에서는 일단 서정적 주류만을 대상으로 해서 살피기로 한다.

우리나라에서 한시가 지어지기 시작한 것은 적어도 고대 가요의 漢譯이 이루어진 시대까지 소급될 터이나, 활발한 창작은 신라의 六頭品 文人처럼 漢學에 소양이 깊은 지식 계층이 대두하면서부터였으리라고 볼 수 있다. 그 뒤 고려를 거쳐 조선조 말기에 이르기까지 한시는 귀족, 양반층의 필수적 교양인 동시에 자기표현의 서정양식으로서 널리 자리잡게 되었다. 문인・사대부들에게 있어서 한시의 창작은 신분적 위신의 확인 및 계층 내적 교유에 불가결한 수단이었으며, 내면적 차원에서는 우주・자연・인생의 갖가지 국면에서 느낀 바를 응축된 언어로써 표출하는 문학양식이 되었다. 익숙하게 쓸 수 있기까지 오랜 학습과 수련을 요하는 한문의 어려움, 난삽한 典故・引喩, 그리고 까다로운 格律 등의 제한은 한시 창작에 있어서 고도의 자기규율과 절제를

요구하는 한편 이를 소화하고 넘어서는 시적 재능을 높이 평가하게끔
하는 요인이 되었다. 여기에 林悌(1567-1608)의 五言律詩 한 편을 보
기로 한다.

曉起焚香坐	새벽에 일어나 향 사르고 앉아
中庸讀數巡	中庸을 몇 차례 읽는다.
自知章句陋	章句의 누추함을 알게 되면서,
始覺性靈眞	비로소 性靈의 참됨을 깨닫는다.
月靜潭心影	달빛은 고즈넉히 연못에 어리고
梅回雪裡春	매화 다시 피어 눈 속에 봄이로다.
看看足生意	볼수록 가슴 속에 맑은 뜻이 녁녁하거니,
都只在吾身	모든 것이 오직 내게 달려 있고녀.

양식상의 구분으로 보면 대체로 律詩, 絕句와 같은 近體詩가 古詩
보다 더 많이 창작되었으나, 성률의 제약이 적은 고시의 창작 비율이
중국 문학의 경우보다는 더 높았던 것으로 추정된다. 중국에서도 그다
지 성행하지 못한 俳律은 우리 한시에서 더욱 드물었다. 어떤 경우에
있어서든 한국 한시는 음성언어로서의 중국어와 일찍 분리된 한국식
한자음으로 읽히고 또 우리 나름의 독특한 詠詩法에 의해 음영되었다.
시의 주제와 미의식에 있어서는 한문문학 일반이 지닌 중국적 典例
지향이 작용하여, 陶淵明, 李白, 杜甫, 白樂天, 蘇東坡, 黃庭堅, 梅堯
臣 등 중국의 이름난 시인들이 숭상되었다. 다만 이들을 포함한 중국
시에의 傾斜와 수용은 우리 한시사의 주요 단계 혹은 국면에 따라 그
성향을 달리했다. 學唐, 學宋 등의 대립·교체라든가 동일한 시인에
대한 시대마다의 상이한 이해는 바로 이에 따른 결과이다. 이처럼 중
국문학과의 연관을 맺으면서 그 수용과 자기화의 지평을 넓히고 각
시대 및 시인마다의 개성을 이루어 나간 양상이 어떠하였던가를 밝히
는 데에 한시 연구의 크나큰 과제가 열려 있다. 아울러, 한시 역시 그
창작 주체의 귀속성으로 인해 의식적이든 무의식적이든 민족적 개별성
을 띠지 않을 수 없었다는 점에도 주목해야 할 것이다. 이러한 흐름은
조선 후기에 이르러 마침내 중국적 聲律·典範에의 집착으로부터 탈
피하여 우리의 역사, 문화와 현실 경험을 좀더 자각적으로 표현하는
〈朝鮮詩〉(丁若鏞), 〈朝鮮風〉(朴趾源), 〈俚諺〉(李鈺)의 지향에로까지 발

전한 바 있다. 한편 17세기 중엽 이후 중인층의 사회적 성장과 병행하여 시문학 활동이 활발하게 전개되면서 한시가 사대부 이외의 평민층에까지 수용된 점도 여러 모로 흥미로운 사실이다.

다음에 드는 두 가지 작품 예는 조선조 후기 한시의 다채로운 변모 양상을 일부분이나마 살피는 데 도움이 되리라 생각한다. 丁若鏞의 시는 그가 유배중이던 1809년에 참혹한 흉년과 虐政으로 고통을 겪는 농민들의 모습을 그린 〈田間紀事〉 연작의 일부분으로서, 詩經體의 간결한 언어 속에 현실의 모순에 대한 날카로운 비판적 인식을 담고 있다. 李鈺의 시는 이와 다른 각도에서 중세적 규범에의 예속으로부터 벗어나, 시정의 세계에 살아가는 이들의 생활상을 포착하는 신선함을 보여준다.

采蒿采蒿　　다북쑥을 캐네, 다북쑥을 캐네
匪蒿伊蒿　　다북쑥이 아니라 제비쑥이네
藜莧其萎　　명아주 비름나물 다 시들었고
慈姑不孕　　소귀나물 떡잎은 그대로 말랐네
芻樵其焦　　풀, 나무 다 타고
水泉其盡　　샘물까지 말랐네
田無田靑　　논가엔 우렁이마저 없어지고
海無蠯蜃　　바다에도 조개, 소라 사라져 버렸네
君子不察　　높은 분네 실제로 살피진 않고
曰饑曰饉　　흉년이다, 기근이다 말만 앞세워
秋之旣殞　　이번 가을 넘기기 어려운 판에
春將賑兮　　내년 봄 가서야 救恤한다네
夫壻旣流　　유랑 걸식 떠난 남편
誰其殣兮　　그 누가 묻어주리
嗚呼蒼天　　오호라 하늘이여
曷其不憖　　어찌 이리 무정한고

〈丁若鏞, 「田間紀事」;「采蒿」, 宋載邵 譯〉

巡邏今散未　　순라 도는 일이 하마 지금쯤 끝났을까
郞歸月落時　　서방님은 달 멀어질 무렵에야 돌아오는데
先睡必生怒　　먼저 자면 영락없이 성을 낼테고
不寐亦有疑　　안 자고 있으면 또한 의심할게라

(······*)

早恨無子久 일찌기는 오래도록 아들 없음을 한탄했더니
無子反善事 이제 보니 아들 없는 게 오히려 좋았을 것을
子若渠父肖 아들 녀석이라고 어찌 아비를 꼭 닮아서
殘年又此淚 남은 생애가 또 이 모양으로 눈물뿐이라네
〈李鈺, 「俚諺」〉

한국 한시의 역사적 흐름과 주요 시인, 유파에 대한 온전한 해명은
대부분이 앞으로의 과제로 남아 있다. 이들이 선명하게 밝혀짐에 따라
한시는 단순히 외래 양식에 의존한 吟風詠月로 여겨지던 상태를 벗어
나 그 나름의 제약 속에서도 다양한 성취를 거두면서 우리 시문학의
세계를 확대하는 데 기여한 값진 유산으로 평가될 수 있을 것이다.

虛頭歌

판소리 唱者들은 「춘향가」「심청가」 등의 판소리 한 마당을 소리하
기 전에 목청을 풀고 소리판의 분위기를 가다듬기 위해 허두가라는
것을 부른다. 허두가는 또 短歌라고도 하는데, 시조의 이칭인 단가와
구별하기 위해서 문학상의 술어로는 보통 판소리 단가라 일컫는다
판소리는 무척 넓고 다양한 音域, 발성법과 장단의 변화를 구사하기
때문에 곧바로 본 마당을 창하는 것은 창자에게 무리한 부담이 될 뿐
아니라 청중을 소리판에 자연스러이 동화시키는 데에도 바람직하지
못하다. 허두가의 분위기가 대체로 悠長할 뿐 아니라 음악적 특징에
서도 중모리 장단에 平羽調 즉 중간 속도의 순탄한 선율로 되어 있음
은 그런 점에서 자연스러운 일이다.

허두가는 대략 40∼50편 정도가 있었다고 하는데, 이 가운데서 「萬
古江山」「鎭國名山」「竹杖芒鞋」「不須嚬」「江上風月」「片時春」 등 20
여 종이 오늘날까지 불린다. 이들 작품의 내용은 순수하게 서정적인
것도 있고, 故事를 잡박하게 열거하여 읊조리면서 인생을 담론하는
것도 있으며, 화려한 장식적 언어로 천하의 奇聞·壯觀을 노래한 것
도 있다. 따라서 그 성격을 일률적으로 규정하기는 어렵다. 그러나,
대개의 허두가는 고금의 史跡을 읊조리며 삶의 덧없음을 한탄한다든
가, 秀麗한 自然風光 속에 노니는 즐거움을 그리는 등 서정적 성격이
짙다. 판소리가 서사적 내용에 바탕한 唱樂인 만큼 그에 앞서 불리는

노래가 짧은 규모 속에서 서정적 감흥을 돋우는 것은 演行의 相補的 구성으로 보아서도 자연스러운 일이라 하겠다.

언어와 수사에 있어서는 거의 모든 허두가가 한문 成語와 典故를 많이 채용하여 다분히 擬古的인 유장함을 느끼게 하나, 이에 담긴 실질은 대체로 관습화된 감회의 수준에 머무른 것이어서 시적 가치를 높이 평가할 만한 작품은 많지 않다. 허두가의 흥취는 우수한 창자의 가창에 힘입어서야 제대로 살아나게 된다. 여기에 비교적 짧고, 난삽한 한문투가 적은 작품인 「萬古江山」의 전문을 참고로 들어 둔다.

만고강산 유람할 제 三神山이 어디메뇨, 一蓬萊 二方丈과 三瀛洲 이 아니냐. 竹杖 짚고 風月 실어 봉래산을 구경하고, 鏡浦 東嶺의 明月을 구경하고, 淸澗亭 洛山寺와 叢石亭을 구경하고, 단발령을 얼른 넘어 봉래산을 올라서서 千峯萬壑 芙蓉들은 하늘 위에 솟아 있고, 百折瀑布 급한 물은 은하수를 기울인 듯 仙境일시가 분명하구나. 때마침 暮春이라, 붉은 꽃 푸른 잎과 나는 나비 우는 새는 春光春色을 자랑한다. 봉래산 좋은 경치 지척에 던져 두고 못 본 지가 몇 날인가. 다행히 오늘날에 만고강산을 유람하여 이곳을 당도하니 옛일이 새로워라. 어화 세상 벗님네야, 桑田碧海 웃들 마소. 葉盡花落 없을손가. 서산에 걸린 해는 楊柳絲로 잡아 매고 東嶺에 걸린 달은 桂樹야 머물러라. 한없이 놀고 가자.

雜歌

잡가란 조선 후기의 市井에서 직업적·반직업적 소리꾼들에 의해 가창된 遊樂的 노래들이다. 음악적 측면에서 본 잡가는 十二歌詞에 비해 훨씬 통속적이며 일반 민요보다는 선율과 창법이 세련되어 유흥적 화려함을 짙게 띤 가요류로 규정할 수 있다. 이처럼 악곡상의 특징으로 잡가를 구분할 경우 여기에는 잡가류의 창법에 따라 불리는 일부의 시조, 민요까지도 포함되나, 문학적 갈래로서의 잡가에는 이들을 제외한 나머지 가요들만이 해당된다고 보는 것이 무난하다.

잡가는 다양한 악곡으로 가창되었기 때문에 율격 및 전체적 詩形의 구속력이 매우 느슨하며, 따라서 일정한 정형을 집약하기 어렵다. 잡가에는 때때로 4음보 율격이 보이기도 하나 규칙적 4음보격이 작품 전체를 일관하는 예는 드물다. 아울러, 대개는 가사와 같은 연속체 대신에 일정한 歌節 단위가 병렬되는 구성을 보인다든가, 일부 작품에서는 가절 사이에 후렴구가 끼어드는 점도 특징적 현상이다. 잡가는 시조, 한시의 귀절들을 끌어다 쓰기도 하고, 민요, 십이가사, 판소리 창 등을 적지않이 轉用하였으나 그 어느 것에도 기울지 않으면서 말 그대로 駁雜한 흡수력과 형태적 다양성을 보인다. 규칙적인 율격에 매이지 않는 準歌辭體·타령체의 작품이 있는가 하면, 여러 가절로 나뉘되 때때로 「梅花詞」「白鳩詞」처럼 가절 사이의 유기적 연결이 불분명하다든가, 갖가지 후렴·助興句가 일정한 유형적 원리 없이 쓰이기도 하는 등의 현상에서 이 점이 뚜렷하다.

잡가가 이처럼 다양한 요소들을 흡수하면서 문학적 형태 면에서 잡박한 혼합성을 띠게 된 것은 그것이 四契축이나 三牌 같은 비교적 하층의 소리꾼들에 의해 시정 놀이판의 여러 청중들을 상대로 한 유락적 가요로 불린 데에 주요 원인이 있지 않은가 한다. 시정의 여러 유흥적 공간에서 대중들을 상대로 한 醉興·遊樂의 기능을 다하고자 할 때, 가까이서 접할 수 있는 음악적, 문학적 요소들을 두루 흡수하여 그들의 흥미에 적응한다는 것은 지극히 자연스러운 일일 터이다.

그런 점에서 잡가는 본래부터 독립적으로 존재하던 가요 유형이 아니라 대체로 18세기 무렵부터 발달한 대중적 혼합 가요라고 보아야 할 듯하다. 민요적 원천을 변용·개작한 유락적 가요의 기원은 일부 고려속요나 그 이전의 시기에까지도 소급되겠지만, 잡가 가창자들이 어느정도 직업화한 예능인으로서 독립하고 또 이들의 노래를 즐기는 시정적 유락의 공간이 발달한 것은 조선 후기에 들어서부터이기 때문이다.

잡가의 내용은 애정, 삶의 무상함, 醉樂, 자연의 아름다움과 풍류, 세상살이의 哀歡, 익살·戲言 등 다채로우나 전체적으로 보아 세속적·쾌락주의적 지향이 두드러진다. 「愁心歌」「黃鷄詞」「육자배기」「날개타령」「咏山歌」「遊山歌」「뒷산타령」「맹꽁이 타령」 등 대다수의 잡가는 철저히 현세적인 관점에서 삶의 여러 욕망과 그 성취, 지연, 좌절에 따른 감흥과 비애를 노래하며, 비록 덧없는 것일망정 이 세상 안의 삶에서 누릴 수 있는 기쁨을 가장 확실한 가치로 받아들인다. 물, 산, 나무, 꽃, 새와 같은 자연 현상 또한 잡가에서는 우주적 질서의 표현이나 處士的 관조의 대상으로 인식되기보다는 유한한 시간 속에 머물러 있는 감각적 사실 내지 逸樂의 대상으로 형상화된 예가 많다. 이 점은 잡가가 사대부적 미의식과 품격을 지닌 시가류로부터 준별되는 동시에 생활 현장의 절실한 경험에 근거한 민요와도 또 다른, 시정의 유락가요라는 데에 기인하는 특질이다.

다음의 「船遊歌」는 잡가의 다채로운 형태와 주제 중 한 부분을 보여 줄 따름이나, 이를 통해서도 위에 설명한 바의 대략을 짐작할 수 있다.

가세 가세 자네 가세 가세 가세 놀너를 가세
비를 타고 놀너 가세 지두덩기여라 둥게둥덩지로 놀나를 가세
압집이며 뒤집이라 각위 각집 가인너들은 장부 간장 다 녹인다
동슴원 계슴월아 회양도 봉봉 도라를 오소
에남나에 일손니 돈 밧소
가든 님은 이졋는지 꿈에 흐번 안이 뷘다
너 안이 이겨거던 넌들 셜마 이질소냐

가세 가세 ᄌ네 가세 가세 가세 놀나를 가세
비를 타고 놀나를 가세 지두덩기여라 둥게둥덩지로 놀나를 가세
리별이야 리별이야 리별 이ᄯ 너든 사톰 놀과 빅년 원수로다
동슴원 계삼월아 회양도 봉봉 도라를 오소
에남나에 일손니 돈 밧쇼
ᄉ라싱견 싱리별은 싱초목에 불이로다
불 써 쥬리 뉘 잇슴나

가세 가세 ᄌ네 가세 가세 가세 놀나를 가세
비를 타고 놀나를 가세 지두덩기여라 둥게둥덩지로 놀ᄂ를 가세
나는 죽네 나는 죽네 님ᄌ로 ᄒ야 나는 죽네
나 죽는 줄 알 양이면 불원천리 ᄒ련마ᄂ
동삼원 계슴월아 회양도 봉봉 도라를 오소
에남나에 일손니 돈 밧쇼
박낭ᄉ중 쓰고 남은 쳘퇴 텬ᄒ장ᄉ 항우를 쥬어
ᄭ치리라 ᄭ치리라 리별 두 ᄌ을 ᄭ치리라

가세 가세 자네 가세 가세 가세 놀나를 가세
비를 타고 놀나를 가세 지두덩지여라 둥게둥덩지로 놀나를 가세

新體詩 · 現代詩

19세기 말, 20세기 초의 격변기적 모색 속에서 종래의 전통적 시가

형식으로부터 탈피한 실험적 시형태로서 崔南善의 「海에게서 少年에게」(1908), 「꽃두고」(1909) 등의 新體詩가 출현하였다. 이름이 말해 주듯이 신체시는 전통적 율격의 정형을 벗어나 보다 자유롭고 새로운 시형을 이루고자 한 의식적 노력의 산물이다. 이러한 시도는 행 단위의 율격을 버린 대신 매 연마다의 같은 순번의 행들을 동일하게 맞추는 기이한 정형을 지향함으로써 새로운 擬似定型에로 빠진 까닭에 그것을 곧 자유시의 온전한 구현으로 보기는 어렵다. 하지만 이를 통해 우리 현대시의 형태적 변모와 다양화를 향한 과도기적 변환의 한 단계가 이루어졌다는 의의는 인정할 만하다. 내용상으로 본 신체시는 새로운 시대의 의욕과 낙관적 세계상을 主情的으로 노래한 것이 많아서, 일종의 계몽적 서정시라고 할 수 있다. 너무나도 잘 알려진 「海에게서 少年에게」 대신 「꽃두고」의 전문을 본보기로 인용한다. 두 연으로 된 이 작품에서 각 연마다의 같은 순차에 있는 행을 대조해 보면 흥미로운 형태적 일치를 발견하게 될 것이다.

> 나는 꽃을 질겨 맛노라,
> 그러나 그의 아리따운 태도를 보고 눈이 얼이며
> 그의 향긔로운 냄새를 맛고 코가 반하야
> 精神업시 그를 질겨 마짐 아니라,
> 다만 칼날 갓흔 北風을 더운 긔운으로써
> 人情 업난 殺氣를 깁흔 사랑으로써
> 代身하야 밧구어
> 쎠가 저린 어름 밋헤 눌니고 피도 어릴 눈구뎅에 파무처 잇던
> 億萬 목숨을 건지고 집어내여 다시 살니난
> 봄바람을 表章함으로
> 나는 그를 질겨 맛노라.
>
> 나는 꽃을 질겨 보노라.
> 그러나 그의 平和긔운 먹음은 웃난 얼굴 홀니며
> 그의 富貴 氣象 나타낸 盛한 모양 탐하야
> 主著 업시 그를 질겨 봄이 아니라.
> 다만 겻모양의 고은 것 매양 실상이 적고
> 처음 서슬 壯한 것 대개 뒤끗 업난 中
> 오즉 혼자 特別히

若干 榮華 苟安치도 아니코 許多 魔障 격그면서도 굽히지 안코
億萬 목숨을 만들고 느려내여 길히 傳할 바
씨열매를 保育함으로
나는 그를 질겨 보노라.

　신체시의 과도기적 모색 이후 1910년대 중엽의 《學之光》과 《泰西文
藝新報》(1918~1919) 등을 통해 실험적 작품들을 보인 현대시는 3·1
운동 직후의 新文學運動期에 그 초기적 윤곽을 갖추기에 이르렀다
이 시기 이후 오늘날까지의 현대시에는 물론 서정시만이 아니라 상당
수의 서사시와 소수의 劇詩도 있다. 하지만 이들은 대개가 특별한
기획의 산물로서, 현대시의 대다수가 서정시라는 점은 두말할 필요가
없다.
　그러나, 한국 현대시가 대부분 서정시에 속한다고 해도 그것이 예전
의 10구체 향가나 시조처럼 형태, 표현 방법, 성격 등에서 갈래 관습
상의 뚜렷한 응집력을 가지는 것은 아니다. 전통적 시형의 제약으로부
터 벗어나고자 하는 자유시 운동과 함께 성립한 현대시는 시인과 작품
에 따라 개별적인 리듬을 추구하는 까닭으로 우선 형태상의 전형이라
는 것이 따로 있을 수 없다. 아울러 시에 포용되는 경험세계가 넓어지
고 시의 소재·언어·가치 등 〈詩的인 것〉에 관한 인식이 다양하게
분화됨에 따라 서로 다른 태도와 방법을 지닌 작품들이 서정시라는
커다란 범위 안에서 제각기의 방향을 추구함도 당연한 일일 것이다.
예술행위에 있어서의 창조적 개별성을 중시하고 갈래의 구분이나 규
범을 대수롭지 않게 여기는 현대비평의 관점 또한 이러한 분산적 경향
을 더 촉진하였다. 그리하여 예전의 문학양식을 대상으로 한 갈래론
의 자리를 오늘날에는 특정한 시운동 혹은 流派에 대한 논의나 시인론
이 대신하게 되었다.
　따라서 여기에 한국 현대시의 전반적 특질을 간명하게 요약하기란
거의 불가능한 일이므로, 光復 이전의 詩史를 요점적으로 개관하는 것
으로써 보다 진전된 이해에로의 디딤돌을 삼고자 한다.
　1910년대의 前史的 단계를 거치면서 초기의 윤곽을 형성한 현대시
는 3·1운동 이후의 수년 동안에 나온 《創造》(1919), 《廢墟》(1920),
《薔薇村》(1921), 《白潮》(1922) 등의 동인지와 《開闢》(1920 창간), 《朝

鮮文壇》(1924 창간) 등의 잡지를 주요 매체로 하여 활발한 움직임을 보였다. 金億, 黃錫禹, 洪思容, 李相和, 朴英熙, 朴鍾和 등이 시기의 주요 시인이 지닌 공통의 주제는 황폐한 세계 안에 고립된 자아의 고통과 번민이라고 요약할 수 있다. 그들의 시에 투영된 현실은 어둡고 俗惡한 곳이며, 가치있는 삶이란 이로부터 멀리 떠난 상상의 공간 혹은 죽음의 세계에서만이 가능한 것으로 나타난다. 이러한 음울한 낭만주의는 전통적 사회·문화의 급격한 붕괴와 식민지화의 체험이라는 두 요인을 배경으로 하여 생성되고, 당대의 현실 앞에서 스스로의 무력함을 절감한 지식인들의 번민과 더불어 하나의 시대적 전형으로까지 확산되었다. 이 시기의 작품 가운데서 가장 뛰어난 시편의 하나인 「나의 寢室로」(李相和, 1923)가 노래한 바 궁극적 화해의 세계 곧 〈침실〉이란 죽음의 공간을 의미하는 것이었다.

1924년 이후 新傾向派—카프(KAPF) 계열의 문학이 등장하면서 시의 조류는 크게 두 가닥, 즉 개인의 내면적 체험과 審美性을 중시하는 계열과 현실의 모순에 대한 투쟁정신 및 사회의식을 중시하는 계열로 나뉘었다. 이와 같은 분화 양상은 흔히 우파와 좌파 사이의 대립적 구도에 일치하는 것처럼 이해되기도 하나 반드시 그런 것만은 아니다. 1920년대 초기의 낭만적 조류에 속했던 인물 가운데서도 박영희는 左派 敎條主義에로의 급격한 선회를 보인 데 비해, 이상화는 그러한 이념 조직에 적극 가담함이 없이 〈나의 침실로〉에서 〈빼앗긴 들〉에로 나아갔으며, 김억은 懷古的 民謠調에로 비켜서는 등 개인적 定向이 다양하게 분화되었다는 사실이 그 단적인 증거이다.

아울러 1920년대 중엽에는 특정한 사조나 운동에 속하지 않으면서 탁월한 시적 성과를 이룩한 두 인물——金素月과 韓龍雲이 나타났다. 이들의 시는 1920년대 초기시에서 이미 나타난, 〈님〉 또는 진정한 가치와 자아의 분열이라는 구도를 계승하되 각기의 방식으로 그것을 심화하여 어두운 시대의 착란된 감정과 체험에 시적 질서를 부여했다. 김소월의 시가 님과 자아의 절대적 분열을 想定한 비극적 세계관 위에서 섬세한 詩眼으로 슬픔의 미학을 추구한 데 비해, 한용운은 불교적 思惟와 적극적 현실의식을 바탕으로 하여 세계의 현존하는 分裂相을 넘어서는 시적 인식에로 나아갔다. 식민지시대 印度의 대시인으로서 초월적 세계에의 동경과 명상을 주요 주제로 삼았던 타고르를

향해 노래한 다음의 싯귀는 한용운이 이룩한 산문적 리듬의 오묘함과
합께 그가 지향한 시의 지표를 선명하게 보여준다.

벗이여, 깨어진 사랑에 우는 벗이여.
눈물이 능히 떨어진 꽃을 옛 가지에 도로 피게 할 수는 없읍니다.
눈물을 떨어진 꽃에 뿌리지 말고 꽃나무 밑의 티끌에 뿌리셔요.

벗이여, 나의 벗이여.
죽음의 향기가 아무리 좋다 하여도 백골의 입술에 입맞출 수는 없읍니다.
그의 무덤을 황금의 노래로 그물치지 마셔요. 무덤 위에 피 묻은 깃대
를 세우셔요.
그러나, 죽은 대지가 시인의 노래를 거쳐서 움직이는 것을 봄바람은 말
합니다.

1930년대에 이르러 우리 현대시는 더욱 다양하게 분화되었다. 그것
은 내부적으로 볼 때 1920년대의 시에서 축적된 바가 여러 방향으로
확산된 결과라 할 수 있다. 그러나 1930년대 초부터 일제의 탄압에
의해 모든 이념적 사회운동과 그 표현이 억압됨에 따라 현실비판적 시
의 조류는 침체 또는 간접화되었다. 그리하여 이 시기의 시에서는 개
체의 체험과 내면세계에 대한 성찰, 도시적 삶의 點描, 자연과 생명적
인 것에의 관심 등이 두드러지게 나타나고, 시의 언어적·심미적 세련
이 보다 큰 관심사가 되었다.
이 가운데서 가장 먼저 나타난 것이 《詩文學》(1931 창간)을 중심으
로 하여 朴龍喆, 金永郎, 辛夕汀 등이 추구한 〈純粹詩〉에의 지향이다.
이들이 생각한 순수시란 일체의 이념적, 사회적 관련으로부터 떠나 섬
세한 언어·감각과 그윽한 서정성을 획득하고자 하는 시였다. 이러한
지향에 상응하는 시세계를 이룩한 인물로서 김영랑이 특히 주목된다.
한편 1930년대 중엽부터는 모더니즘이라는 범칭으로 포괄되는 일련
의 실험적 경향들이 출현하였다. 대체로 서구 현대시의 조류와 밀접한
연관을 가진 이미지즘, 超現實主義, 다다이즘, 主知主義 등이 그것이
다. 金光均은 이미지즘과의 연관에서, 李箱은 초현실주의·다다이즘과
의 연관에서 조명될 만한 시인들이다. 그러나, 문예사조와 시의 방법
이 단순한 외형의 문제가 아니라 일정한 역사적 삶의 자기표현의 산물

인 한, 이들의 시가 그러한 외래 사조의 모형에 근본적으로 일치할 가능성이나 그러해야 할 필요성은 당초부터 불분명한 것이었다. 이들 모더니즘 계열의 시적 성취에 평가할 만한 점이 있다면 그것은 이른바 〈현대적〉 사조의 수용과 관계없이 그들이 종래의 과잉된 감정주의를 지양하는 데 적지않이 기여했다는 점과 식민지 도시의 그럴싸한 외관 속에 자리잡고 있는 기만성과 비애를 그려내는 데 어느 정도 성공했다는 데서 찾아야 할 것이다.

모더니즘 계열의 시가 성행하던 1930년대 후반에는 다시 이들과 대조적인 경향을 지닌 一群의 시인들이 등장하였다. 이들은 모더니스트들이 즐겨 다룬 도시적 세계와 메마른 主知的 경향을 거부하고, 삶의 고뇌 혹은 인간―자연의 근원적 관련에 주목하였다. 그중에서도 전자의 주제를 중시한 徐廷柱・咸亨洙・柳致環 등을 生命派라 하고, 후자의 쪽으로 기울었던 朴木月・朴斗鎭・趙芝薰을 자연파 혹은 靑鹿派라 부른다. 자연파 시인들이 현실 영역 너머에 상상적 조화의 공간을 설정하고 이를 통한 내면적 구원의 가능성을 추구한 데 비해, 생명파는 삶의 절박한 충동과 좌절의 문제를 강렬한 언어로써 다루었다. 다음의 작품은 그러한 흐름 속에서 나온 대표적 시편이다.

애비는 종이었다. 밤이 깊어도 오지 않았다.
파뿌리 같이 늙은 할머니와 대추꽃이 한 주 서 있을 뿐이었다.
어매는 달을 두고 풋살구가 꼭 하나만 먹고 싶다 하였으나…… 흙으로
바람벽 한 호롱불 밑에
손톱이 까만 에미의 아들
甲午年이라든가 바다에 나가서는 돌아오지 않는다 하는 외할아버지의
숱 많은 머리털과
그 크다란 눈이 나는 닮았다 한다.

스물 세 햇동안 나를 키운 건 八割이 바람이다.
세상은 가도 가도 부끄럽기만 하드라.
어떤 이는 내 눈에서 罪人을 읽고 가고
어떤 이는 내 입에서 天痴를 읽고 가나
나는 아무 것도 뉘우치진 않을란다.

찬란히 티워 오는 어느 아침에도

이마 위에 얹힌 詩의 이슬에는
몇 방울의 피가 언제나 섞여 있어
별이거나 그늘이거나 혓바닥 늘어뜨린
병든 숫캐마냥 헐떡거리며 나는 왔다.

〈徐廷柱, 「自畫像」〉

한편 일제 말기의 상황 속에서 어둡고 부패한 시대와 마주선 주체적 삶의 문제를 노래한 시인으로 李陸史와 尹東柱가 주목된다.

(2) 叙事的 갈래

神話

神話는 그 전승집단의 成員들에게 진실하고도 신성하다고 믿어지는 이야기이다. 신화는 일상적 경험의 합리성을 넘어서 존재했었거나 존재한다고 믿어지는 신 혹은 신적인 존재의 威業을 다루거나 자연 및 사회 현상의 근원을 설명하는 이야기로서, 특정한 종족이나 역사집단에 의해 신성시된다는 기본 속성을 가진다. 그것은 일상적 경험의 차원을 넘어선다는 점에서 초자연적이며, 일회적 사실의 이야기에 그치지 않는 항구적 의미를 지닌다는 점에서 典範的이고, 종족의 공동체적 기억과 이상을 표현한다는 점에서 집단적이다. 근원과 생활양식이 다른 종족들은 서로 다른 신화를 가지기 마련인데, 이들 종족이 교섭, 정복, 연합 등의 과정을 거쳐 보다 큰 규모의 고대국가를 형성하는 과정에서 신화 또한 소멸·통합·확대 등의 작용을 겪는 것이 보통이다.

우리나라 신화에 있어서의 이러한 변동이 일단락되기까지의 신화시대는 고구려·백제·신라가 고대국가로서 자리를 잡은 I 세기 경까지 해당한다고 말할 수 있다. 물론 그 뒤에도 신화는 계속 전승되었고 얼마간의 변모를 겪기도 하였을 터이나, 이는 일단 신화시대의 일과 구별해야 할 것이다. 현전하는 한국 신화 가운데서 대표적인 것인 檀君, 朱蒙, 赫居世, 脫解, 閼智, 首露 등의 建國 始祖 神話는 바로 이 시대의 산물로서 문헌에 정착된 것이며, 王建을 중심으로 한 시조 신화가 고려 건국기에 다시 형성되었다. 한편, 건국에 관련된 신화 외에는 耽羅(濟州) 三姓의 기원에 관한 이야기 같은 씨족 시조 신화도 있으며, 자연부락 단위로 모셔지는 부락신에 관한 신화, 巫俗 신앙과 결부되어 전승되는 무속 신화도 찾아 볼 수 있다. 한 가지 궁금한 일은 이들 가운데 우주·천지의 기원에 관한 신화가 일부 民譚化된 잔존 형태를 제외하고는 없다는 점이다. 이에 관한 해명이 아직 미흡한 대로 추정해 본다면, 우리 민족이 중앙 아시아 일대로부터 동북아시아와 한반도로 이주하여 오는 단계에서 이미 創世 神話의 단계를 경과하고 그 잔류 전승이 문헌에 정착되지 못한 때문이 아닌가 한다.

건국 시조 신화를 중심으로 본 한국 신화의 특징은 天孫下降型으로 요약되며, 지리적 이동의 경우에는 西에서 東으로, 北에서 南으로의 방향이 공통적으로 보인다. 예컨대, 天帝의 아들인 桓雄은 〈자주 천하에 뜻을 두어 사람 세상을 바란 끝에 널리 인간을 이롭게 하려〉지상에 내려와 熊女에게서 檀君을 낳았으며, 天孫인 朱蒙은 척박하고 갈등에 찬 扶餘로부터 南下하여 새로운 나라를 세웠다. 赫居世와 首露 역시 하늘로부터의 힘에 의해 탄생하고 왕위에 올라 나라를 다스렸다. 이들 중 군사적인 영웅으로서의 웅장한 활약상이 뚜렷이 나타나는 있는 東明王 신화를『三國遺事』로부터의 번역으로 전재한다.

『國史』高麗本紀에 다음과 같은 기록이 전한다.

고구려의 시조는 東明聖帝로서 그의 성은 高씨, 이름은 朱蒙이었다. 고주몽의 탄생과 고구려 건국의 내력은 이러하다.

北扶餘의 왕 解夫婁는 그의 재상 아란불의 꿈에서 받은 天帝의 명령에 따라 그의 나라를 동부여로 옮겼다. 뒤에 부루왕이 죽고 金蛙 태자가 임금이 되었다.

금와가 왕위에 오른 뒤, 어느 날 그는 태백산 남쪽에 있는 優渤水를 지나다가 아리따운 한 젊은 여인을 만났다. 금와왕은 그녀에게 다가가 웬 여자냐고 물었다. 왕의 물음에 여인은 다음과 같이 고백했다.

「나는 본시 물의 신 河伯의 딸입니다. 이름은 柳花라고 해요. 어느 화창한 날 동생들과 함께 나들이를 갔더랬지요. 그때 풍채가 늠름한 한 남자를 만났어요. 그는 자기가 천제의 아들 解慕漱라고 말했어요. 그는 나를 꾀어 웅신산 아래의 압록강 가에 있는 어떤 집 속으로 데리고 들어갔어요. 거기서 그는 나를 私通하고, 그리고는 훌쩍 떠나가고 영영 돌아오지 않고 있어요. 부모님은 나를 여간 꾸짖지 않았어요. 중매도 거치지 않고 함부로 낯선 사내에게 몸을 맡겼다고요. 그래서 나를 이곳에다 귀양 보낸 것이랍니다」

여인 유화의 고백을 듣고 금와왕은 이상한 느낌이 들었다. 그래 그 유화를 데리고 가서 으슥한 방 속에 가두어 두었다. 그랬더니 신기하게도 그 으슥한 방 속으로 햇빛이 들어와 유화의 몸을 비추기 시작했다. 유화가 몸을 움직여 그 햇빛을 피하노라니 햇빛은 또 따라와 그녀의 몸을 비추곤 했다. 그러더니 유화는 마침내 잉태하게 되었고, 닷 되들이 크기만한 알 하나를 낳았다.

금와왕은 사람이 알을 낳은 것이 꺼림직하여 그 알을 내다 버리기로 했다. 처음에는 개와 돼지들에게 그 알을 던져 주어 보았다. 그랬더니 그들은 통 알을 먹으려 들지 않았다. 말과 소들이 다니는 길바닥에다 내다 버려 보았다. 말과 소들도 그 알을 밟지 않고 곁으로 피해 갔다. 다시 들판에다 가져다 버렸다. 이번에는 새와 짐승들이 내려와 그 알을 날개랑 몸으로 덮어 주는 것이었다.

왕은 하는 수 없이 그 알을 도로 가져다 깨뜨려 버리려 했다. 그러나 알은 또 깨뜨려지지도 않았다. 마침내 그 알을 어미 유화에게 되돌려 주었다. 유화는 알을 포근히 감싸서 따뜻한 곳에다 보호했다.

그 알에서 껍질을 깨고 한 아기가 태어났다. 골격이며, 외모부터가 영명해 보이고 기특했다. 나이 겨우 일곱 살에 그 아이는 여느 아이들과는 달리 여간 숙성하지 않았다. 그래서 제 힘으로 활이랑 화살을 만들어 곧잘 쏘아댔는데 그것이 또 백발백중이었다. 그때 동부여국에선 활 잘 쏘는 사람을 가리켜 주몽이라 불렀다. 그래서 그 아이의 이름을 주몽이라 지었다.

금와왕에겐 일곱 왕자가 있었다. 그들은 항상 주몽과 함께 활쏘기며 말타기며 사냥질 등 놀이를 같이 다녔다. 일곱 왕자 중의 그 누구도 주몽의 재주를 당해낼 수가 없었다. 주몽을 시기해 오던 태자 帶素는 드디어 왕에게 아뢰었다.

「주몽은 본시 인간의 정기로 태어난 놈이 아닙니다. 만약 일찍 그를 없애 버리지 않으면 후환이 있을까 합니다」

금와왕은 태자 대소의 말대로는 따르지 않았다. 왕은 주몽을 말먹이꾼으로 있게 했다.

주몽은 앞으로 필경 일이 일어나고야 말 것이라 예감하고서, 그 일어날 일에 대비하여 말의 품종의 좋고 나쁨을 식별해 두었다. 그래서 품종이 썩 뛰어난 놈을 골라 일부러 먹이를 적게 주어 여위게 만들었다. 그리고 미련한 놈은 잘 먹여 살찌게 해두었다. 아니나다를까, 왕은 살찐 말을 골라 자기가 타고 여윈 놈은 주몽에게 주었다.

태자 대소 등 여러 왕자들과 금와왕의 여러 신하들은 장차 주몽을 해치기로 모의했다. 그 낌새를 알아챈 주몽의 어머니 유화부인은 몰래 주몽에게 말했다.

「이 나라 왕궁의 사람들이 장차 너를 해치려 하는구나. 너만한 재략으로
어디 간들 뜻을 못 이루랴. 곧 이곳을 벗어나 화를 면하도록 해라」

그때 주몽에겐 烏伊 등 세 사람의 충실한 부하이자 믿음직스러운 벗이 있
었다. 주몽은 곧 이들 세 사람과 함께 동부여 땅을 탈출해 나왔다. 일부러
여위게 먹임으로써 자기 차지가 되게 했던 그 준마를 타고서……

대소 태자 등 여러 왕자들과 금와왕의 여러 신하들은 주몽의 탈출을 알아
채고 곧 뒤따라 말을 달려 추격해 왔다.

주몽 일행은 淹水에 다다랐다. 앞을 가로막은 검푸른 강물을 건널 길이 묘
연했다. 추격자들은 점점 거리를 좁혀 오고 있었다. 주몽은 강물을 향해 호
소하였다.

「나는 천제의 아들이자 물의 신 河伯의 외손이다. 오늘 禍를 피해 도망해
오는 길, 쫓는 자들은 바로 뒤에 닥치고 있는데 어쩌면 좋으랴?」

주몽의 호소가 있자마자 문득 물결 위로 무수한 고기와 자라들이 떠올랐
다. 그리곤 스스로의 몸들을 이어 순식간에 다리를 이룩했다. 주몽 일행은
그 고기와 자라들의 다리 위를 달려 강을 건넜다.

주몽 일행이 맞은편 강 언덕에 닿자 그 고기와 자라들은 물 속으로 흩어
져 가고 다리는 풀려 버렸다. 주몽 일행을 추격하던 무리들은 마침내 그 물
을 건너지 못했다.

주몽 일행은 卒本州(玄菟郡 부근임)에 이르러 그곳을 도읍으로 정했다. 미
처 궁실을 지을 겨를이 없어 일단 沸流水 언저리에 초막을 짓고 머물러 국
호를 高句麗라 하고, 이에 따라서 주몽은 그의 성을 고씨로 했다. 이때 주
몽의 나이는 열 두 살(譯註:『三國史記』에는 22세라 했다). 그가 즉위하여
왕이라 일컬은 것은 중국 漢나라의 孝元帝 12년(B.C. 37)의 일이었다.

〈李東歡 譯〉

朱蒙·脫解·弓裔·作帝建 등에 관한 건국 시조 신화는 叙事巫歌로
전승되는 巫祖 神話와 더불어 〈영웅의 일생〉이라 지칭되는 유형적 서
사구조를 가진다. 趙東一·金烈圭 교수의 연구에 따라 이를 살펴 보
면, i) 고귀한 혈통을 지니고, ii) 비정상적으로 태어나, iii) 비범한
자질을 가졌으나, iv) 棄兒·고난 등을 겪으며, v) 구출·양육자를
만나 살아나고, vi) 다시 위기를 극복하여, xii) 투쟁의 승리와 영광
을 차지한다는 것으로 요약된다. 이와 같은 서사구조는 고난의 심각
성보다는 그 극복의 가능성을 중시하며 현세에서의 성취를 강조하는

낙관주의적 세계관과 관련이 있는 것으로 해석된다. 이러한 서사 유형은 조선 후기의 英雄小說에 커다란 영향을 미쳤다.

傳說

전설은 신화와 달리 신분과 능력에 있어서 평범한 인간 혹은 비범하다 해도 예사 사람의 차원을 완전히 벗어나지 못한 인물들을 행위자로 한, 실제로 있었다고 믿어지거나 혹은 그러한 믿음을 요구하는 이야기이다. 따라서 전설은 그 내용에 관련된 바위, 연못, 고목, 집터 따위의 개별적 증거물을 동반하는 경우가 많으며, 이에 따른 전승의 지역성을 띤다. 전설은 또한 신빙성이 어떻든 일정한 시간과 장소를 배경으로 하면서, 이야기 속의 갈등을 손쉬운 낙관적 해결책에 의존하지 않고 다루는 진지함을 보여준다. 전설이 흔히 어둡거나 비극적인 분위기를 지니는 것은 바로 이 때문이다.

한국의 설화문학 中에서 전설은 가장 많은 문헌 자료가 남아 있으며, 현대에 와서 수집된 것도 적지 않다. 물론 전설은 구비문학이므로 口演 현장으로부터 분리되어 化石化한 문헌자료에는 여러 가지 한계가 있을 수밖에 없지만, 『三國史記』(1145), 『三國遺事』(1285)를 비롯하여, 『東國輿地勝覽』『世宗實錄 地理志』및 다수의 邑誌類에 실린 전설들은 전설 그 자체의 역사적 흐름에 관한 이해에는 물론 기록 서사문학의 발달사를 해명하는 데도 긴요한 도움이 된다.

전설은 전승 장소, 발생 동기, 설화 대상 등에 따라 다양하게 분류되는데, 이 가운데서 발생 동기에 따른 분류인 설명적 전설, 역사적 전설, 신앙적 전설의 구분에 따라 한국 전설의 몇 가지 특징적 양상을 살펴보기로 한다.

설명적 전설은 자신이 살고 있는 세계의 여러 사물 및 현상에 대한 민중들의 설명 욕구에서 나온 이야기이다. 특이한 地形, 자연현상, 풍습, 동식물 등 광범한 사물들의 기원이나 성질이 이러저러한 사연으로 그리 되었노라는 이야기가 그 내용을 이룬다. 이들은 때때로 민담과 구별하기 어려운 경우가 있으나, 대상이 되는 사물의 지역성, 개별성이 강할 경우에는 대개 전설이라 보아 틀림없다. 아직도 농어촌 곳곳에 남아 있는 地名, 地形 전설이 그 대표적인 예이다.

역사적 전설은 전설 중에서 가장 많은 분량을 차지하는 것으로, 실제의 역사적 사실과 인물에 관한 이야기가 민중들의 기억과 口述 행위를 거치는 동안 윤색·변형됨으로써 생겨나고 또 변모한다. 따라서 그것은 실제의 역사적 사실과는 많든 적든 어긋나기 마련이다. 그러나 이러한 차이는 단순히 전설의 허황함 때문이라고만 여길 것이 아니라 설화 속의 인물 및 사건을 인식하는 민중들의 상상적 사고와 가치의식이 반영된 결과로 이해해야 한다. 그런 의미에서 역사적 전설은 민간 의식에서 발생하고 전승되는 일종의 口碑歷史이다. 역사적 전설은 국가적, 지방적 危難이나 사건이 있던 시기 이후에 특히 많이 생겨났으며, 이들 속에는 저명한 실제 영웅들과 더불어 미천한 신분의 평민층 인물들도 포함되어 있다. 『壬辰錄』같은 고전소설은 그러한 이야기들이 후대에 결집되어 이루어진 작품이다. 현지 조사를 나가 보면 아직도 많은 지방에서 임진왜란, 동학농민전쟁 등 역사적 사건으로부터 파생된 전설들을 채집할 수 있으며, 사회적으로 깊은 상처를 지닌 전설들은 提報者가 좀처럼 입을 열지 않으려 하는 예도 있다.

신앙적 전설은 민간신앙을 기초로 한 종교적 이야기로서, 순수하게 종교적인 것에서부터 彌勒 化生, 鄭道令 到來 등과 같이 당대 질서의 모순·고통을 타파하고 새 세계를 이룩한다는 존재의 출현에 관한 전설에 이르기까지 다양하다. 특히 후자의 전설들은 신라 말기, 고려 말, 조선 후기 등 사회적 불안이 고조된 시기에 많이 나타나서, 민중 봉기의 신앙적 기반 내지 誘因으로 작용하기도 하였다.

전설이 대체로 일정한 지역성을 띤다는 점은 이미 지적한 바이지만 그 중에서도 어떤 것들은 지역적 국한성을 넘어 비슷한 유형의 이야기가 전국 각지에 분포되어 있음을 보게 된다. 예컨대, 미천한 농부의 자식으로 태어난 아기 將帥가 탁월한 힘과 지혜에도 불구하고 비극적인 죽음으로 좌절한다는 「아기 將帥 전설」은 내용을 약간씩 달리하는 類話들이 우리나라 여러 지방에서 두루 발견된다. 이것은 곧 평민영웅의 가능성과 신분적 질곡 사이의 심각한 갈등이 한국 중세사회 전반의 심각한 문제로서 잠재하였던 사실을 반영하는 현상이라 할 것이다. 江原道 春城郡 덕받제라는 곳에 전해지는 아기장수 전설 하나를 여기에 소개한다.

　　장씨네 들어오신 담에 박씨네가 인제 들어왔잖어요. 들어와가주구선 우리 박씨네가 젤 어딜 들어와 계시냐 하면 저 구멍동이라는데 있잖어요. 여기 지도 보며는 구멍동 있죠.

근데 참 하루 인제 얘기를 뺏는데요. 게깐 이거 내가 삭갈렸어(이야기 순서가 헷갈렸다는 뜻). 이제 부모가 돌아가셨어 그래서 인제 산자릴 못 잡구서 인제 임시 이렇게 아무데나 묻어놓구 있는데 하루는 중이 와서 저 자구 가자 그래요. 그래 자라 그래니깐, 봐두 벌써 상제가 다르잖어요.

「아, 췬양반 상제가 아니냐?」구.

「그래 난 상제다」

「어버지 어떻게 산자리나 바루 구해썼느냐?」

그래서,

「못 살다 보니깐 산자리두 구해 못 씨구 이렇체 아무데나 그냥 모시구 있다」구 그래니깐,

「그러냐」구.

「그럼 내가 산을 한 자리 본 게 있으니깐 내일 상제님들이 거길 가자」

이거예요. 게 참 밥을 싸가지구 일찍아니 떠나자구 그래선 밥을 싸가지구 가는데, 어디냐 하면 지금 그 동면 번개터지. 저 덕밭제 동면이야 거기가.

〔박치관 : 시방은 홍천군이야.〕 아 그전엔 동면 덕밭젭니다. 그 동면 덕밭제라는 델 가더니 턱 지관이 하는 말이,

「여기다 산을 쓰슈」

이말야. 게 보니까 참 앞에 장군석이 서이가 돌이 서 있어유. 그래서,

「알었다」

구 말야. 그래선 와가지군, 참 중들은 간 담에 신체를 모셔다 거기다 썼어요. 썼는데, 그 후루 참 태기가 있어가주구서 언낼 뚝 났는데, 이 언네 어머니가 밤에 한 밤중되에 보면 언네가 땀이 촉촉히 난단 얘기야, 이상허게. 이것두…… 사흘째 그렇게 땀이 나거던. 게 하룻 저녁엔 아주 새우면서 이걸 봤어. 이게 왜 이렇게 땀이 나나 하구 보니깐, 이 새빨구뎅이 어린애가 바시시 일어나더니 문을 열구 나가더란 얘기예요. 〔조사자 : 예, 갓난애가요.〕 예, 갓난언애가. 나가더니 고 앞에 가래낭기 커다만게 하나 있는데 훌쩍 날아 올라가더니, 가래낭구에 인제 오르락 내리며 인제 재줄 허는 기야. 재주를 디려 허더니 내려오더니, 들어와선 어머니 품속에 딱 들어오넌데 맨져보니 그 때 땀이 나더란 얘기야. 게선 시아부지한테 얘길 한거야.

「큰 일 났읍니다」

「왜 그러니?」

「저 인제 한 나달 되게 저렇게 가래남글 뭐넘어가서 밤이면 재주를 부리구 그러니 이 어떡헙니까?」

「쥑여야 된다」

이거지. 그럼 잘못되면 역적이구 잘 됨 충신이니까 이거 안된단 얘기야.
그러니까 팥섬을 막 지질러 놓니까 참 들썩들썩하더니, 이놈을 쥑였어요.
아주 지지눌러 가지고 쥑였는데, 사흘만에 아 중이 찾어온 거야. 찾아오더니,

「이 집이 아기 낳으니 아기 내놔라」

이거거든. 아 그래선,

「아, 안낳다」

구 그래니깐,

「아, 그런 얘기 없다」구.

「빨리 내놔라」

이거야.

「이거 내가 데루구 갈테니깐 내놔라」

그래서 그런 일 없대니깐 절대 꼭 났이니깐 내노라구. 그래선 노골적 얘
길 했어.

「이거 잘못 되면 우리 역적으루 몰려서 우리 박씨네가 죽을거 같아서 이
걸 지지눌러서 쥑였다」구.

「그래니깐 아 자기 복장을 막 디려 치더래요. 분하다구 말야.

「이걸 내가 데려다 꼭 키워야 되는데 어쩐 말이냐」

그래니깐,

「앞으루 둘이 또 날테니깐 이거는 꼭 날 됐다 다과」

게군 중은 가더란 얘기야. 그런데 기 이튿날 아 으앙 소리가 나더니 용마
가 하나 와가주구선 마당에서 말야 네 무릎을 굻곤 볶아치더래요. 그래더니
훌쩍 건너가서 그 근너 가서 엎드려 죽어서, 거기서 인제 배낭기 하나 올라
왔거던요. 그래 지끔두 거길 〈용의배나무꼴〉이라구 그럽니다. 여기 올라가
면, 구멍동 가면 예, 용의배나무꼴이 있어요. 게 거기가 용이 엎드려 죽었
는데 거기서 배낡이 하나 올라왔어요. 그래 용의배나무꼴이예요. 게 우리 박
씨네가 장사 또 둘 난다는 바람에 이걸 못나게 하느냐구, 아주 저 처녀 총
각 죽은놈에 뫼를 파다간, 송강을 파다간 앞 뒤다 꽉 눌러썼어요. 게선 꼼
작을 못하죠.

〈徐大錫 채록〉

몇몇 인물전설들은 한 두 토막의 이야기에 그치지 않고 특정 인물
을 중심으로 한 많은 이야기들의 군집을 형성하는 흥미로운 사례도
볼 수 있다. 林慶業, 암행어사 朴文秀, 鳳伊 金先達, 동해안 지역의

김선달이라 할 수 있는 방학중이 등에 관한 이야기들이 좋은 예이다.

전설은 어느 시대에나 있었지만 조선 후기에 와서 市井文化가 발달하면서 더욱 활발하게 유통되고, 野談類로 기록·윤색되거나 소설에 편입되어 이 시기의 기록 서사문학 발달에 크게 기여하였다.

民譚

민담은 이야기하는 이나 듣는 이가 모두 신성하다고 여기지 않으며 참이라고 전제할 필요도 없는, 그래서 〈옛날 옛적 호랑이 담배 먹던 시절에 말이지……〉라는 식으로 시작하는 흥미거리의 이야기이다. 민담의 주인공은 일상적 凡人 혹은 그 이하의 인물이되, 갖가지 난관에 부딪혀도 다행스러운 계기와 도움을 통해 이를 극복하고 행복한 결말에 도달한다. 민담의 세계에 불가능이란 없다. 그것은 동화적인 천진성이 모든 어려움을 이겨내는 이야기로서, 어떤 고난도 넘어설 수 있고 또 넘어서야 한다는 민중들의 낙관적 상상력의 표현이다.

민담은 전설과 달리 구체적인 증거물을 가지지 않으며, 지역적 제한성을 띠지도 않는다. 민담류의 이야기 중 어떤 것은 종족적·문화적 울타리를 넘어 전세계를 널리 여행하기까지 한다. 그렇다고 해서 유사한 내용의 민담이 반드시 하나의 근원으로부터 전파되었다고 보아야할 것인가는 의문이지만, 인류의 공통적인 욕구와 흥미가 민담에 가장 또렷하게 유형화되어 나타난다는 것은 분명하다. 대부분의 민담은 등장인물 설정과 사건 구조에서 반복이나 대립이 선명하게 圖型化된 기하학적 구조를 가지는데, 이와 같은 특성 또한 그것의 강력한 전파력에 긴밀한 관련이 있다. 민담 구조의 단순성과 체계성은 전승에 도움이 될 뿐 아니라, 인간 경험의 다면적 얽힘을 명료하게 집약하는 구실을 하기도 한다.

민담의 분류는 기준을 세우기에 따라 여러가지로 달라질 수 있으나, 여기에서는 動物譚, 本格譚, 笑話의 3분법에 따라 간략한 윤곽을 소개하면서 한국 민담의 사례에 언급하고자 한다.

동물담은 말 그대로 동물에 관한 이야기, 혹은 동물이 주된 행위자로 등장하는 이야기이다. 이를 다시 동물유래담, 본격동물담, 동물우화로 나눈다. 이 가운데서 문학적으로 보다 흥미로운 것은 뒤의 두 가지이다. 특히 동물을 擬人化하여 인간 세계의 갈등을 표현한 본격동물담 중 일부는 민담으로 머무르지 않고 조선 후기의 일부 소설에까지 차용되었다. 「토끼傳」「鼠大州傳」「장끼傳」 등이 이런 부류의 소설이다.

본격담은 인물의 특성과 사건 해결 방식에 따라 현실담과 공상담으로 나뉜다. 현실담은 어느 정도 경험적 현실성을 띤 이야기인 데 비해, 공상담은 초현실적인 인물과 사건으로 이루어진 이야기이다. 아래의 자료는 세계적으로 널리 분포되어 있는 「천냥짜리 點」 유형의 이야기인데, 공상담류 중에서도 豫言譚(占卜譚)의 부류에 속한다. 얼핏 보기에 이상하기 짝이 없는 가르침들의 의미가 드러나는 과정에 이야기의 묘미가 담겨 있다.

전에 내외가 살았는데 안에서는 베를 짜고 남자는 장에 가 양식을 팔아 왔다. 용한 점쟁이가 장에서 법석치는 것을 보고 생각하기를, 나도 쳐 봤으면 좋겠는데. 점을 치면 복채가 비싸서 쌀을 못 사 집에도 못 가게 되었지만 점을 쳤다. 점괘가 「마음이 위태롭거든 목적지까지 가지 말고 되나오라. 무섭거든 춤추라. 반가와하거든 살살 기라」 그 남자가 집에를 못 가고 어디를 가는가 하면 도망을 가는데 큰 강이 앞을 막아 배를 타게 되었는데 사람이 몯아야 가는데 기다리다가 사람이 차서 떠났다. 바람 불고 날이 꾸무럭해지고 돌개바람이 불어 배가 뒤집힐 듯했다. 점괘 때문에 「아이 무서워 못 가겠다. 돌아가자」고 야단을 했더니, 「정말 못 가겠느냐?」 「아 그래도 나는 안 간다」 할 수 없이 도로 갖다주고 배가 중간쯤 가다가 돌개바람이 불어 휘떡 뒤집혀 그는 점쟁이 말이 맞다고 생각했다. 그 길로 산골길로 가다 보니 집도 없고 첩첩 산중에 초입부터 해골이 쓰러 문드러져 되나오자니…… 들어갈수록 해골이 널렸다. 첫번에 뭐가 똥그란 게 또굴또굴 굴러와서 장따구를 쳐 다봉께, 키가 구십 척도 더 큰 것이, 눈은 화등잔같이 큰 것이 춤을 췄다. 그래서 〈무서우면 춤을 추라〉는 점괘를 생각하고 같이 덩실덩실 춤을 추었더니 차차 차차 작아져서 사람만하게 되어, 보고 웃으며 「나는 소원이 다 풀렸다. 당신 때문에 원이 풀렸다. 나는 마초귀신이나 하도 천상에서 죄를 많이 져서 구천 상제님께서 네놈 얼굴 보고 춤추는 놈 있으면 죄 풀리리라 하고 말한 다음에 춤추는 사람이 없어 한이더니 당신 때문에 원 풀었으니 당신의 소원이 무에든지 들어 주겠다」 「부자가 되고 싶다」고 했다. 「그러면 동삼밭을 가리켜 줄께……」 하고 「고개 고개 넘어 양지쪽 꼭대기 바위가 삐딱한 데 동삼밭이 있을 것이다」 해서 말대로 찾아가 뽑으니 무우 같은 동삼이 한정없이 나왔다. 하도 좋아 한 망태기 가지고 집에 갔다. 마누라가 반가와

했다. 또 〈반가와하거든 살살 기라〉는 점괘 생각에 살살 기었더니 마루 밑
에 시퍼런 칼을 든 괴한이 있었다. 그 사이에 다른 남자를 데리고 살려고
했던 것이었다. 「아하 나 죽일라고…… 내 이 집도 내 아내도 자식도 다 줄
테니 나와라」 나오니 그 사람은 다 버리고 동삼을 팔아 서울에 와서 잘 살
았다.   〈曺喜雄 採錄〉

笑話는 다른 나라의 경우에 비해 우리 민담에서 훨씬 다채롭고 많은
비중을 차지하는 듯하다. 誇張譚, 痴愚譚, 詐欺譚, 模倣譚, 競爭譚으
로 세분되는 소화의 하위 분류 가운데서도 특히 골계적 성격이 강한
앞의 세 가지가 한국 민담의 특징적 면모를 이해하는 데에 중요하지
않은가 한다. 방귀 잘 뀌는 며느리, 구두쇠 자린고비, 바보 사위, 실
수하는 사돈 등 우리에게 아직도 친숙한 평민적 민담으로부터 『古今
笑叢』류의 骨稽譚에 이르기까지 인간의 어리석음, 변덕스러움, 건망
증, 실수 등 갖가지 결함에 관련된 소화들은 상당히 많은 분량에 달한
다. 이들 소화가 대체로 차가운 풍자의 공격성보다는 해학적 관용의
분위기를 띤다는 사실에서 우리는 한국인의 전통적 생활감각과 인간관
의 한 단면을 짐작해 볼 수도 있을 것이다.

叙事巫歌

한국문학에 古代 叙事詩가 존재하였는가라는 의문에 관하여는 현전
하는 작품상의 확증이 미흡한 대로 긍정적인 추론이 제시된 바 있다.
즉 檀君, 朱蒙 등 건국 영웅의 신화는 산문으로 漢譯되어 전해지고
있으나, 그것이 고대의 국가적 祭典에서 實演된 모습은 〈祭儀의 口碑
的 相關物〉 즉 서사시 형태였으리라는 것이다. 특히 東明王 전승의
경우에는 신이한 능력을 지닌 天孫 朱蒙이 온갖 시련과 危難을 물리치
고 새로운 나라를 세우기까지의 이야기가 한편의 웅대한 건국서사시로
서 부족함이 없다. 고구려인들은 건국 영웅이자 수호신인 주몽과 생산
신으로 추앙된 그의 어머니 柳花 부인을 섬기는 제전을 정기적으로
거행하였는데, 건국 신화는 이들 제의에서 집단의 신성한 내력을 회고
하며 공동체적 믿음을 굳건히하는 서사시로 口誦되었을 것이다.
서사무가는 이러한 고대적 제전의 전통이 국가적인 차원에서 사라진
뒤 巫俗 신앙을 기반으로 하여 전승된 巫俗神話이자 서사시이다. 오늘

날까지 전해지는 서사무가가 오랜 동안의 역사 과정에서 얼마만한 변모를 거쳤는가는 아직 분명하게 밝혀져 있지 않다. 단군, 주몽, 혁거세 등의 國祖神話는 고대국가 형성 이전에 여러 부족들 사이에서 전승되던 무속신화 중 우세한 집단의 것이 국가의 조상신 신화로 이입된 듯하고, 갖가지 신들의 내력을 서술하는 서사무가는 또 그것대로 多神的 신앙의 표현인 민간 무속 제전(굿)을 통하여 오늘에까지 전승된 것이리라 추정되고 있다. 그런 뜻에서 서사무가는 그 자체가 한민족의 원초적 우주관·인간관의 표현으로서 중요할 뿐 아니라 한국 서사문학의 역사적 줄기를 파악하는 데에도 소홀히 할 수 없는 의의를 지닌다.

　무가에는 서사무가 외에 일정한 주인공이나 사건 구조 없이 무속적 세계상과 종교적 사실을 평면적으로 기술·전달하는 傳述巫歌도 있고, 소망·축원·탄식 등을 주내용으로 한 抒情巫歌도 있어서 굿의 전체 구조 안에서 기능을 분담한다. 그러나 문학적인 측면에서는 이들에 비해 서사무가가 훨씬 중요하게 취급된다.

　서사무가는 일정한 주인공의 행적을 노래와 말을 섞어가며 창한다는 점에서 서사시의 일종이지만, 신의 내력을 서술하는 것이라는 점에서는 巫祖神話(본풀이)이다. 무당의 굿에서는 진행하는 거리마다 주관하는 신이 다른데, 그를 굿판에 부르고 그 신성한 능력을 밝히기 위한 것인 까닭에 서사무가를 請拜巫歌라고도 한다. 따라서 그것은 무당에 의해 巫儀에서만 연창되는 전승 제한과 신성성·주술성을 기본 속성으로 하나, 후대에 첨가된 민간연희적 속성 즉 놀이로서의 기능도 지닌다. 후자의 특징은 특히 동해안 및 중부 이남 지역에 분포된 世襲巫의 굿에서 많이 나타나며, 굿의 종류로 보아서는 부락 단위의 豊農굿, 豊漁굿 등 축제적 성격의 굿에 현저하다.

　무당은 장고, 꽹가리, 징, 날라리 등 악기의 반주에 맞추어 노래와 말을 섞어 가며 서사무가를 창하는데, 그 분위기와 내용이 반드시 엄숙한 것으로 일관하지만은 않는다. 여기에는 굿의 세속적 연희성과 더불어 무속적 세계관과 神觀의 특징도 관련이 있는 듯하다. 무속적 사고에서는 仙界, 佛界나 저승이 사람이 살고 있는 세계의 수평적 연장 저편에 존재하며, 신·귀신·잡귀 등의 존재들도 보통 사람과 비슷한 감정 및 욕망을 지닌 것으로 인식된다. 따라서 서사무가의 주인공이 겪는 고난과 그 해결 방식은 현실적 경험의 차원을 넘어서는 것이면서도 세부적 전개 양상은 매우 인간적이다. 그리고 여기에 때때로 세속적 삶의 면모를 반영하는 삽화와 재담이 첨가됨으로써 익살스러운 분위기를 자아내기도 하는 것이다.

서사무가 가운데서도 가장 잘 알려진 유형인 「바리公主」(바리데기, 오기풀이)의 골격만을 여기에 소개한다. 바리공주는 오구굿의 여러 거리 가운데서도 가장 중요한 巫神으로서, 이승과 저승 사이의 길을 열어 亡者의 혼령을 편안하게 인도하는 힘을 지닌다고 한다. 무가 「바리公主」는 그녀가 어떻게 해서 이러한 신이 되었는가를 밝히는 본풀이이다.

① 어떤 왕국(나라 이름은 이본에 따라 다름)의 왕이 차례로 일곱 공주를 낳는다.
② 아들을 얻지 못하여 상심한 왕은 일곱째 딸을 내버리게 한다.
③ 버릴 때마다 새, 짐승 따위가 아기를 보호하여, 마침내 멀리 가져다 버리도록 한다.
④ 버려진 아기 즉 바리공주는 釋迦世尊 혹은 다른 초자연적 힘의 도움으로 양육된다.
⑤ 왕(혹은 왕과 왕비)은 하늘이 내신 아기를 버린 죄로 죽을 병이 든다.
⑥ 점을 쳐 보니 이 병은 저승의 약물을 길어다 먹어야 낫는다고 한다.
⑦ 여섯 공주 중 아무도 부왕의 병을 고치기 위해 저승길을 가지 않으려 한다.
⑧ 마지막 희망인 일곱째 공주를 찾아 데려온다.
⑨ 바리공주는 자신을 버렸던 아버지의 병을 고치기 위하여 저승으로 求藥 여행을 떠난다.
⑩ 여러 가지 난관을 극복하여 저승에 도달하고, 약물 구하는 데 필요한 과제를 감당해 낸다. 그 한 예로서, 서울 지역의 전승에서는 바리공주가 무장승을 만나 물 삼 년 길어주고 불 삼 년 때 주고 나무 삼 년 해주고 또 그와 결혼해서 일곱 아들을 낳는다.
⑪ 오랜 인고를 견딘 끝에 바리공주는 저승의 약물을 얻어 이승으로 돌아온다.
⑫ 와보니 왕은 이미 죽어서 상여를 내가는 중이다.
⑬ 바리공주는 저승의 약물과 그 밖의 신비로운 물건들을 써서 부왕을 살린다.

⑭ 마침내 바리공주는 이승과 저승의 길을 인도하는 巫神이 된다.

서사무가는 개인과 집단의 평안・번영을 기원하는 재수굿이나 혹은 억울하게 죽은 이의 혼령을 저승으로 보내는 오구굿(진오귀굿) 등의 여러 제의를 통해 평민사회의 종교적・연희적 요구를 충족하였을 뿐 아니라, 판소리・고전소설의 발생 내지 발달에도 적지 않은 영향을 미쳤고, 민요류의 노래들과도 활발한 교섭을 주고받았다. 고대신화에서부터 비롯된 〈영웅의 일생〉이라는 구조는 서사무가의 매개를 통해 영웅소설의 형성에 이르기까지 이어지는 것으로 추정되며, 판소리는 음악적 특성과 口演 방식에서 서사무가와의 親緣性을 뚜렷이 지녀서 흥미로운 고찰의 과제가 되고 있다.

판소리

서사무가가 주술성・신성성을 지닌 巫俗敍事詩인 데 비하여, 판소리는 고도한 음악적 표현력을 바탕으로 삼고 익살과 재담을 풍부하게 섞어가며 地上的 차원의 사람살이를 노래하는 세속적 구비서사시이다. 판소리는 문학적 요소인 사설・재담과 더불어 다채로운 음악과 현장 연출을 필요로 하는 예술이기 때문에 그 演行性을 중시하여 연극이라 하는 이도 있으나, 판소리 전체를 지배하는 원리는 서사적인 것이며 연극적 요소는 이에 부수되는 것으로 봄이 타당하다. 판소리에 있어서 唱者의 발림(몸짓), 場面化의 경향, 그리고 창자가 작중인물에로 자주 전환되는 일 등은 물론 연극적 속성의 표현으로 이해될 만하다. 圓覺社 시대에 판소리가 활발하게 唱劇化한 것도 이러한 내재적 성향에 힘입어 가능하였던 것이다. 그러나 1인창의 예술인 판소리 자체는 기본적으로 서사자의 서술에 의거하여 작품의 전체적 흐름이 엮어지며, 연극적인 표현 요소들이 서사성을 대체할 만큼 우월하다고는 해석하기 어렵다.

판소리의 기원에 관하여는 여러 가지 설이 있으나, 호남 지방의 丹骨巫들이 부르는 서사무가 또는 그 굿에서 유래하였으리라는 추정이 가장 유력하다. 전라도 지방의 서사무가는 장편 구비서사시의 형식, 창・아니리를 섞어 부르는 구연 방법, 음악적 장단・선율구조, 창법 등 많은 부분에서 판소리와의 친근성을 보인다. 아울러, 역대 판소리

창자 대다수가 이 지방의 巫家 출신이었다는 사실 또한 주목할 점이다.

이러한 기원적 연관 위에서 성립한 판소리가 서사무가와 전혀 달리 일상적 삶의 문제를 다루는 예술로 발달하기 시작한 것은 적어도 17세기 말엽 혹은 18세기 초의 일로 추정된다. 물론 초기 단계의 판소리는 내용과 표현이 모두 소박하였을 것이다. 그러나 세속화된 직업적 연희로서 성공하기 위해 창자들은 다채로운 레퍼터리와 풍부한 내용 및 음악적 탁월성을 갖추기에 힘써야 했고, 그 결과 18세기 중엽의 판소리는 매우 높은 수준의 唱樂的 서사시로 발전하였다.

판소리 창자들은 창을 엮어냄에 있어서 새로운 이야기를 창작하기보다는 전래하여 오던 설화를 근간으로 하여 그것을 다채롭게 윤색·개작하는 방향을 택하였다. 이렇게 해서 일단 성립한 작품들은 창자들의 師承 및 교류에 따라 한 세대에서 다음 세대로 전승되면서 부분적인 개작·확장과 세련 즉 〈더늠〉의 형성에 의해 매우 다채로운 내용과 음악적 표현을 축적하였다. 그 결과로 이루어진 판소리 레퍼터리가 열두 마당에 이르렀음을 19세기 초의 문헌인 『觀優戲』(宋晚載)에서 확인할 수 있다.

열두 마당 중에서 현재까지 창으로 전해지는 「春香歌」 「興甫歌」 「沈淸歌」 「水宮歌」(토끼타령, 토별가) 「赤壁歌」를 전승 五歌라 한다. 실전된 일곱 마당 가운데 「裵裨將타령」 「가루지기타령」 「雍固執傳」 「장끼전」은 辭說本 혹은 소설화된 축약본이 남아 있으나, 「江陵梅花타령」 「武叔이타령」(왈짜타령), 「가짜神仙타령」은 단편적인 문헌기록을 통해 그 존재 사실과 내용의 윤곽만을 알 수 있을 따름이다. 『朝鮮唱劇史』(鄭魯湜)에는 「가짜신선타령」 대신 「淑英娘子傳」이 열두 마당의 하나로 열거되어 있으나, 이를 지지할 만한 증거가 아직 발견되지 않았다.

열두 마당의 전승이 이처럼 줄어들게 된 것은 평민적 기반 위에서 발달하여 온 판소리가 18세기 말 이후 양반·부호층의 청중을 획득하면서 그들의 嗜好를 강하게 의식한 때문이다. 失傳된 일곱 마당이 평민적 해학과 풍자에 철저하였던 데 비하여 전승 5가가 평민적 현실주의와 중세적 가치의식이 공존하는 양면성을 보이는 점도 여기에 기인하는 현상이다.

판소리 창자들은 전승적 이야기의 골격을 근간으로 삼되 그 중에서 특히 흥미로운 부분을 확장·부연하는 방식으로 사설과 음악을 발전시켜 나아갔기 때문에 판소리는 이야기 전체의 흥미나 구성의 긴박성보다는 각 대목의 흥미와 감동에 치중하는 경향이 있다. 판소리 및 판소리계 소설에서 앞뒤의 내용이 잘 맞지 않거나, 때로는 뚜렷하게 모순되기까지 하는 일이 흔한 것은 이 때문이다. 그러면서도 판소리는 그 나름의 독특한 서사적 구성 원리를 가지고 있다. 창과 아니리, 悲壯과 滑稽를 엇섞어 배치하여 청중들을 작중현실에 몰입시켰다가 해방하는 방식이 그것이다. 판소리가 청중을 자유자재로 울렸다가 웃겼다가 한다는 예로부터의 말은 바로 이러한 정서적 긴장과 弛緩의 반복을 지적한 것이다.

　판소리 사설은 운문과 산문이 혼합되어 있을 뿐 아니라 여러 계층의 청중들을 상대로 하여 積層的으로 발달한 까닭에 언어의 층위가 매우 다채롭다. 그 속에는 典雅한 漢文 취미의 대목이 있는가 하면 극도로 익살스럽고 노골적인 욕설·속어가 들어 있으며, 무당의 고사나 굿거리 가락이 유식한 한시구와 나란히 나오기도 한다. 이 밖에 민요, 무가, 잡가, 사설시조, 선소리, 十二歌詞 등 각종 민간가요가 판소리 속에 많이 삽입되었다.

　아울러, 판소리 문체의 특징적 현상으로서 〈언어 層位의 분리〉라는 경향성을 지적할 수 있다. 언어 층위의 분리란 등장인물의 신분·성격·분위기와 서술자의 태도에 따라 말의 종류가 판이하게 바뀌는 현상으로서, 판소리에서는 작중상황에 따라 음악상의 長短, 調가 다채롭게 엮어지는 것과 마찬가지로 문체 면에서도 이러한 변이가 나타난다. 예컨대, 존귀하고 품위 있는 인물이 등장하는 대목에서는 음률이 우아할 뿐 아니라 사설 역시 장중·엄숙한 언어로 엮어진다. 반면에 신분이 낮거나 비속한 인물 및 풍자적 대상이 등장할 때, 그리고 반드시 부정적인 인물은 아니더라도 희극적 시각에서 조명될 때 그 대목은 소박하고 발랄한 평민적 속어로 처리된다.

　다음의 두 보기 가운데서 앞의 것은 「沈淸歌」 중 심청이 집 떠나는 대목이며, 뒤의 것은 놀보가 양식 얻으러 간 흥보를 때려 내쫓는 「興甫歌」의 한 대목이다.

　【아니리】 그때여 동네 사람들이 모도 달려들어 심봉사 손을 꽉 붙들어 놓

으니, 심봉사, 옮도 뛰도 못허고 그대로 딸을 잃어 버리는듸,

【중물이】「못 가지야, 못 가지야, 날 버리고 못 가지야. 아이고, 이놈의 신세 보소. 마누라도 죽고 자식까지 마저 잃네」엎더져서 기절을 하니 동네 사람들은 심봉사를 붙들고. 그때여 심청이는 선인들을 따라를 간다. 끌리난 치맛자락 거듬거듬이 걷어 안고, 흐트러진 머리채는 두 귀 밑에 와 늘었구나. 비와 같이 흐르난 눈물, 옷깃에 모두다 사무친다. 엎더지며 자빠지며 천방지축 따러간다. 건넌말 바라를 보며, 「이 진사 댁 작은 아가, 작년 오월 단오날에 앵도 따고 노던 일을 니가 행여 잊었느냐? 너희들은 팔자 좋아 부모 모시고 잘 있거라. 나는 오늘 우리 부친 이별허고 죽으러 가는 길이로다」동네 남녀노소 없이 눈이 붓게 모도 울어, 하나님이 아신 배라. 백일은 어디 가고 음운이 자욱헌데, 청산도 찡그난 듯, 간수는 오열허여, 휘늘어져 곱던 꽃이 이울고저 빛을 잃고, 요요한 버들가지 줄듯이 늘였구나. 춘조난 슬피 울어 백반제송허는 중에, 「묻노라, 저 꾀꼬리, 어느 뉘를 이별허고 환우성을 게서 울고, 뜻밖의 두견이 소리, 피를 내여 운다마는, 야월공산 어디 두고 진정제성 단장성은 네 아무리 불여귀라 가지 우에 앉아 운다마는 값을 받고 팔린 몸이 어느 년 어느 때나 돌아오리?」바람에 날린 꽃이 얼굴에 와 부딪치니, 꽃을 쥐어 손에 들고, 「약도춘풍불행이면 하인취송으 낙화내라. 한 무제 수양 공주 매화장에 있건마는 죽으러 가는 몸이 수원수구를 어이하리?」한 걸음에 눈물을 짓고, 두 걸음에 한숨 쉬어, 울며불며 끌리어 강두로만 나려간다. 〈韓愛順 唱本〉

【잦은물이】놀보놈 거동 봐라. 지리산 몽둥이를 눈 우에 번쩍 추여들고, 「네 이놈, 흥보놈아! 니 내 말을 들어 봐라. 쌀말이나 주자 헌들, 남대청 큰 두지으 가득가득이 쌓였으니 너 주자고 두지 헐며, 벗말이나 주자 헌들, 천록방 가리노적 다물다물이 쌓였으니 너 주자고 노적 헐며, 돈냥이나 주자 헌들, 옥당방 용목궤에 관을 지어서 넣었으니 너 주자고 관돈 헐며, 싸라기나 주자 헌들, 황계 백계 수십 마리가 주루루루루 벌여 있고, 찌경이나 주자 헌들, 굿인 방 우리간에 떼도야지가 들었으며, 식은 밥이나 주자 헌들, 새끼 암캐 두고 너 주자고 개 굶기랴? 잘살기 내 복이요 못살기 네 팔자라, 굶고 벗고 내 아느냐?」강세암의 계집 치듯, 담에 걸친 구렁이 치듯, 여름날 번개 치듯, 냅더 철꺽 후닥딱! 「아이고, 형님. 박 터졌소!」냅더 후닥딱! 「아이고, 형님 다리 부러졌소! 아이고, 형님 나 다시는 안 오리다. 다시는 안 도랄 터이오니 살려 주오, 살려 주오. 제발 덕분으 살려 주오」흥보가 몽둥이를 피하노라고 이리 닫고 저리 닫고, 대문을 걸어 잠갔으니 나갈 듸도 없고,

【아니리】어찌 다급해 났던지 안으로 쫓겨서 막 들어가던가 보더라. 그때에 놀보 마누라가 부엌에서 밥을 채리다가 가만히 들으니 밖에서 웬 사람 칙이는 소리가 나지. 들어 본즉 저의 시아재 흥보가 매를 맞거늘, 필연 매 맞고는 안으로 들어올 줄을 짐작하고, 밥 채리던 주벅을 들고 포수 고라니 목 잡듯 중문에 와서 딱 잡고 섰을 적에, 흥보가 울며 들어오것다.「아이고, 아짐씨, 형수씨, 사람 좀 살리시오」　　　　　　　　　　〈朴奉述 唱本〉

　　판소리에 투영된 사회의식은 판소리史의 전개 과정에 따라 일정하지만은 않았으나, 그 창자들이 중세적 신분질서에서 가장 낮은 지위에 속하는 천민이며 18세기 말까지는 평민층 청중들의 영향력이 압도적이었으므로 평민적 세계관과 미의식이 주류를 이루는 것은 자연스러운 결과이다. 판소리에서 중세적 관념과 가치는 대체로 희극적 조롱의 대상이며, 평민적 경험에 기반한 세속적 현실주의가 삶의 근본 전망을 이룬다. 다만, 이와 같은 성격은 그 자체가 진행 과정에 놓여 있던 것인 데다가, 19세기 초기 이래 양반 청중의 영향력이 개입하면서 일부 약화되기도 하였다. 판소리가 지닌 兩面性 내지 二元性은 바로 이 점에 기인하는 특질이다. 그러나 실전된 일곱 마당까지를 포함하여 생각할 때 판소리 전반의 사회의식과 세계관이 근본적으로 脫中世的 현실주의의 지향을 가지고 있다는 점은 의심할 바 없다.
　　판소리는 독서물로 정착·유통되면서 판소리계 소설이라는 독자적 유형을 형성하고, 조선 후기 소설에 있어서의 평민적 사실주의의 발전에도 크게 기여하였다.

叙事民謠
　　일정한 인물과 사건구조를 갖추어 노래하는 민요를 서사민요라 부른다. 서정민요가 대개 응축된 간결함을 지니는 데 비해 서사민요는 이보다 길이가 길고, 일정한 사건으로 표현되는 갈등과 그 해결을 주요 관심사로 삼는다.
　　서사민요는 아직까지 널리 수집·정리되지 못한 상태에 있는데, 慶北 지방을 대상 지역으로 삼은 한 연구(趙東一,『叙事民謠 研究』, 1970)에 의하면 여성의 길쌈노동요로서 불리는 경우가 가장 많다. 길쌈하는 일은 완만한 동작으로 오랜 동안 계속하는 노동이므로 비교적 단순한 가락으로 읊조리는 길고 재미있는 내용의 서사민요가 적합하다. 이 밖에 주로 남성들이 부르는 「범벅타령」「상투 잡고 해산하는 노래」 등의 희극적 서사민요나 판소리, 무가 등에서 전환된 서사민요도 채집 사례가 알려져 있다.

길쌈노동요로 불리는 서사민요는 노래하는 이들이 여성인 만큼 가정 생활 속의 갈등·고난을 노래한 것이 주종을 이루고, 남녀간의 애정을 다룬 것들도 더러 보인다.

서사민요는 일반 평민들의 생활 속에서 불리는 비전문적 노래이기 때문에 서사무가, 판소리 같은 전문적 구비서사시나 설화, 소설 등의 산문 서사문학에 비해 내용 및 표현이 단순하다. 그러나, 현실 생활에 바탕을 둔 체험적 직접성은 서사민요가 좀더 뚜렷하다고 하겠다. 특히 길쌈노동요류의 서사민요는 중세적 규범과 가족관계 속에서 고통스러운 삶을 살았던 여성들의 체험을 전형화한 작품들로서 주목할 만하다. 다음의 「시집살이 노래」에서 그 한 예를 본다.

> 시집 가든 사흘만에 호망자리 둘러미고 밭매로야 가라칸다
> 머슴들아 머슴들아 밭매로야 가자시라
> 마당겉이 굳은 밭을 미겉이도 지슴 밭을 남산겉이 넓은 밭을
> 한골 매고 두골 매고 삼시골로 거듭 매고 저임때가 되었구나
> 머슴들아 머슴들아 점심 묵을 집에 가자
> 집이라고 들어오니 시아버지 하는 말이
> 번개겉이 뛰나오메 그게라상 일이라고 저임 찾어 벌어 오나
> 쪼바리 겉은 시어마님 쪼불시가 기나오메
> 고게라상 일이라고 점심 찾어 벌어 오나
> 흔들흔들 맞동세는 실렁실렁 나오메야
> 고게라상 일이라고 저임 찾어 버러 오나
> 기가 차고 매가 차여 (녹음기 고장으로 몇 귀절 탈락)
> 삼년 묵은 버리밥을 식기굽에 문체 주고
> 장을 조꼼 달라 하니 삼년 묵은 등게장을
> 종지 굽에 문체 주고 몽당숟가락 던제 주니
> 밥그럭을 가주고야 장방 우에 없어 놓고
> 농문으로 열어치고 우리 아배 떠온 처매 우리 어매 눈공 처매
> 한폭 따여 꼬깔 짓고 두폭 따여 행전 짓고 시폭 따여 바랑 짓고
> 오랑망태 둘러미고 시금시금 시어마님 나는 가네

시금시금 시어마님 시집살이 몬해가주
나는 가네 나는 가네 가그넝 가고 말그넝 말고
새 상방에 가 가주고 서방군아 서방군아
시집살이 할 수 없어 나는 가네 나는 가네
가지 마오 가지 마오 내 말 듣고 가지 마오
어야든동 가지 마소 그 시어른 맹 사는가
그 동세가 맹 사는가 내 말 듣고 가지 마소
손톱 밑에 홀 안 옇고 발톱 밑에 홀 안 옇고
앉아가주 글만 아든 저 선보가
손톱 밑에 홀로 옇고 두발로 당두거리며
기가차게 눈물로 지 우나 할수없이 떠나가네
동해사 절로 가여 한 대문을 열어치고 두 대문을 열어치니
늙은 중캉 젊은 중캉 동미중캉 앉었구나
동미중아 벗이중아 이내 말씀 들어바라 내 머리를 깎어 도고
정들어를 나여 두고 머리 깎다 원말이고 잠말 말고 깎어 도고
동미중아 머리 깎어 친정곧에 시주 가자 이내 머리 깎어 도고
한 귀때기 깎고 나니 눈물이 진동하고
두 귀때기 깎고 나니 팔월이라 원수밭에 돌수백이 되였구나
바랑망태 짊어지고 친구중아 벗이중아
친정곧에 시주가자 친정곧을 시주가자
친정에 삽지끝에 들어서여
시주 왔소 동양 왔소 이 댁에 시주 왔소
어마시가 하는 말이 문을 열고 내바더 보메
삽직껄에 저 대사는 우리 딸이 건성하다
요보시오 그 말 마소 동서남북 다 댕기도 같은 사람 만석 **해소**
사랑문을 열어 놓고 아부지가 하는 말이
삽작 뱎에 저 대사는 우리 딸이 건성하다
요보시오 그 말 마소 동서사방 다 댕기도 같은 사람 만석 해소
시누부 올캐 하는 말이 삽잭 뱎에 저 중으는 시누부 건성하다
요보시오 그 말 마소 동서사방 다 댕기먼 같은 사람 만석 **해소**
마리 밑에 있던야 청삽살이 홀쩍홀쩍 뛰나오메
꽁지 설설 흔들메야 치매꼬리 물고 뛰고 땡게시니
개가 그카이 보고 기가 차여 홀어져여 개를 안고
대성양을 눈물지우니 그 가운데 알어채리고
어마시가 두 걸음을 뛰나와야

행전 벗어 집어치고 바랑 벗어 집어치고 꼬깔 벗어 **집어치고**
야야 야야 이 웬일고 이게 무신 모양이고
큰방을 들이가자 이게 무신 웬 말이고
정들은 어따 두고 니 일신이 이래 됐노
〈慶北 永川郡, 趙東一 探錄〉

다만, 여기서 한 가지 덧붙여 두어야 할 사항은 서사민요가 일정한
인물과 사건구조를 지닌 점에서 서사적 갈래의 하나로 분류되기는 하
나, 그 叙事性은 때때로 서정적인 것의 경계선에 근접하거나 엇걸치는
주변성을 띠기도 한다는 점이다. 이런 현상은 밸러드 ballad와 같은 서
구문학 양식에서도 보이는 것으로, 서사적 표현 양식이 사건구조의
전개에 주된 관심을 두기보다 작품 전반에 특정한 분위기와 정서를
조성하는 장치로 기능하는 경우에 특히 두드러지게 나타난다. 길쌈노
동요 중「베틀노래」같은 것은 상당히 긴 분량과 줄거리를 가지고 있
어서 서사성의 역할이 지배적이라 하겠지만, 이보다 짧은 대다수의
시집살이謠나, 「晉州郎君」노래 따위는 비록 서사민요라 해도 서사적
골격의 도움 위에서 여성들의 고통스러운 삶을 主情的으로 집약하는
주변적 서사성을 띤다고 보아야 할 듯하다.

古典小說
대체로 19세기 말까지의 우리 소설을 고전소설이라 총칭한다. 물론
이때의 〈古典〉이라는 어휘는 〈不變하는 보편적 가치를 인정받는 서
적〉이라는 뜻이 아니라 일정 시기 이전의 과거적 유산을 총괄하기 위
한 편의상의 지칭이다. 고전소설은 또 古小說이라 불리기도 하며, 고
대소설, 구소설 등의 용어가 쓰인 적도 있다. 어떤 학자들은 고전소
설전반을 傳奇小說이라 지칭하기도 하는데, 기이한 일을 傳述한다는
傳奇의 본래적 개념이 우리 고전소설 모두에 해당한다고는 볼 수 없
으므로 이 이름은 적절하지 못하다.
한국 고전소설이 언제, 어떤 기원으로부터 발생하였는가에 대하여는
아직까지 만족할 만한 결론이 내려지지 않았다. 그러나, 金時習
(1435~1493)의「金鰲新話」가 그 초기적 성취의 뚜렷한 결정체라는 점
에는 의문의 여지가 없다. 이 작품이 출현한 15세기 말은 중세적 사

회질서와 문화의 틀이 아직 완강하던 시대였으나, 이념과 현실의 모순 속에서 심각한 갈등을 겪었던 김시습은 현세적 삶의 욕망과 그 좌절 및 고통의 문제를 傳奇的 수법의 이야기들로 엮어내어, 분열된 세계 안의 갈등을 다루는 소설의 지평을 개척하였다. 16세기 말 경에는 이 보다 전기적 성격이 적은 대신 당대의 사회적 모순이 좀더 구체적으로 다루어진 국문소설 「洪吉童傳」이 許筠(1569~1618)에 의해 창작되어* 본격적인 소설의 시대를 열었다. 이후 17세기부터는 소설의 창작이 활발해짐과 함께 상당한 규모의 독자층이 형성되었으며, 18·19세기는 소설의 시대라 불릴 만큼 소설의 질적인 다양화와 양적인 팽창이 이룩 되는 한편 坊刻本 소설 같은 상업적 출판과 貰冊業이 성행하였다.

고전소설 작품의 수효가 얼마나 되는가는 많은 자료의 일실로 인해 분명하게 말하기 어려우나 최근까지 수집된 작품이 약 600종을 넘으 며, 새로운 자료가 발굴될 여지는 아직도 많다. 아울러, 한 소설에 여 러 異本이 있는 경우가 상례인 데다가 이본간의 차이가 커서 이들을 별도의 작품으로 간주해야 할 경우도 흔하다. 고전소설을 구성·인물 형·주제·문체 등의 여러 요소에 따라 친근성이 높은 것들끼리 묶어 보면 英雄小說, 幻夢小說, 歷史軍談小說, 판소리계 소설, 家門小說, 漢文小說 등으로 대별할 수 있다.

영웅소설은 「홍길동전」에서 초기적 형태가 성립한 이후 다른 유형들 보다 앞서 발달하여 17세기부터 창작되고 18·19세기에도 많은 독자층 의 애호 아래 성행한 소설 유형이다. 그 유형적 구조를 간추리 면, i) 예사롭지 않게 출생하고 비범한 자질을 갖춘 고귀한 신분의 주 인공이, ii) 뜻밖의 재난으로 위기에 부딪혔다가, iii) 救出·養育者의 도움을 얻어 이를 모면하고, iv) 힘과 지혜를 기른 뒤 마침내 세상에 다시 나아가, v) 악의 세력을 무찌르고 영광을 쟁취한다는 것으로 집약할 수 있다. 이러한 유형구조에 걸맞게 주인공들은 모두가 탁월 한 才子·佳人이며, 작품의 전체적 분위기와 문체는 장중·엄숙한 흐 름을 유지한다.

이 유형의 작품 중 상당수는 주인공의 군사적 활약상을 주요 내용으

---

* 허균이 창작한 「홍길동전」이 분명히 국문소설이었는가에 대하여는 회의적인 견해를 가진 이도 있다. 그 실상이 어떠하든 현존하는 「홍길동전」이본들은 허균의 원작그 대로가 아니며 후대의 전승 과정에서 여러 단계의 윤색·첨가·개작이 가해진 결과 이다.

로 하기 때문에 軍談小說(혹은 창작군담소설)이라고도 불린다. 그러나 영웅소설의 유형구조를 지닌 작품들 중에는 軍談이 전혀 없거나 별로 중요하지 않은 것들도 있기 때문에, 군담소설이 거의 다 영웅소설이 기는 해도 영웅소설이 곧 군담소설인 것은 아니다. 또한, 영웅소설 중의 상당수 작품들은 天上界와 地上界라는 이원적 공간을 설정하고 주인공이 어떤 잘못으로 인해 천상계로부터 지상계로 내쫓김을 당한다는 話素를 가지고 있어서 이들을 謫降小說이라 지칭하기도 하나, 모든 영웅소설이 다 적강소설은 아니다. 다만, 화려하고 다채로운 군담과 이원적 세계구조 및 謫降의 모티프를 가진 작품이 영웅소설의 전형적 특징을 가장 잘 보여 준다는 점은 분명하다. 「劉忠烈傳」을 그 대표작으로 꼽을 수 있다. 이 밖에 작품마다 부분적인 특징의 차이가 있으나, 「趙雄傳」「金방울傳」「蘇大成傳」「張風傳」「玄壽文傳」「淑香傳」 등이 널리 읽힌 대표적 영웅소설이다.

다음의 장면은 「유충렬전」에서 謀害者 정한담에게 쫓긴 유충렬 母子가 간신히 목숨을 구하여 달아나는 대목으로, 뜻밖의 危難으로 인한 비장한 분위기가 영웅소설의 전형적인 문체를 통해 잘 나타나 있다.

부인이 창황 중의 충열의 손을 잡고 홍선을 흔들면서 단장 밋티 은신ᄒ니 화광이 츙쳔ᄒ고 회신 만지ᄒ니 구산갓치 ᄡ인 기물 화광의 소멸ᄒ니 엇지 안이 망극ᄒ랴. 사경이 당ᄒ미 인젹이 고요ᄒ고 다만 중문 밧기 두 군ᄉ 직 키거늘 문으로 못 가고 단장 밋티 비회ᄒ더니 창난호 달빗 속으로 두로 살 펴보니 즁즁호 단장 안의 나갈 기리 업셔스니 다만 물 가는 수치 궁기 보이 거늘 충열의 옷슬 잡고 그 궁기여 머리를 넛코 복지ᄒ여 나올 졔 쳡쳡이 ᄡ 인 단장 수치여로 다 지너여 중문 빗기 ᄂ셔니 충열이며 부인의 몸이 모진 돌의 글키여서 빅옥 갓탄 몸이 유혈리 낭자ᄒ고 월식갓치 고흔 얼굴 진흑빗치 되야스니 불상ᄒ고 가련ᄒ문 쳔지도 실허ᄒ고 강산도 비감ᄒ다. 충열을 압픠 안고 시이질노 나오며 남쳔을 바릐고 갓업시 도망할시 호 고틔 다다른니 엽 푸 른 뫼이 잇스되 놉기는 만쟝이나 ᄒ고 봉 우의 오싴 구름 사면의 어리엿 거늘 자셰이 보니 이 뫼난 쳔졔ᄒ든 남악 형산이라. 젼일 보던 얼굴리 부인 을 보고 반기난닷 두렷호 쳔졔당이 완연이 뵈이거늘 부인이 비회를 금치 못 ᄒ야 충열을 붓들고 방셩통곡ᄒ난 말리, 네 이 뫼를 아난다. 칠년 젼의 이 산의 와서 산졔ᄒ고 너를 나아써니 이 지경이 되야스니 네의 부친은 어듸 가고 이런 변을 모로난고. 이 산을 보니 네 부친 본 듯ᄒ다. 통곡ᄒ고 실푼 마ᄋ 엇지 다 층양ᄒ리. 충열이 그 말 듯고 부인의 손을 잡고 울며 왈 이 산의 산졔ᄒ고 나를 나어다 말가. 격시리 그러ᄒ면 산신은 이러ᄒ 연유를 알연마는 산신도 무졍ᄒ네. 부인이 이 말 듯고 목이 메여 말를 못 ᄒ거놀 츙열이 위로ᄒ디 이윽키 진졍ᄒ야 츙열을 압세우고 번양수를 건너 회수 가의 다다르니 날리 임우 서산의 결여 잇고 원촌의 졀역 너 나고 쳥강의 도던 물시는 양유 속의 ᄂᄅ들고 쳥션의 ᄯᆫ 가마구난 운간의 울어 들고 희상을 바라보니 원포의 가는 돗디 져문 안기 씌여 잇고 강촌의 이젹 소ᄅ 세우 즁의 훗날엿다. 실픈 마옴 진졍ᄒ고 츙열의 손을 잡고 물가의 비회ᄒ되 건네갈 비 젼이 업서 ᄒ날을 우러러 탄식을 마지 안이ᄒ더라.　　　　　　　　〈完板本〉

　고귀한 신분으로 태어난 영웅적 주인공들의 몰락과 상승을 주요 관심사로 삼는 점에서 영웅소설은 두 가지 상이한 지향의 결합으로 이루어진 소설 유형이라 할 수 있다. 그 한편은 중세적 사회질서의 혼란과 세속적 관심의 증대 및 개인적 욕망의 추구라는 世俗指向性이며, 다른 한편은 흔들리는 옛 질서를 회복하여 그 안에서 개인과 가문의 영광을 찾고자 하는 懷古的 지향성이다. 이러한 양면적 충동의 비중과 결합 방식은 물론 작품에 따라 다르지만, 전반적으로 보아 영웅소설은 판소리계 소설이나 家門小說에 비하여 중세적 질서와 관념체계에의 鄕愁가 짙다고 할 수 있다. 다만, 충성과 효도라는 중세의 윤리 이념을 중시하면서도 그 내부에서는 개인의 야심, 세속적 영광, 그리고 남녀간의 애정이 실질적인 動因이 되는 터이므로 영웅소설 역시 해체기 중세 사회의 경험과 꿈을 반영하는 소설유형임은 부정되지 않는다.
　幻夢小說과 歷史軍談小說은 각기 다른 면에서 영웅소설과 인접해 있는 小作品群 유형들이다.
　환몽소설은 작품 수가 많지 않으나, 金萬重(1637~1692)의 「九雲夢」이 출현한 17세기로부터 19세기 말에 이르기까지 지속적으로 창작되었다. 그 대체적 구조는 i) 초월적 세계에서 세속의 삶을 동경하던 주인공이, ii) 꿈을 통해 이 세상에 새로운 인물로 태어나 파란많은 영웅적 생애를 누리고, iii) 다시 꿈을 깨어 세속의 세계를 떠나게 된다는 세 단계로 이루어져 있다. 이러한 짜임은 「調信夢」「南柯記」등 한국과 중국의 옛 설화·傳奇에 보이는 幻夢譚에서 비롯한 것으로 추측된다.
　이 유형에 속하는 소설들도 작품마다 상당한 차이가 있음은 물론이다. 예컨대, 「구운몽」이 환몽구조의 장치를 통해 儒家的 세속주의와 불교적 無常觀을 교묘하게 결합시킨 데 비하여, 19세기의 걸작 「玉樓

夢」은 보다 寫實的인 방향으로 발전하여 현세적 욕망에 대한 관심을 강하게 드러내었다. 이들 작품에서 환몽 부분에 해당하는 세속적 삶의 이야기는 영웅소설의 유형적 특질에 근접하는 경우가 많으나, 이를 둘러싼 환몽구조의 작용에 의해 주제상의 변이가 나타난다는 점이 환몽소설을 영웅소설과는 별도의 작은 유형으로 보게 하는 까닭이다.

역사군담소설로 불리는 「林慶業傳」 「朴氏傳」 「壬辰錄」 등은 초인적 능력을 가진 영웅들의 군사적 활약상을 담은 데서 군담소설(창작군담소설)류와 비슷하다 할 수 있으며, 두 부류의 작품들 사이에는 실제로 문체와 사건 처리 방식의 영향 관계가 발견되기도 한다. 그럼에도 이들을 별도의 종류로 보는 것은 壬辰倭亂과 丙子胡亂이라는 실제의 전쟁을 배경으로 삼아 역사적 인물들을 등장시킨 작품들인 때문이다. 그러나 역사성을 띤다고는 해도 이 작품들은 사실담 그대로이기보다는 두 차례의 치열한 전란 이후 민간에서 전승되어 오던 설화적 이야기들을 바탕으로 엮어진 허구적 내용이 압도적이다. 영웅소설의 주인공들이 일반적으로 가문의 영예와 개인적 功名을 추구하는 인물인 데 비해 역사군담소설의 인물들은 잔학한 외적과 간교한 지배층 모두에 맞서서 용감하게 싸운 민중영웅으로 형상화된 예가 많다.

판소리 辭說이 독서물로 전환되면서 이루어진 판소리계 소설은 특정한 사건구조의 유형성을 띠고 있지는 않으나, 판소리로부터 유래한 공통의 문체·修辭的 특징과 평민적 인물형 및 세계관을 보여준다. 「春香傳」 「沈淸傳」 「興夫傳」 「토끼전」 「裵裨將傳」 「장끼傳」 「雍固執傳」 등 이 부류의 작품들은 세속의 현실을 중시하는 一元的 世界像 위에서 凡庸한 사람들의 삶이 지닌 여러 문제들을 다루고 있다. 판소리계 소설에는 초인적 능력을 가진 영웅이 존재하지 않으며, 사건 전개에 있어서도 경험적인 인과관계가 보다 중시된다. 그 문체는 운문과 산문이 혼합되어 있을 뿐 아니라 고도로 세련된 전아한 언어와 평민층의 발랄한 속어 및 才談·肉談이 엇섞여 있다. 아울러, 삶의 고통에 마주선 비장함이 구수한 해학, 신랄한 풍자와 함께 공존하면서 조선 후기 사회의 생활상을 폭넓게 형상화한 점도 판소리로부터 유래한 특징이다.

작품의 줄거리만으로 보면 이상화된 佳人이라 할 春香조차도 군노사령들이 잡으러 온 대목에서는 아래와 같이 능란하게 교태를 부려서 위기를 모면하고자 하는 세속적 인간형으로 그려져 있다.

　(춘향이) 훨적 뛰여 너다르며 단숨호치 반기흥고 함쇼함퇴 손벽 치고 이
고나 져 손님 보완지고. 반갑기도 긔지업고 깃부기도 칭냥업너. (……) 니뤼
두의 손을 잡고 방안으로 드러가며 흐는 말이, 하 오릭게야 맛나시니 슐이
나 뫽고 노스이다. 관령 뫼온 일노 왓나 심심흐여 날 츠즈라 왓나. 무슴 바
람이 부러 왓노. 너가 쑴을 쑤나 그리든 졍을 오날이야 펴깃네. 반가울ᄉ
귀흔 긔이 오날 왓너. ᄉ람 그리워 못살깃너. 이러트시 이용으로 ᄉ람의 간
댱을 농낙흐니 져 뫼두 두놈 거동 보쇼. 이젼 일 싱각흐니 오날 일이 의외
로다. 이젼의 츄보기를 도슐궁 션녜러니 오날날 츄는 쥴을 가작인 쥴 졍녕
이 알건마는 분길 곳튼 고은 손으로 북두갈고리 곳튼 져의 손을 잡은지라.
고기를 쌔지오고 나려다 보니 졔두리 쎠가 싀근싀근. 돌갓치 굿든 마음 츈
풍강상의 살얼름갓치 눅쳔 골결이 다 녹는다.　　　　　　〈南原古詞〉

　판소리계 소설 중에서 특히 인기가 있었던 「춘향전」「심청전」「흥부
전」에는 이본이 아주 많다. 이는 소설의 유통 과정에서 이루어진 개
작・윤색이라는 일반적 요인 외에 積層的 口碑傳承 예술인 판소리가
끊임없이 변모해 오는 동안 여러 단계에 걸쳐 소설로의 전이가 이루어
진 데에도 한 원인이 있다. 판소리계 소설은 18세기 무렵 이후에 성
행했고, 다른 유형에 비해 평민층의 독자를 더 많이 가졌던 것으로 보
인다. 아울러, 판소리계 소설이 발달하면서 그와 비슷하게 평민적 현
실주의의 색채를 짙게 띤 「李春風傳」「三仙記」「烏有蘭傳」 등의 희극
적 소설들이 출현하였으며, 동물을 의인화하여 인간사회의 문제를 풍
자적으로 다룬 「鼠同知傳」「鼠獄記」 등의 우화소설도 여러 종류가 창
작되었다. 이들을 포괄하여 평민소설이라 부른다.
　朴趾源(1937~1805), 李鈺(1860년대~1900년대) 등의 傳과 여러 야담
집의 이야기들 중 소설적 짜임을 갖춘 작품들을 간추려서 한문소설
이라 보기도 하며, 특히 후자를 漢文短篇이라 지칭한다. 이 계열의 작
품들은 한문을 해독할 만한 교양을 가진 계층에 의해 창작되고 읽혔으
나, 내용은 종래의 士大夫 문인들이 추구하던 정통적 한문학의 관습으
로부터 벗어나 상인・貧農・富豪・관리・도적・妓女・奇人・逸士 등
다양한 인물들을 통해 당대 사회의 여러 문제와 생활상을 날카롭게 형
상화한 것이다.

이상에서 살핀 소설 유형들이 대개 주인공의 一代記 형식을 취하거나 일화 중심적인 短形性(한문단편)을 띤 데 비하여, 樂善齋에서 다수가 발견된 장편소설들은 여러 가문의 인물들이 등장하고 몇 대에 걸친 갈등과 榮辱의 浮沈이 복잡하게 얽히어 전개되는 내용이 많기 때문에 家門小說 혹은 大作小說이라 불린다. 「泉水石」「落泉登雲」「報恩奇遇錄」「玄氏兩雄雙麟記」 등 일부 연구된 작품 외에 다량의 자료들이 아직 정리되는 도중에 있다. 이들은 18세기 말, 19세기 초 무렵에 발달하기 시작하여 서울의 貰冊家를 매개체로 삼아 궁중의 여인들에게 많이 읽혔던 것으로 보인다. 작품의 길이는 무척 길어서 30, 40책을 초과하는 것이 흔하며, 「明珠寶月聘」이라는 삼부작 소설은 필사본으로 무려 235책에 달한다. 이 계열의 소설에 등장하는 인물들은 대개가 권력, 富, 애정을 추구하는 세속적 인간형으로서, 신분은 귀족일지라도 거창한 이념에 헌신하거나 神異한 능력을 발휘하는 영웅상과는 거리가 멀다.

고전소설은 소수의 작품을 제외하고는 작자가 밝혀져 있지 않은데, 그 까닭은 소설 창작이 자랑할 만한 일로 여겨지지 못했던 데다가 그것을 독자적인 창조행위로 존중하는 의식이 아직 희박하였던 때문인 듯하다. 여러 가지 증거로 보건대는 몰락 양반 및 평민 출신의 識字層에서 나온 작가가 처음에는 개인적인 흥미에 의해, 나중에는 상업적인 보급자와 관련을 맺으면서 소설을 썼던 것 같다. 일단 이루어진 작품은 유통되는 과정에서 자주 윤색·개작되어 수많은 이본이 파생되었다. 독자는 양반층의 부녀자들이 많았고, 中人과 평민층에는 남성 독자들도 상당히 있었다. 이들 사이의 소설 유통을 매개한 보급자로는 傳奇叟, 貰冊家, 坊刻本 出版이 특히 주목되는데, 6章에서 이를 상세히 다루기로 한다.

新小說

고전소설은 20세기 초기까지도 존속하여 당시의 새로운 납 활자 인쇄술에 의한 이른바 「六錢小說」(딱지본)의 형태로 널리 읽혔다. 그러나 그 문학사적 의의는 이미 희박해졌고, 그 대신 이 시대의 문제와 의식을 반영하는 신소설이 새로운 조류로서 1900년대 중엽에 등장하였다. 〈新小說〉이라는 명칭은 이들 작품을 소개하는 광고문에서 종래의

〈舊小說〉과는 달리 참신한 내용과 흥미를 갖춘 소설임을 자처한 데서 비롯한 것이다. 그러나, 신소설에는 주제, 소재, 표현기법 등의 새로움과 아울러 고전소설로부터 계승된 여러 가지 특질이 남아 있는 것도 사실이다. 따라서 신소설은 고전소설의 점진적 쇠퇴와 현대소설의 형성이라는 轉移 과정의 중간적 위치에 놓인 소설 형태라 할 수 있다.

신소설의 형성에 작용한 사회적 요인으로는 開港 이후 바깥 세계의 근대문물이 유입되고 전통적 가치의식이 뒤흔들림으로써 새로운 삶의 방식에 대한 관심이 고조된 점을 들 수 있다. 아울러, 조선 후기 이래 꾸준히 성장해 온 국문 해독층과 독서 대중이 19세기 말 이래의 계몽적 격동기를 거치면서 급격하게 확대되고, 기업적 성격을 지닌 근대적 출판사가 나타남으로써 새로운 소설을 수용할 만한 여건이 갖추어졌다는 점도 중요하다. 1900년대부터 다수 출현한 민간신문들은 이러한 상황에서 독자돌을 확보하는 방안의 하나로 당대적 문제와 생활을 다루는 소설을 게재하기 시작하였고, 이를 담당하는 직업적 작가들이 고전소설 작자층으로부터 나오거나 새로이 출현하게 되었다.

문학적 측면에서 신소설에 작용한 외래 요인으로는 서구 소설의 자극을 먼저 흡수한 일본 明治 시대 소설의 강한 영향이 주목되고, 淸代 말기 소설과의 관계에도 유의해야 한다는 견해가 있다. 그러나, 신소설은 단순히 이들의 일방적 영향에 의해서만 이루어진 것이 아니라 우리 고전소설로부터 여러 유산을 이어받았으며, 특히 영웅소설과의 구조적 친연성을 뚜렷하게 지니고 있음이 밝혀졌다.

초기 단계의 신소설은 민간 신문에 연재된 뒤 다시 출판사에 의해 단행본으로 발간된 때문에 자주독립, 문명개화, 풍속 개량, 신교육 예찬 등의 계몽적 주제의식과 함께 대중적 흥미에 영합하려는 상업주의적 성격도 짙게 띠었다. 최초의 신소설이라 꼽히는 李人稙(1862~1919)의 「血의 淚」도 《萬歲報》에 연재된(1906) 것이다. 그러나 「혈의 누」가 전형적인 신소설로서는 가장 주목되는 최초의 작품이라 해도, 이보다 앞서 《大韓每日新報》에 발표된 「車夫誤解」(1905), 「소경과 앉은방이 問答」 등의 풍자적 단편이라든가, 《大韓日報》의 「一念紅」(1906), 「龍含玉」(1906) 등도 이 시기의 소설적 변이 양상을 밝히는 데 重要하다.

초기의 몇몇 작품이 당대의 생활상에 밀착된 내용과 새로운 스타

일로써 대중적 관심을 불러일으키자 여러 작가들에 의해 다수의 신소설이 쏟아져 나왔다. 이인직의 「鬼의 聲」「雉岳山」「銀世界」李海朝의 「鬢上雪」「驅魔劍」「自由鍾」 최찬식의 「秋月色」 김교제의 「顯微鏡」 安國善의 「雁의 聲」「禽獸會議錄」 등이 그것이다. 이 가운데서 「은세계」는 당시의 실제 사건을 창극화한 「최병도 타령」을 중요 부분으로 채용하고 후반부를 창작하여 덧붙인 작품으로서, 상연 여부는 확실치 않으나 新演劇으로의 공연이 준비되기도 하였다. 「금수회의록」은 조선 후기의 동물담 소설을 계승하여 당시의 사회 문제를 풍자적인 토론의 형태로 그려낸 특이한 작품이다. 이 밖에도 숱한 작품들이 출판되면서 몇몇 신소설 작가들은 직업적 작가로서의 안정과 명성을 획득했고, 작가적 개성을 발휘하여 독특한 작품세계를 이루는 데까지 나아가기도 했다.

고전소설이 일반적으로 「…傳」이라는 표제 아래 주인공 위주의 一代記的 서술에 치중한데 비해 신소설은 당대 사회의 공간적 지평을 중시하면서 어떤 문제의 발생으로부터 해결에 이르는 과정을 다루는 문제 중심적 구성을 취하였다. 단순한 선후관계에 따라 사건을 서술하지 않고 시간적인 逆轉을 때때로 사용한다든가, 발단 부분의 사건 도입을 신속하게 처리하는 점도 주목할 만한 변화이다. 이 밖에, 과장된 묘사의 止揚, 생활언어에 가까운 문체의 사용, 당대의 문제와 경험에 대한 적극적 관심 등을 신소설의 새로운 양상으로 간추릴 수 있다.

그러나, 이러한 특징과 더불어 신소설은 고전소설과의 뿌리깊은 연관도 보여준다. 전통적인 善惡二分法의 인간관이 외형만을 바꾸어 文明開化=善, 守舊=惡이라는 도식으로 잔존한다든가, 사건 전개에 우연성이 남용되고, 위기—극복—승리의 영웅소설적 유형구조가 상당수 작품에 내재하여 있다는 점이 그것이다. 신소설은 새로운 시대의 요구를 바탕삼고 외래문학의 영향을 흡수하면서 등장했지만, 한편으로는 긍정적인 의미로든 부정적인 의미로든 고전소설의 胎盤으로부터 완전히 벗어날 수 없었던 것이다.

주제상으로 보아 신소설은 소수의 예외를 제외하고는 문명개화에 대한 소박한 낙관주의에 지배되고 있다. 새로운 풍습과 지식·문물은 곧 아름다운 미래에의 약속이며, 그러한 것들의 원천인 바깥세계는 동경과 선망의 대상이 된다. 주인공들은 위기 상황에서 흔히 일본인·서양인의 도움을 받으며, 무한한 기대를 품고 외국으로 유학을 떠난다. 이와 같은 안이한 낙관주의로 인해 신소설은 새로운 삶의 가능성에 대한 적극적 관심에도 불구하고 대체로 천박한 開化主義에로 전락하였으며, 李人稙 등의 작품에서는 당대의 역사적 정황을 몰각한 親日的 환상을 띠기까지 하였다. 이 점은 같은 시대의 歷史・傳記類가 對外的 自存의 문제에 민감한 의식을 지녔던 사실과 대조적인 현상이다.

現代小說

신소설은 1910년대에도 계속 창작되었으나 1910년의 國權 상실을 전환점으로 하여 흥미 위주의 오락물로 주저앉음으로써 문학사적 의의를 거의 상실하였다. 이 무렵에 신소설의 소설사적 진전을 흡수하고 외래문학의 영향을 수용하면서 당대의 고뇌와 풍속적 갈등을 보다 寫實的으로 다루는 본격적 근대소설(현대소설)이 태동하였다. 동경유학생회 기관지인 《學之光》을 통해 발표된 玄相允, 李光洙의 작품들이 그것이다. 이들은 모두 단편소설로서 주관주의적 색채가 강한 데다가 문체, 구성, 성격 창조에 있어 서투른 점이 많았으나, 신소설의 안이한 계몽성과 통속적 흥미주의로부터 탈피하여 시대의 번민을 파고들어가는 데에 커다란 진전을 보였다.

李光洙의 「無情」(1917)은 이러한 준비 단계를 거쳐 출현한 최초의 근대적 장편소설로 평가된다. 그것이 부분적으로 고전소설과 신소설의 話法을 지니고 있다든가 우연성에의 의존을 청산하지 못했다는 지적은 타당하지만, 그럼에도 이 작품의 문학사적 의의는 부정되지 않는다.

「무정」은 1910년대 중엽의 우리 사회가 겪고 있었던 風俗史的 갈등의 한 縮圖이다. 낡은 문화와 새로운 문화가 충돌하거나 기묘하게 혼합되어 공존하고 관습적 윤리규범과 현실이 어긋나며 이념과 욕망이 갈등하는 과도기적 삶의 양상이 여기에 생생하게 그려져 있다. 영채, 선형, 김장로 등 助役的인 인물은 물론, 주인공인 이형식도 이러한 분열에서 예외는 아니다. 작가는 이들과 함께 갖가지 유형의 인물을 등장시켜서 전통적 사회구조의 붕괴와 식민지화가 아울러 진행되던 당대의 현실에서 여러 개인이 어떻게 행동하며 그것은 또한 어떤 전체적 갈등의 구조를 이루는가를 밀도 있게 형상화하였다. 다만, 이와 같은 문제를 철저하게 추구해 가지 못하고 공허한 계몽주의적 허

세로 결말을 맺은 것은 「무정」의 한계라 할 것이다.

아래의 장면을 포함한 「무정」 82, 83 회에서 김장로 내외와 목사, 이형식, 그리고 선형이 〈신식으로〉 결혼을 약정하는 우스꽝스런 진행은 이광수가 날카롭게 파악한 기만적 新文化 意識의 희극적 전형이라 할 만하다.

　　장로는 형식과 선형을 번갈아 돌아보더니 목사를 향하여,
　　「어찌하면 좋을까요？」
　한다.
　　아직 신식으로 혼인을 하여 본 경험이 없는 장로는 실로 어찌하면 좋을지를 모른다. 물론 목사도 알 까닭이 없다. 그러나 이러한 경우에 모른다 할 수도 없다.
　　(……)
　　장로는 어떻게 말을 해야 좋을는지 모르는 모양으로 오른손으로 테이블을 톡톡 치더니 부인에게 먼저 말하는 것이 옳으리라 하여 양반스럽게 느릿느릿한 목소리로,
　　「여보, 내가 형식씨에게 약혼을 청하였더니 형식씨가 승낙을 하였소. 마누라 생각에는 어떠시오？」
　하고는 자기가 경위 있게, 신식답게 말한 것을 스스로 만족하여 하며 부인을 본다.
　　부인은 아까 둘이 서로 의논한 것을 새삼스럽게 또 묻는 것이 우습다 하면서도 무엇이나 신식은 다 이러하거니 하여 부끄러운 듯이 잠깐 몸을 움직이고는 고개를 숙이며,
　　「감사합니다」
　하였다.
　　장로는,
　　「그러면 부인께서도 동의하신단 말씀이로구려」
　　「네」
　하고 부인은 고개를 들어 맞은편 벽에 걸린 그림을 본다.
　　「그러면 약혼이 되었지요」 하고 목사를 본다.
　목사는 기도나 하는 듯이 하늘을 우러러보는 눈으로,
　　「네. 그러나 지금은 당자의 의사도 들어 보아야 하지요」
　하고 자기가 장로보다 더 신식을 잘 아는 듯하여 만족해하며,
　　「물론 당자도 응낙은 했겠지마는 그래도 그렇습니까……. 자기네 의사도 들어 보아야지요」

하고 형식을 본다.

〈어디 내 말이 옳지?〉하는 것 같다.

형식은 다만 목사를 힐끗 보고 또 고개를 숙인다.

장로가,

「그러면 당자의 뜻을 물어보지요」

하고 재판관이 심문하는 태도와 같이 위의를 갖추더니 남자 되는 형식의 뜻을 먼저 물은 뒤에 여자 되는 선형의 뜻을 묻는 것이 마땅하리라 하여,

「그러면 형식씨도 동의하시오?」

목사는 장로의 질문이 좀 부족한 듯하여 얼른 형식을 보며,

「지금은 당자의 뜻을 듣고야 혼인을 하는 것이니까 밝혀 말씀을 하시오 ……. 선형과 혼인하실 뜻이 있소?」

하고 겹을 댄다.

형식은 어째 우스운 생각이 나는 것을 힘껏 참았다. 그러나 대답하기가 부끄럽기도 하였다. 그러다가 우선을 생각하고 얼른 고개를 들고 위엄을 갖추며,

「네」

하였다.

제 대답도 어째 우스웠다.

3·1운동 이후 1920년대 중엽까지의 소설은 金東仁, 田榮澤, 廉想涉, 玄鎭建, 羅稻香 등 새로운 작가들의 다수 출현에 의해 양적으로 확대되는 동시에 당대 사회의 음울한 분위기와 무력한 개인의 고뇌를 다루는 방향으로 선회하였다. 김동인의 「弱한 자의 슬픔」(1919), 염상섭의 「標本室의 청개구리」(1920), 「墓地」(1923, 뒤에 「萬歲前」으로 改題), 현진건의 「貧妻」(1921), 「운수 좋은 날」(1924) 등이 그 대표적인 작품들이다. 암울한 사회에 대해 비판적 인식을 가지고 있으면서도 이를 행동화하지 못하는 채 끊임없는 번민과 자기 소모적 懷疑만을 거듭하는 無用者像이 빈번하게 보이는 점도 이 시기의 소설들을 이해하는 데 중요한 사실이다.

1924, 5년을 전환점으로 등장한 新傾向派—프로문학은 현실 사회의 모순과 궁핍상에 대한 투쟁적 인식을 강조하는 새로운 조류를 형성하였다. 崔鶴松의 「朴乭의 죽음」(1925), 「큰물 진 뒤」(1925), 「紅焰」(1927) 등이 선명하게 보여주듯이 이 계열의 작품들은 식민지하의 처참한 상황에서 삶의 극한에까지 몰린 빈민들이 방화, 살인 등 파국적

행동에 이르게 되는 과정을 흔히 다루었다. 이에 작용한 목적주의적 도식성 때문에 그들의 소설적 성취는 그다지 크지 못했으나 우리 현대 소설로 하여금 內省的 번민의 영역을 넘어서 구체화된 사회적 갈등에 까지 관심을 확대하도록 한 의의는 중시할 만하다.

1930년대 및 광복 이후의 우리 현대소설은 1910년대 후기로부터 1920년대까지의 기간에 준비된 기본적 문제들을 바탕으로 하면서 각 시기의 역사적 상황과 문학집단 및 작가의 소설적 전망에 따라 다양 한 흐름으로 전개되었다. 「흙」(李光洙, 1932), 「常綠樹」(沈薰, 1935), 「第一課 第一章」(李無影, 1939) 같은 농촌소설이 있었던가 하면, 「三代」(廉想涉, 1931), 「濁流」(蔡萬植, 1937), 「太平天下」(채만식, 1938) 등 家族史의 구도를 중심으로 식민지하의 부패한 삶을 추궁하여 들어간 작품들도 있었다. 李箱의 「날개」 「終生記」(1936) 등 자기분열적 內省 의 기록이 충격을 일으켰던 한편에서 당대적 소재의 제약을 넘어서려 는 노력으로서 현진건의 「無影塔」(1939)등 역사소설이 시도되었다. 또한, 섬세한 관찰과 잘 짜여진 소설적 意匠을 중시하는 경향이 있었 던가 하면, 金廷漢의 「寺下村」(1936), 「抗進記」(1937)처럼 억눌린 사람 들을 주체로 하여 비판적 현실인식을 형상화한 작품들도 나왔다.

이와 같은 다양성에도 불구하고 전체적으로 보아 우리 현대소설은 이 세계와 인간 존재가 참혹하게 훼손되고 분열되어 있다는 공통 인식 을 내포한 것으로 생각된다. 이 점은 소설이 발디딘 그간의 객관적 현 실이 격심한 갈등과 모순으로 가득 차 있었던 데 따른 당연한 결과이 다. 우리 현대소설에서 형이상학적·심미적 관심보다는 사회적·도덕 적 문제를 향한 정열이 더 절박하였다는 점도 이 때문일 것이다.

그러한 성향은 光復 이후 오늘날까지의 소설에서도 대체로 비슷하다 고 말할 수 있다. 50년대의 황량한 터전에서 6·25의 傷痕을 주로 다 루던 우리 소설은 60년대 이후 관심 영역이 크게 다양화되고 수많은 작가들의 출현 및 출판의 발달과 함께 질적·양적으로 커다란 진전을 이룩하였다. 그러나, 분열된 세계 안에서 삶의 마땅한 모습이 무엇이 며 참다운 인간적 連帶는 어떻게 가능한가라는 근본 주제는 1920, 30 년대로부터 이어지는 문제의 흐름에 새로운 역사적 갈등의 몫이 더하 여진 만큼의 깊이로 존속한다. 산업화 과정에서 격화된 사회적 모순, 사람다운 삶의 의미와 연대를 향한 갈망, 민족의 분단, 정치적 긴장과 소모 등 우리 시대가 지닌 문제들은 오늘날의 소설에도 회피할 수 없는 짐으로 부과되어 있기 때문이다.

(3) 戲曲的 갈래

탈춤

현존하는 약간의 문헌기록에 의하건대 우리나라의 古代 演劇과 演戲 文化는 自生的 바탕 위에 西域 및 중국으로부터의 영향을 흡수하면서 상당히 활발하게 전개되었던 것으로 보인다. 崔致遠(857-?)의 「鄕樂雜詠」에 보이는 五伎라든가, 중국인들이 지칭한 高麗伎, 그리고 일본의 藝能 문화 형성에 중요한 작용을 미친 高麗樂, 伎樂 등이 그것이다. 그러나 유교의 엄격한 규범이 전사회적 통제력을 발휘하게 됨에 따라 연극의 발전은 크게 제약받았고, 조선 초기 이후에는 예전의 전승마저도 향촌 사회의 유교적 정비 과정에서 적지않이 약화되었다. 연희의 다양한 성장을 가능케 하는 상업의 발달과 시정문화의 형성이 뒤늦었던 점도 이에 작용한 또 하나의 요인이다. 이러한 어려운 조건 속에서나마 존속·발달한 각종 연희와 연극은 행동적 공연예술을 천시하는 중세적 편견 때문에 문헌기록으로 정리되지 못했으며, 19세기 말 이래의 사회·문화적 격변기를 거치면서 많이 流失되기도 하였다.

그런 가운데서 생명을 이어 오늘날까지 전해지는 전통 연극의 가장 중요한 유산으로 탈춤을 들 수 있다. 탈춤은 가면을 쓰고 하는 연극이기에 假面劇이라고도 불리며, 지방에 따라 山臺놀이, 탈놀이, 別神굿놀이, 덧뵈기, 들놀음 등의 전래적인 명칭이 쓰인다. 탈춤이라는 용어도 본래는 황해도 지방의 탈놀이를 가리키던 용어였다. 민간전승을 통해 이어지는 연극이기 때문에 탈춤에는 문자화된 대본이라는 의미의 희곡이 없으나, 구비전승적 차원의 텍스트와 演行文法은 엄연히 존재하는 것이므로 이를 희곡의 차원에서 다루기로 한다.

이제까지 알려진 탈춤을 연극적 발달 정도에 따라 나누면 대략 세 부류로 구분된다. 그 첫째는 北靑獅子놀음, 江陵官奴탈놀이, 河回別神굿놀이처럼 특정 지역에서 部落祭의 일부로 놀아진 비교적 단순한 탈놀이이다. 둘째는 경남 해안 지방 및 낙동강 유역의 여러 곳에 분포된, 좀더 발달한 탈놀음들이다. 이들은 전승 지역에 따라 낙동강 동쪽인 東萊, 水營, 釜山鎭 등지의 것들을 들놀음(野遊, 야류)이라 하고, 낙동강 서쪽인 統營, 固城, 晋州, 駕山 등지의 것을 五廣大라 한다. 세째 부류는 서울 근교 및 인접 지역의 楊州別山臺놀이, 松坡山臺놀이 등 산대놀이와 황해도 일대의 鳳山탈춤, 康翎탈춤 등 海西탈춤으로서, 내용과 규모가 가장 풍부한 종류라 할 수 있다.

첫째 부류의 탈춤이 부락제에의 관련을 강하게 지닌 데 비해 들놀음 · 오광대는 도시적 성격을 띤 行政 · 交易地의 특성이 다소 나타나며, 산대놀이 · 해서탈춤은 상업 교역이 활발하게 이루어지던 지역을 근거지로 발달하여 농촌 지역의 탈춤보다 다채로운 내용과 화려함을 지니고 있다. 지금 전하지는 않으나 애오개(兒峴), 磚磈, 社稷골, 구파발, 퇴계원, 가믄돌, 노들(鷺梁津), 議政府 등에 산대놀이패들이 있었다 하며, 황해도에서는 앞서 든 곳들 외에 黃州, 安岳, 載寧, 松禾, 麒麟, 瑞興, 平山, 甕津 등에서 탈춤을 놀았다고 한다. 이 밖에 떠돌이 놀이패에 의한 탈놀이도 많았던 것으로 보이는데, 그 가운데서 남사당패의 덧뵈기가 전하여진다.

농촌 지역의 탈춤은 정월 대보름이나 오월 단오날 같은 때에 연례적인 공동 행사로서 공연되었으며, 도시적 성격을 띤 中部 · 해서 지역의 탈춤은 이 밖의 특별한 기회에도 행하여졌다. 연기자는 마을 사람 중에서 익숙한 이들이 맡았고, 봉산 등 일부 지역에서는 하급 吏屬들이 담당하였으며, 도시화된 지역일수록 조선조 말기에 가까워지면서는 어느 정도 전문화된 놀이꾼들이 노는 예가 많았던 듯하다.

탈춤이 벌어지는 공간은 특정한 장치가 필요 없이 여러 사람이 둘러 앉고 설 만한 넓은 마당이면 족하다. 곳곳에 횃불을 밝히고 관중들이 빙 둘러 앉거나 선 원형의 평면 공간에서 어두워질 무렵부터 새벽까지 탈놀이와 뒷풀이가 진행되었다. 지방에 따라 나무, 박, 종이 등 여러 소재로 만들어진 가면들은 회극적으로 과장된 형상으로, 대개가 고정형이다. 그러나 탈꾼의 역동적인 춤사위와 불빛의 작용 및 보는 각도에 따라 가면은 다양한 표정 효과를 만들어 낸다.

탈춤의 전체적 진행은 상호간의 관련이 느슨한 여러 개의 마당(科場)들로 구성되어, 각 마당마다 뚜렷한 전형과 행동 방식 및 춤사위를 지닌 인물들이 등장한다. 이들의 극중 행동은 寫實主義 연극에서와 달리 시간적·공간적 비례관계의 제약을 거의 받지 않으며, 일상적 수준의 그럴싸함을 넘어서서 갈등을 선명하고도 빠르게 전개해 나가는 데 집중된다. 극중인물이 관중과 樂士에게 말을 걸거나 후자들 쪽에서 때때로 작중상황에 끼어듦으로써 극적 환상을 차단하고 놀이판 전체가 하나로 어우러지게 하는 점도 중요한 특징이다. 대사는 말과 노래가 섞여 있고, 無言劇처럼 몸짓과 춤이 의미 전달의 주요 수단이 되는 부분도 있다. 강릉관노탈놀이는 전체가 무언극이며, 해서 탈춤과 산대놀이에 등장하는 老丈이라든가 들놀음의 문둥이는 몸짓과 춤만으로 心的인 움직임을 표현한다. 춤의 동작은 인물에 따라 유형화되어 있으며, 지방에 따른 차이도 적지 않다.

평민들 스스로가 놀고 즐긴 놀이인 까닭에 탈춤은 언어에 있어서도 일상적 口語를 기조로 하고 때때로 관용적인 한문구를 차용하며 신랄한 卑語와 재담을 거리낌 없이 구사한다. 선명한 비유, 극적 갈등을 강조하는 생략·반복·과장, 그리고 의표를 찌르는 奇想 등은 탈춤의 역동적인 몸짓 언어와 함께 평민문화의 발랄한 힘을 잘 보여준다. 이름은 달라도 대부분의 탈춤에 공통적으로 들어 있는 양반 마당(말뚝이 마당)의 한 대목을 참고로 들어 본다.

말뚝이 : (벙거지를 쓰고 채찍을 들었다. 굿거리 장단에 맞추어 양반 삼형제
　　　　를 인도하여 등장.)
양반 삼형제 : (말뚝이 뒤를 따라 굿거리에 맞추어 점잔을 피우나 어색하게
　　　　춤을 추며 등장. 양반 삼형제 맏이는 샌님(生員), 둘째는 서방님(書房),
　　　　끝은 도련님(道令)이다. 샌님과 서방님은 흰 창옷에 관을 썼다. 도련님은
　　　　남색 쾌자에 복건을 썼다. 샌님과 서방님은 언청이며〔샌님은 언청이 두
　　　　줄, 서방님은 한 줄이다.〕부채와 장죽을 가지고, 도련님은 입이 삐뚜러
　　　　졌고 부채만 가졌다. 도련님은 일체 대사는 없으며 형들과 동작을 같이
　　　　하면서 형들의 면상을 부채로 때리며 방정맞게 군다.)
말뚝이 : (중앙쯤 나와서) 쉬이. (음악과 춤 멈춘다.) 양반 나오신다아! 양
　　　　반이라고 하니까 老論, 小論, 戶曹, 兵曹, 玉堂을 다 지내고 三政丞, 六
　　　　判書를 다 지낸 退老宰相으로 계신 양반인 줄 아지 마시요. 개잘량이라는
　　　　양자에 개 다리 소반이라는 반자 쓰는 양반이 나오신단 말이요.
양반들 : 야아, 이놈 뭐야아!
말뚝이 : 아, 이 양반들 어찌 듣는지 모르갔소. 노론, 소론, 호조, 병조, 옥
　　　　당을 다 지내고 삼정승, 육판서를 다 지내고 퇴로재상으로 계신 이생원네

삼형제분이 나오신다고 그리하였소.

양반들 : (합창)이생원이라네. (굿거리 장단으로 모두 춤을 춘다. 도령은 때
때로 형들의 면상을 치며 논다. 끝까지 그런 행동을 한다.)

말뚝이 : 쉬이. (반주 그친다.) 여보, 구경하시는 양반들, 말씀 좀 들어보시
오. 짤다란 곰방대로 잡숫지 말고 저 煙竹廛으로 가서 돈이 없으면 내게
기별이래도 해서 洋漆竿竹, 紫紋竹을 한발 가웃씩 되는 것을 사다가 육무
깍지 喜子竹, 梧桐壽福 연변죽을 사다가 이리저리 맞추어 가지고 저 載寧
나무리 거이 낚시 걸듯 죽 걸어놓고 잡수시요.

양반들 : 머야아!

말뚝이 : 아, 이 양반들 어찌 듣소. 양반 나오시는데 담배와 喧嘩를 금하라
고 그리 하였소.

양반들 : (합창) 헌화를 금하였다네. (굿거리 곡으로 모두 춤을 춘다.)

말뚝이 : 쉬이. (춤과 반주 그친다.) 여보, 악공들 말씀 들으시오. 五音六律
다 버리고 저 버드나무 홀뚜기 뽑아다 불고 바가지 장단 좀 쳐 주오.

양반들 : 야아, 이놈 뭐야!

말뚝이 : 아 이 양반 어찌 듣소. 용두, 奚琴, 북, 장고, 피리, 젓대 한 가락
도 뽑지 말고 건건드러지게 치라고 그리 하였소.

양반들 : (합창) 건건드러지게 치라네. (굿거리 곡으로 춤.)

〈鳳山 탈춤, 李杜鉉 探錄〉

탈춤의 내용은 지역별 유형에 따라 부분적인 차이가 있다. 그 가운
데 대체로 공통적인 부분으로 양반들과 하인 말뚝이 사이의 갈등을 다
루는 마당(양반 마당), 곤궁함과 난리로 인해 헤어졌던 할미·영감이
젊은 첩을 사이에 두고 싸우는 마당(할미 마당, 미얄 마당), 계율과 욕
망 사이에서 방황하는 수도승 老丈과 市井의 건달 취발이 사이의 싸
움이 벌어지는 마당(산대놀이·해서탈춤의 노장 마당)을 찾아볼 수 있다.
이들을 포함한 모든 탈춤의 갈등은 희극적 구도 안에서 신랄한 재담을
통해 급격한 대립·反轉을 거듭하며 진행된다. 마당과 마당 사이 및
한마당 안의 작은 부분들 사이에는 춤과 음악이 끼어들어 흥을 돋구고
내용을 새로운 국면에로 전환시키는 등의 구실을 한다. 단적으로 말
하여 탈춤은 봉건적 사회관계와 관념의 허위성을 신랄하게 조롱하면서
평민들의 생활에 내재한 역동성을 발랄한 재담, 다양한 춤사위, 그리
고 경쾌한 민속음악으로 엮어낸 大同놀음의 연극적 표현 양식이다.
이들 탈춤은 조선 후기에 들어 상업이 발달하고 시정문화가 확대되

면서 더욱 활발하게 연희되어, 농촌 중심의 탈춤에서 도시적인 연극에
로까지 나아갔다. 그리고 오늘날까지 전승되는 그 유산은 마당극 운
동과 같은 새로운 창조의 바탕으로도 주목되고 있다.

꼭둑각시놀음

꼭둑각시놀음은 남사당패 혹은 굿중패라 불리는 떠돌이 놀이패가 놀
아 온 인형극이다. 이 밖에 인형극의 범주에 넣을 만한 것으로 망석중
놀이, 장난감 인형놀이, 발탈 등이 있었다고 하나, 현재는 제대로 전
하지 않는다.

남사당패는 남성들로만 구성된 떠놀이 놀이패로서 봄부터 가을까지
전국 곳곳의 농어촌 마을을 돌아다니며 풍물(농악놀이), 버나(대접 돌
리기), 살판(몸재주 곡예), 어름(줄타기), 덧뵈기(탈놀음), 덜미(꼭둑각시
놀음)의 여섯 가지 놀이를 벌이고는 하였다. 이 가운데서 버나, 살판,
어름은 곡예와 함께 재담이 들어 있어서 약간의 연극성을 띠고 있고,
덧뵈기와 꼭둑각시놀음은 본격적인 민속극이다.

탈춤과 마찬가지로 꼭둑각시놀음 역시 놀이판의 선택에 특별한 제한
을 받지 않으나, 인형을 놀리는 포장막(덜미 포장)의 열린 면 앞쪽으
로 관중이 모여 앉는다는 점은 당연한 차이이다. 덜미 포장은 가로
세로 각 3미터 정도의 네 모서리에 기둥을 세우고 舞臺面이 되는 쪽만
1·2미터 정도의 높이 위에 인형이 나와서 놀도록 가로 2·5미터 세로
0·7미터 정도를 남기어 사방을 모두 포장으로 둘러친 공중무대이다.
대잡이(주조종자)와 대잡이손(조수)이 이 안에 들어가서 인형을 움직
이며 등장인물의 말을 한다.

樂士와 산받이(받는 소리꾼)는 포장 밖의 적당한 자리에 무대 면을
마주하고 앉아 반주를 하며 놀이의 진행을 돕는다. 놀이는 밤에 이루
어지므로 광솔불 따위를 무대 면 양옆에서 비추어 인형이 나오는 공간
을 밝게 한다. 인형들은 상반신만 올라와 관중을 향한 평면상에서 움
직인다. 인형의 동작 부분은 거의 양팔뿐이어서 이를 올렸다 내렸다
하며 상반신을 흔드는 동작을 하는데, 上佐만은 포대 괴뢰여서 목·
양손·허리까지 움직여 재미나는 몸짓과 춤을 보여준다.

꼭둑각시놀음의 극적 진행은 등장인물끼리의 대사 외에 인형과 산받
이 사이의 대화에도 많이 의존한다. 산받이는 관중석 쪽에 위치하여 마

을 사람의 자격으로 작중인물에게 말을 걸거나 대답함으로써 극의 진
행을 용이하게 하고, 인형극의 공간을 관중석에로 개방함으로써 입체
화시키는 중요한 존재이다. 약 40개에 달하는 인물·동물 중에서는 박
첨지가 가장 중요한 구실을 한다. 그는 산받이와의 대화를 통해 극의
상황이나 진행을 해설하고 예고한다. 이 인형극을 박첨지놀음이라 부
르기도 하는 것은 이 때문이다. 이처럼 극중 현실에 대해 밖으로부터
의 개입이 이루어지는 것은 탈춤에도 있는 현상이지만, 꼭둑각시놀음
의 경우에는 그것을 긴요한 연극적 장치로 훨씬 두드러지게 활용한다.
  아래에 인용하는 대목은 평안감사 마당, 매사냥 거리의 일부분으로
서 박첨지와 산받이의 대화가 극적 진행의 중추적 기능을 맡고 있다.

박첨지 아하 여보게 큰일 났네.
산받이 뭐가 또 큰 일이여.
박첨지 평안감사께서 거동하신다네.
산받이 거 참 큰일이구나.
    (박첨지 퇴장, 평안감사 등장)
평안감사 박가야 망가야.
박첨지 아 여보게 누가 날 찾나.
산받이 평안감사께서 찾네.
박첨지 (가까이 가서) 네 대령했읍니다.
평안감사 네가 박가냐.
박첨지 네 박간지 망간지 됩니다.
평안감사 너 박가거든 들거라, 길 치도를 어느 놈이 했느냐? 썩 잡아 들
    여라.
박첨지 예이. 여보게 큰일 났네.
산받이 왜 그려.
박첨지 길 치도한 놈 잡아들이라니 큰 일 났네.
산받이 아 잡아들여야지. 거 내게 매끼게.
박첨지 그러세.
산받이 야 진둥아.
홍동지 (안에서) 밥 먹는다.
산받이 밥이고 뭐고 홍제났다. 빨리 오너라.
홍동지 (뒤통수부터 나온다) 왜 그려.
산받이 이놈아 거꾸로 나왔다.

홍동지 (돌아서며) 어쩐지 앞이 캄캄하더라. 그래 왜 불렀나.

산받이 너 길 치도 잘했다고 평안감사께서 상금을 준단다. 빨리 가봐라.

홍동지 그래 가봐야지. (가까이 가서) 네 대령했읍니다.

평안감사 네가 길 닦은 놈이냐.

홍동지 예이.

평안감사 사령.

사령 네이.

평안감사 너 저놈 엎어놓고 볼기를 때려라. 너 이놈 길 치도를 어떻게 했길래 말 다리가 죄다 부러졌느냐?

(사령이 볼기를 때리려 대든다)

홍동지 네 네 잘못했읍니다. 그저 그저 하라는 대로 하겠읍니다.

평안감사 이번만은 그럼 용서하겠다. 썩 물러가거라.

(홍동지 방구를 뀌며 들어가고 평안감사 퇴장하는 듯했다가 다시 돌아온다)
〈沈雨晟 採錄〉

작품 내용은 두 마당 일곱 거리로 구성되어 있다. 네 거리로 이루어진 박첨지 마당에서는 박첨지의 일가붙이들이 등장해서 거리별로 여러 가지 희극적 갈등을 보여준다. 세 거리로 이루어진 평안감사 마당은 포악 방탕한 평안감사를 풍자하고 골계적인 수법으로 희롱하는 내용이 중심을 이룬다. 이 두 마당 모두에서 긴요한 역할을 하는 인물이 박첨지의 조카인 洪同知이다. 벌거벗은 붉은 몸에 性器가 우뚝하게 달려 있는 홍동지는 물색없이 놀아나는 뒷절 상좌중과 괴물 이시미를 물리치며 평안감사를 여지없이 욕보인다. 그는 탈춤의 말뚝이와 취발이를 합쳐 놓은 듯한 인물로서, 평민층의 소박한 활기와 놀이패의 파괴적 골계성을 아울러 갖춘 전형이라 할 수 있다. 박첨지 마당의 세째 대목인 꼭둑각시 거리는 탈춤에서 두루 보이는 할미 마당(미얄 과장)과 내용이 비슷하여 흥미롭다. 이런 내용 외에 직업적 놀이패의 예능답게 꿩 잡고 절을 짓는 등의 곡예적인 거리가 첨가되어 재미를 더해 준다.

꼭둑각시놀음의 기원은 아직 확실하게 구명되지 않았으나 〈꼭두〉라는 말이 몽고·중국·일본에서도 유사하게 쓰이는 등의 몇몇 증거로 보아 인형극이 대륙으로부터 우리나라에 전래되어 다시 일본으로 건너갔으리라는 추정이 있다. 작품이 지닌 불교적 요소 및 남사당패와 불교 寺院 사이의 관계를 보면, 조선 초기의 寺院 革罷에 따라 축출된 才

僧 집단이 종래의 사원 연희를 세속화시키면서 이러한 민간연희가 널리 유포되었으리라는 설도 주목할 만하다. 꼭둑각시놀음만이 남은 우리나라의 인형극은 중국·일본에서처럼 섬세한 기술과 다채로운 내용을 갖추는 데는 미치지 못했으나 그 대신 평민적인 소박함과 활력이 돋보인다.

唱劇

판소리 전체를 지배하는 원리는 서사적인 것이지만 演行藝術로서의 발전과정에서 극적인 표현 요소가 점차 발달하였다. 이러한 내부적 요인이 사회 상황의 변화에 의해 결정적으로 확대됨으로써 1900년대에 새로운 무대예술인 창극이 등장했다. 단적으로 말하여 창극이란 1인창으로 불리던 판소리가 다수 창자들의 配役 분담과 행동적 實演에 의해 무대에 올려지면서 판소리와는 별도의 예술로 파생된 唱樂 연극이다.

창극 형성의 결정적 계기는 갖가지 민속악의 명창들이 결집된 연희단체인 協律社(1902~1906)와 圓覺社(1908~1909)에 의해 마련되었다. 이들은 새로이 갖추어진 근대적 무대를 통하여 다수의 청중들 앞에서 판소리, 京·西道 소리 등을 연창함으로써 커다란 호응을 얻자 1903년에는 「춘향전」을 1904년에는 「심청가」를 창극화하였다. 당시의 창극이 어떤 형태였는가는 구체적 자료가 남아 있지 않아 자세히 알기 어려우나, 전통적인 1인창의 판소리 형태로부터 벗어난 배역 분담과 이에 상응하는 무대표현 및 연기가 있었던 것으로 확실시된다. 이러한 변화는 판소리의 고유한 표현 원리와 음악성을 일부 희생 또는 변형하는 것이므로 그 자체가 기존의 판소리를 대체하는 발전이라고만은 할 수 없다. 그러나 종래의 판소리가 지녔던 제약을 넘어서서 새로운 예술 영역을 개척한 점은 중요한 진전으로 평가할 수 있다.

전래되던 판소리 작품 중 몇몇을 창극화하여 상당한 호응을 얻자 이들은 당대의 사실로부터 재료를 취한 신작 「최병도타령」(1908)을 창극으로 공연하였다. 이 작품은 당시 혼탁한 상황에서 江原監司가 최병도(두)라는 이를 무고하게 옥사시키고 재물을 탈취한 실화를 창극화한 것으로서, 관중들의 열광적인 호응을 받았다. 현존하는 신소설 「銀世界」의 전반부는 이 창극으로부터의 전이에 의한 것으로 밝혀졌다. 이와 같은 성공은 창극이 당대의 관중들에게 절실한 문제를 다루었다는 요인과 함께 입체화된 무대 표현과 판소리 창이 결합된 새로운 예술 양식의 호소력에도 힘입은 바 크다고 하겠다.

「최병도타령」의 성공 이후 원각사에서는 이와 비슷한 소재를 택하여 창작 창극을 상연하고자 했던 것이 분명하나 그 자세한 경과는 아직 밝혀져 있지 않다. 다만 확실한 것은 이러한 시도가 뚜렷한 결실을 거둘 만한 여유도 없이 일제에 의해 창극 단체가 해산되고(1909) 新派劇이 1910년대 이래의 대중 연극을 독차지하게 되었다는 사실이다.

이후 지방 각지를 전전하던 창악인들은 宋萬甲・李東伯・鄭貞烈・金昌龍・韓成俊・金演洙・朴綠珠・金素姬 등이 중심이 되어 1933년에 〈朝鮮聲樂硏究會〉를 조직하고 전통적인 판소리 레퍼터리의 창극화와 신작 창극 상연에 힘썼다. 하지만 이들이 자처한 바 國劇은 흥행상의 성공과는 별도로 발전적 창극으로서의 성과는 빈약하였다. 그들은 전승 판소리 외에 「劉忠烈傳」「薔花紅蓮傳」 등의 고전소설을 창극화하고 「麻衣太子」「黃眞伊」 등 史劇類와 「再逢春」「貧富」 등의 신작 창극까지 시도하였으나, 그 전반적인 성격은 상업주의를 바탕으로 感傷과 復古趣味에 영합하는 수준을 넘지 못하였다. 光復 이후에는 이들로부터 파생된 女性國劇團이 성행하여 1960년대 초까지 존속하면서 값싼 感傷主義를 팔다가 영화의 세력에 밀려 소멸하고 말았다. 그런 의미에서 진정한 창극의 과제와 가능성은 1910년대의 圓覺社 해체 이래 아직까지 미해결의 과제로 남아 있다 할 것이다.

新派劇

한국에 있어서의 신파극이란 1910년대에 성행하기 시작하여 1920, 30년대까지 상업적 대중연극으로 지속된 통속극을 말한다. 〈新派〉라는 말은 원래 일본에서 쓰인 것으로서, 그들의 대표적 전통 연극인 가부끼(歌舞伎)를 舊派라 하고 이에 대응하는 초창기 근대극을 신파라 한 데서 온 것이다. 일본의 신파극은 1880년대 말에 출발하면서 정치 선전 및 사회개량적 주제에 관심을 두었다가 차차 軍事劇, 소설극, 탐정극 등을 거쳐 1900년대에는 가정 내부의 갈등과 남녀간의 애정 파란을 감상적으로 다루는 멜로드라마로 이행되어 전성기를 누렸다. 1910년대 한국의 신파극은 이러한 일본 대중연극의 강한 영향 아래 등장한 것이다. 그러나, 이 시기는 이미 國權 상실과 더불어 개화기의 계몽 이념과 정치적 열정이 쇠퇴한 단계였고, 신파극은 흥행적 성공을 최대의 과제로 여기는 통속주의에 지배되면서 흥미 본위의 感傷劇·激情劇으로 기울어졌다.

한국 신파극의 본격적 출발은 林聖九(1887~1921)의 〈革新團〉으로 부터라고 알려져 있다. 혁신단은 「不孝天罰」(1911), 「六穴砲 强盜」(1912) 등 일본 신파극을 흉내낸 작품에서부터 시작하여 「雨中行人」, 「長恨夢」「貞婦怨」 등 신소설 각색·번안물, 서구 통속소설 각색 작품 등 대중적 흥미에 호소하는 갖가지 레퍼터리를 상연하였다. 이에 병행하여 출현한 尹白南·趙重桓의 극단 〈文秀星〉, 李基世의 〈唯一團〉 등 극단들도 각기의 특색과 기량을 다투면서 창작·각색·번안에 의한 많은 신파극을 내어 놓았다.

이들 작품은 모두가 상업주의적 통속극으로서, 극단과 작품 유형에 따라 일마간의 차이가 있기는 해도 감상과 격정에 호소하여 관중을 모으는 데 주력하는 점에서는 대동소이하였다. 그중에서도 특히 다수를 차지한 것은 가정 안의 갈등과 남녀간의 애정, 이별, 사회적 전락, 증오, 회한 등을 자극적으로 연출하여 눈물을 짜내는 작품들이었다. 이러한 통속성과 감상주의는 희곡 및 연극으로서의 수준으로도 저급함은 물론, 식민지하의 대중들에게 자기 자신의 삶과 현실을 냉철하게 인식하기보다는 막연한 감상과 패배주의적 상투성에 빠져들도록 한 점에서 심각한 문제성을 띤 것이었다. 1920년대의 改良 新派와 1930년대의 高等 新派는 작품의 소재, 내용을 좀 더 현실적인 것으로 하고 연출 방법도 寫實的인 방향으로 개량하여 나아갔으나 상업화된 감상주의의 한계를 넘어서지는 못하였다.

現代劇

신파극이 1910년대의 무대를 떠들썩하게 하고 있는 동안 새로운 희곡과 연극을 향한 모색이 태동하였다. 李光洙의 「閨恨」(1917), 尹白南의 「運命」(1910년대 작으로 추정됨, 1921년 공연), 崔承萬의 「黃昏」(1919) 등이 그것이다. 이들은 대체로 계몽적 관념과 신파의 멜로드라마성이 혼합된 희곡의 범주를 벗어나지 못했으나, 상업주의에 예속되지 않고 당대의 윤리적·풍속적 갈등을 극화하려 한 점에서 우리 현대 희곡 및 연극의 형성을 예비한 의의를 지닌다.

한국 현대극의 본격적인 전개는 1920년에 등장한 〈劇藝術硏究會〉와 京城 고학생 단체인 〈갈돕회〉의 활동에서부터라고 할 수 있다. 金祐鎭, 趙明熙, 金永八 등 동경 유학생들이 조직한 〈극예술연구회〉는 조명희 작「金英一의 死」, 洪蘭波의 소설을 각색한「最後의 握手」, 던세니 작, 김우진 역의「찬란한 문」등의 작품을 가지고 전국을 순회하며 공연하였다. 〈갈돕회〉는 1921년 여름에 윤백남의「운명」, 작자 미상의「貧困者의 무리」「遣言」등을 가지고 전국 순회공연을 하였으며, 1922년에도 작품을 바꾸어 부산에서 間島까지 공연을 벌였다. 1922년에는 金復鎭, 金基鎭, 李瑞求, 朴勝喜 등을 회원으로 한 〈土月會〉가 동경에서 조직되어 이듬해 여름방학에 체홉, 버나드 쇼오 등의 작품과 박승희의「吉植」등을 공연하였다. 이 밖에도 많은 학생단체에 의한 연극 활동이 활발하게 전개되어, 1920년대의 연극은 서구 근대극의 수용과 함께 창작 희곡에 있어서도 상당한 진전을 이룩하였다.

그러나, 이러한 외형상의 활기에도 불구하고 연극적 내실은 아직 불충분하였으며, 특히 연극의 작품적 토대가 되는 희곡 부문에서 더욱 그러하였다. 그 이유는 당시의 연극이 서구 근대극의 수용에 치중하면서 내적으로는 창작 희곡에 등한하고 외적으로는 연극 활동에 불가결한 물질적・정신적 기반인 관객층을 확보하는 데 실패한 때문이다. 여기에는 물론 식민통치하의 억압과, 근대적 연극을 지탱할 만한 사회 문화적 여건의 부족이라는 객관적 요인도 작용하였다. 하지만 일차적인 문제는 유학생들을 주축으로 구성된 당대의 연극운동자들이 자신의 현실과 동떨어진 서구 근대극의 모방적 수용에 집착한 점에서 찾아야 할 것이다. 3・1운동 직후의 수년간 비록 습작 수준이나마 창작 희곡이 양산됨으로써 민족적 삶의 문제가 어느 정도 다루어지다가 〈土月會〉에 의한 서구 근대극 소개 및 번역극 활동이 본격화되면서 주체적 근대극 운동이 점차 빛을 잃어 갔다는 사실은 이런 맥락에서 비판적으로 음미할 필요가 있다. 이와 같은 문제적 양상의 기본구조는 정도의 차이는 있을지언정 1930년대의 연극・희곡에 대해서도 마찬가지로 해당되며, 1950년대 이후의 연극적 상황과도 무관하다 할 수 없을 것이다.

1920년대 초기 이래의 현대 희곡과 연극이 지향해 나아간 주류적 방향은 寫實主義였다고 말할 수 있다. 각각 1920년대와 1930년대를 대표한다고 할 만한 金祐鎭(1897~1926)과 柳致眞(1905~1974)의 작품 세계에서 그 단적인 양상이 나타난다. 김우진은 사실주의와 더불어 표현주의적 극작술까지도 대담하게 구사하였으나, 그의 근본 관심은 1920년대 초기의 식민지 조선이 처한 암울한 상황과 인물들간의 갈등 그리고 이로부터 벗어나려는 열망의 극적 형상화에 있었다. 따라서 그 는 실험적 수법 자체보다는 현실 경험의 복합적 연관을 극적 갈등의 구조로 드러내려는 사실주의적 정신 위에서 여러 가지 방법의 활용을 추구하였다. 유치진은 「土幕」「버드나무 선 동리 풍경」「소」 등의 작 품에서 식민지하의 피폐한 삶을 살아가는 여러 유형의 인물들과 그들 사이의 갈등을 그려내었다. 이 밖에 蔡萬植, 金鎭壽 등의 희곡도 사 실주의적 기조 위에서 창작되었다.

이처럼 우리 현대극이 우선적으로 사실주의를 지향하게 된 것은 민 족적 삶의 문제와 현실의 모순이 다른 무엇보다 절박한 과제로 주어져 있던 시대 상황에서 불가피하고도 자연스러운 흐름이었다. 다만, 다른 분야의 문학·예술에서도 그러하듯이 사실주의라는 것이 단순한 기법 내지 樣式의 수준에만 머무를 수 없는 예술정신의 문제인 한, 좁은 의미의 사실주의적 관습에 안주하지 않고 다양한 표현 형식을 포용하 여 어떻게 우리 자신의 절실한 경험을 극화할 수 있는가라는 물음은 1920, 30년대 이래 오늘날에 이르기까지 지속되는 숙제이다.

(4) 敎述的 갈래

樂章

역대의 왕조들은 開國의 위업을 찬양하고 帝王의 덕을 기리며 천하 의 태평을 구가하는 儀式樂 및 宴樂을 필요로 하였다. 이와 같은 궁중 악곡에 실리어 가창 혹은 음영된 시가를 樂章이라 한다. 그러한 넓은 의미의 악장은 고대국가 성립기부터 있었을 터이나 온전한 모습으로 전해지지 않는다. 신라 儒理王이 어진 정치를 베풀어서 백성들의 살림 살이가 편안하여지자 지었다는 「兜率歌」(B. C. 58)가 아마도 그런 것 중의 하나가 아닐까 짐작된다. 고려시대에는 전통음악인 鄕樂과 중국계 음악인 唐樂이 궁중악으로 함께 사용되었으며, 다수의 악장이 창작되는 한편 민간가요의 宮中宴樂化 현상도 활발하였던 것으로 보인다. 그러나 그 대부분은 조선 초기의 舊樂 정리 과정에서 가사가 제거 혹은 개작되어 자세한 모습을 알기 어렵다. 따라서 오늘날 일반적으로 말하는 좁은 의미의 악장은 조선 왕조의 창업과 번영을 송축하기 위하여 15세기에 주로 만들어진 궁중 樂歌를 뜻한다.

악장의 기본 속성이 왕조의 존엄성을 예찬하고 숭고한 정치 이상을 펴는 것이었던 데다가 유교에서는 禮樂의 교화적 기능을 특히 중시하였기 때문에 조선조의 악장은 전반적으로 강렬한 이념성·교훈성을 보인다. 그것은 국가적인 기억과 지향을 노래하는 것이기에 개인적 서정과는 다른 공식성을 바탕으로 개국의 역사적·도덕적 필연성과 왕조의 무궁한 번영을 예찬하는 찬가가 될 수밖에 없었던 것이다. 이 점에서 악장은 敎述的인 시가의 일종으로 파악되는 것이 자연스럽다.

그러나 목적 및 기능상의 이러한 단일성을 제외한 나머지 부분에서도 악장이 문학상의 독자적 갈래로서의 실체를 지니는가는 의문시될 만하다. 현존하는 조선조의 악장류 작품들을 보건대 그 표현언어와 형태 및 규모가 너무나도 다양하기 때문이다. 악장에는 순전한 한시로 된 것과 함께 「受寶籙」(四言), 「納氏歌」(五言), 「靖東方曲」(六言), 「文德曲」(七言) 등 여러 가지 한시 형태에 국문으로 토를 단 것이 있는가 하면, 「新都歌」「龍飛御天歌」처럼 우리말의 표현력을 잘 구사한 국문시가도 있다. 또한 「霜臺別曲」「華山別曲」은 景幾體歌의 형식을 빌었으며, 「신도가」는 일정한 율격 유형을 찾기 어려운 7개의 시행 사이에 〈아으 다롱디리〉라는 고려가요류의 餘音을 넣은 단형가요의 형태를 취했다. 「용비어천가」및 그 불교적 파생형인 「月印千江之曲」은 이들과 전혀 달리 댓귀로 이루어진 연이 길게 중첩되는 장편 찬가이다.

이처럼 다채로운 언어와 형태를 지닌 작품들이 하나의 갈래를 이룬다는 것은 일반적으로 불가능한 일이다. 그러나, 악장의 경우에는 이러한 형태적·구조적 다양성에도 불구하고 작품들이 공유하는 기능적 특수성의 지배가 예외적으로 강하기 때문에 그것을 하나의 특이한 갈래로 인정하는 관행이 통용되고 있으며, 우리도 이를 받아들이고자 한다.

내용상으로 볼 때 조선조의 악장들은 天命論과 유교적 덕치주의의 이념으로 왕조 건국의 필연성을 강조하면서 開國 始祖들을 일종의 문화적·도덕적 영웅으로 예찬하는 성향을 보여준다. 太祖 李成桂가 군사적인 힘으로써 건국의 기틀을 마련한 武人이었던만큼「納氏歌」「窮獸奔」「靖東方曲」등 이른바 武德曲類가 있는 것은 당연한 일이지만,「文德曲」「龍飛御天歌」등 보다 중요한 작품들이 유교적 정치 이상에 합당한 덕성과 지혜를 갖춘 군주의 모습을 부각시키는 데 힘썼다.「용비어천가」는 이러한 지향을 가장 숭고한 모습으로 구현한 대작으로서, 穆祖·翼祖·度祖·桓祖·太祖·太宗에 이르는 건국 초기의 史跡이 15세기 국어의 섬세한 표현력을 바탕으로 인상깊게 點描되어 있다. 그런 뜻에서 이들 악장은 鄭道傳, 權近, 鄭麟趾 등으로 대표되는 조선 초기 집권 사대부층이 수많은 사실과 전설화된 기억에 유가적 이념을 투영하여 만들어 낸 정치 이상의 찬가라 하겠다.

악장의 창작은 조선조 초기로 일단락되고, 그 이후에는 극히 드물게밖에 작품이 추가되지 않았다. 국가적 奠禮에 쓰이는 樂歌는 여러 儀式 요소와 더불어 고정되어 있는 것이어서 새로운 노래가 지속적으로 만들어질 필요가 없었고, 일단 숭고한 모습으로 정립된 개국의 史跡과 이념은 왕조의 체제가 유지되는 한 불변하는 것으로 믿어졌기 때문이다. 여기에서도 악장의 특이한 성격이 다시 한번 확인된다.

한편「月印千江之曲」은 나머지 작품들과 달리 釋迦의 생애를 노래한 장편 찬가 내지 佛敎叙事詩인 까닭으로 왕조의 영광을 노래한 악장에는 넣을 수 없는 것이지만, 찬가로서의 공통 자질과「용비어천가」와의 유사성을 고려하여 악장류 시가의 하나로 다루어진다.

唱歌

창가란 주로 3음보격(종래의 지칭으로는 7.5조, 8.5조, 8.6조 등)의 시행으로 되어 서양식 악곡에 맞추어 불린 開化·愛國啓蒙期의 노래들을 가리킨다.

창가는 근대적 초·중등교육이 행하여지기 시작한 1890년대 중엽부터 나타났다. 1896년 11월의 獨立門 定礎式에서 불린 尹致昊 작사의 애국가가 그 한 예이다. 〈셩ᄌ신손 오ᄇᆡᆨ년은 우리 황실이요 / 산슈 고려 동반도는 우리 본국일세 // (후렴)무궁화 삼쳔리 화려강산 / 죠

션 사람 죠션으로 기리 보존ᄒ세〉라는 그 가사는 《독립신문》의 애국
가류와 맥락이 닿아 있으면서 한편으로는 이후의 본격적인 창가 형
태 및 주제를 예고하는 것이었다.

이후 창가는 1890년대 후반부터 1900년대에 이르기까지 놀라운 숫
자로 늘어난 학교들 중 상당수가 서양식 악곡에 의한 음악 과목을 설
정함에 따라 널리 확산되었다. 아울러, 崔南善 같은 이들이 새로운
이념, 욕구의 고취에 창가가 효과적임을 착안하여 《少年》《靑春》 등
의 계몽적 잡지를 통해 다수의 작품을 발표함으로써 창가는 이 시대의
중요한 대중계몽 수단의 하나가 되었다. 그는 새로운 시대의 희망과
이상을 예찬하는 단형 창가 외에 「京釜 텰도 노래」 「世界一周歌」 등
의 風物誌的 장편을 통해 지식을 전달하는 수단으로서의 창가를 시도
하기도 하였다.

이들 창가 가운데는 일반적인 서정시의 부류에 드는 것도 더러 있
으나, 전반적인 경향은 문명개화의 시대적 필연성을 역설하고 신교육
을 예찬하며 소년, 청년들의 진취적 기상을 고무하는 계몽주의에 치중
하였다. 따라서, 1910년대 초 무렵까지를 두고 말한다면 창가의 지배
적인 속성은 敎述的인 것이라 할 수 있다. 그러나, 이와 같은 낙관적
문명주의의 이념은 1910년대에 조직적으로 진행된 日帝의 식민지화 정
책에 의해 점차 약화되고, 1920년대에는 결정적으로 붕괴하고 말았다.

여기에 최남선 작의 창가 「漢陽歌」 중 일절만을 소개한다.

너보아라 하난듯 웃둑하게서
큰光彩를 發하던 저獨立門은
오날와서 暫時間 빛없을망정
太陽같이 煥한날 머지안햇네

南山밑에 지어논 奬忠壇저집
나라爲해 몸바친 神靈뫼신데
泰山같은 義理엔 목숨보기를
터럭같이 하도다 壯한그분네

記述·議論類의 散文文學

수필, 雜錄, 일기, 전기, 기행 등은 성격이 서로 다른 갈래들이지만

체험적 사실과 생각을 담은 산문 기록문학이라는 공통성에 주목하여 함께 개관하기로 한다. 아울러 序, 記, 跋, 論, 策, 箴, 銘…… 등 전통적 분류에서 文의 범주에 포함되는 한문문학 양식들도 여기서 다룬다.

다른 나라의 경우도 대개 그러하듯이 우리나라에서 문자 사용이 시작된 고대에는 종족·국가의 존엄한 기억과 역사적 경험을 書冊으로 남기는 公的인 기록이 먼저 이루어졌다. 이름만이 알려진 고구려의 『留記』, 백제의 『新集』 등 역사서가 그것이다. 『三國史記』『三國遺事』를 편찬하는 데 기초가 되었던 『舊三國史』『花郞世紀』(金大問), 『高僧傳』 등의 문헌도 아깝게 유실되어 현전하지 않으나, 이들을 통해 산문기록이 발달하면서 국가적인 역사서술만이 아닌 전기와 개인적 체험의 기록 등을 담은 산문 양식도 형성되었을 것으로 보인다. 이 가운데서 『고승전』 같은 것은 이미 그 자체로서 산문 기록문학의 범주에 드는 것이 하겠거니와, 신라의 고승 慧超(704-787)가 西域의 다섯 나라를 순례하고 돌아와 쓴 여행기인 「往五天竺國傳」(727)이라든가, 薛聰이 神文王을 諷諫하기 위해 지었다는 「花王戒」는 바로 그러한 진전을 바탕으로 출현한 수필류 문학의 편린으로 지금까지 전해진다. 다만, 이 시기의 기술·의론류 산문문학은 모두 한문으로 이루어지고, 鄕札은 향가를 기록하거나 經書를 해독하는 보조수단으로만 쓰이는 데 그친 듯하다.

한문문학이 크게 발달한 고려시대에는 문인 관료층에 의해 기술·의론류의 한문학 양식들이 다양하게 수용되어 풍부한 작품이 이루어졌다. 한문문학의 전통적 가치의식에 따라 이 시대의 문인들도 문학에서 시를 더 중시하였으나, 관료로서의 직무를 수행하는 데 필요한 表, 箋, 奏, 議 등의 문장과 개인적 견문을 기록하고 갖가지 일들을 담론하는 記, 錄, 序, 跋, 論, 策, 箴, 銘 등의 산문문학 역시 소홀히 여길 수는 없었다. 고려시대의 문집과 『東文選』에 전하는 많은 자료를 통해 우리는 관찰·서술의 정밀성과 문학적 향취를 아울러 갖춘 여러 양식의 기술·의론류 문장들을 볼 수 있다.

이와 아울러 주목할 만한 것으로 고려 후기에 발달한 詩話·雜錄集이 있다. 李仁老(1152~1220)의 『破閑集』, 崔滋(1188~1260)의 『補閑集』, 李齊賢(1287~1367)의 『櫟翁稗說』 등이 그것이다. 이들은 역대의 詩文

에 대한 단평, 일화를 주로 하고 개인적인 견문과 고금의 인물·풍속·逸事에 관한 이야기를 한데 모은 것으로서, 실제비평적인 시화집의 성격과 異聞 瑣談을 기록한 잡기 즉 수필류의 성격이 혼합되어 있다. 이 가운데서 전자의 측면은 조선 초기의 문인인 徐居正의『東人詩話』를 거쳐 후일의 본격적인 시화집들로 이어지며, 후자의 성격은 역시 서거정의『太平閑話滑稽傳』을 거쳐 조선조의 잡록류 문학과 야담집에로 계승된 것으로 볼 수 있다.

조선시대의 사대부들은 고려의 문인들에 비해 실제적인 경험과 이념을 더 중시하였으므로 견문과 實事를 기술하고 사물의 이치를 따지며 인물의 생애를 서술하는 등의 일에 보다 많은 관심을 기울였다. 아울러, 조선 중기 이후의 사회·문화적 변화 과정에서 시적인 절제와 함축의 언어보다 일상적 삶의 문제들을 세밀하고도 구체성 있게 다루는 데 적합한 산문의 필요성이 확대되면서 野史, 잡기, 기행, 奇聞, 逸事 등을 기록한 훌륭한 산문문학이 많이 나타났다. 72권 72책으로 이루어진『大東野乘』과 266권 10집의 거질인『稗林』은 바로 이러한 산문문학의 축적 위에서 엮어진 대표적 총서이다.「湯論」「原牧」등 丁若鏞의 탁월한 논설, 변화하는 세계에 대한 성찰과 知的 모색이 날카로운 필치로 서술된 朴趾源의『熱河日記』같은 명문장 역시 이러한 조류 위에서 꽃피었다.

17세기 경부터는 한글의 광범한 보급과 함께 일상적 경험을 기술하는 데 있어 국어 문장이 발휘하는 섬세하고도 구체적인 표현력에 대한 인식이 깊어짐에 따라 한글 기록문학이 급속히 발달하였다. 주로 사대부 집안의 부녀자들 사이에서 오고간 한글 서간이 간결한 문체에 곡진한 뜻을 담는 산문문장으로 탁월한 수준에 도달했음은 이미 그 이전 시대의 자료로부터도 확인된다. 자료 수집이 미진한 가운데서도『됴텬녹』(1620년대),『날리가』(1730년 경), 柳義養의『남히문견녹』(1771), 李羲平의『華城日記』(1795) 등의 기행·견문록류와『癸丑日記』(17세기 중엽),『閑中錄』(惠慶宮 洪氏, 18세기 말),『閨恨錄』(全州 李氏, 19세기 중엽) 등 實記·회고록류에 속하는 많은 작품들을 보면 조선 후기의 한글 산문문학이 지닌 폭과 깊이가 상당한 것이었음을 짐작할 수 있다. 이 가운데서도 특히 주목되는 명편으로는 여성들의 自傳·수필류가 많다. 이는 사대부층의 남성들이 산문기록 수단으로서 한문을 숭상하

었던 데 비하여 士家의 여성들은 일찍부터 한글을 생활기록의 주요
수단으로 삼아 왔다는 요인과 함께, 여성다운 섬세한 관찰·표현력이
그들의 체험 세계를 절실하게 드러내는 데 성공한 때문이다.

(5) 中間·混合的 갈래

景幾體歌

경기체가는 13세기 초에 출현하여 고려 후기와 조선 前期 동안 간
헐적으로 창작되고 그 이후에는 쇠퇴했으나 19세기까지 드물게 명맥이
이어진 시가 형태이다. 논자에 따라서는 이를 別曲體라 부르기도 한
다. 고려 高宗때 翰林諸儒들이 지은 「翰林別曲」으로부터 閔圭의 「忠孝
歌」(1860)에 이르기까지 이 양식이 존속한 기간은 무척 길지만, 지어
진 작품 수는 극히 적어서 현재까지 확인된 것은 20여 편에 불과하다.
이처럼 창작이 드물었던 것은 경기체가가 매우 까다로운 형식제약과
특이한 관습을 지녔던 데 기인한다. 형태상의 안정성이 크게 흐트러지
지 않은 조선 초기까지의 작품을 토대로 살펴볼 때 경기체가는 구문
구조상의 서술적 연결이 박약한 명사 혹은 한문 短形句의 나열에 압도
적으로 의존하며, 한 景(聯)의 중간과 끝에서 이들을 〈위 ○○ 景 긔
엇더ᄒ니잇고〉 혹은 이에 상응하는 감탄형 문장으로 집약하는 구조를 지
니고 있다. 「한림별곡」 전 8경 중 제 3경까지만을 예로 들어 본다.

元淳文 仁老詩 公老四六
李正言 陳翰林 雙韻走筆
冲基對策 光鈞經義 良經詩賦
위 試場ㅅ景 긔 엇더ᄒ니잇고
(葉) 琴學士의 玉笋門生 琴學士의 王笋門生
　　위 날조차 몃부니잇고

唐漢書 莊老子 韓柳文集
李杜集 蘭臺集 白樂天集
毛詩尙書 周易春秋 周戴禮記
위 註조쳐 내 외옰景 긔 엇더ᄒ니잇고

(葉) 太平廣記 四百餘卷 太平廣記 四百餘卷
　위 歷覽人景 긔 엇더ᄒ니잇고

眞卿書 飛白書 行書草書
篆籀書 蝌蚪書 虞書南唐
羊鬚筆 鼠鬚筆 빗기드러
　위 딕논景 긔 엇더ᄒ니잇고
(葉) 吳生劉生 兩先生의 吳生劉生 兩先生의
　위 走筆人景 긔 엇더ᄒ니잇고

　하나의 景 안에서 첫번째의 감탄적 포괄까지의 부분을 前節, 그 이
하의 부분(즉, 葉에 해당하는 부분)을 後節이라 한다. 대체로 定型化된
〈위……잇고〉를 제외한 부분의 율격을 보면 전절에서는 3음보격이,
후절에서는 4음보격이 쓰였다. 그러나 16세기에 와서는 명사 혹은
한문 단형구만의 배열 관습이 무너지면서 율격 구조도 크게 흐트러지
는 현상이 나타났다.
　심각한 변형을 일으키기 이전의 경기체가가 보여주는 바처럼 완강한
형식제약 속에서 일정한 사물·사실들을 나열하고 정형화된 감탄구로
써 집약하는 시적 구조는 그 성격이 보통의 서정시와 현저하게 다르
다. 서정시가 대체로 특정한 상황 속에서의 체험, 생각, 느낌, 소망을
일련의 有機的 形象으로 드러내는 데 비하여, 경기체가는 외부 세계에
존재하는 사물, 행위, 관념들을 순차적으로 나열하고 종합하는 방식을
취하고 있기 때문이다. 이 점에서 경기체가는 작품외적 세계의 사실들
을 작품 안에 옮겨 놓아 이루어진 敎述 시가의 일종이라는 견해가 유
력한 설로서 제시되기도 하였다.
　그러나, 이러한 설명의 일면적 타당성을 인정하면서도 우리는 경기
체가가 객관적 현실계의 사물, 행위와 관념을 병렬적으로 늘어놓아 전
달하는 데 그치지 않고 〈위 ○○ 景 긔 엇더ᄒ니잇고〉와 같은 귀절들을
통해 그것들 모두를 아우르는 정서적 감격에로 나아간다는 사실에 주
목할 필요가 있다. 경기체가에 있어서 사물, 경험의 나열과 집약은 외
부적 사실의 정보를 확인하거나 전달하는 일보다는 작자의 주관성에
의해 선택·재구성된 폐쇄적 세계를 드높은 조화의 景觀으로 제시하여
그 담당층의 삶과 지향하는 가치의 탁월함을 감격적으로 드높이는 데

초점을 두고 있는 것이다. 다시 말하여, 경기체는 단순히 사실기술적이거나 관념적이기만 한 것이 아니라 상당한 정도로 主情的이기도 하다. 그런 점에서 경기체가는 사실·이념의 차원과 主情的 審美化의 차원이 특이한 방식으로 결합된 시가이며, 갈래 분포상의 위치를 말한다면 서정의 영역과 사실적·이념적 진술의 영역이 인접하는 중간지대에 놓인 갈래라고 할 수 있다. 그리고, 이러한 분포 안에서도 작가 및 작품에 따라 어느 한쪽으로의 경향성이 더하거나 덜하여지는 운동성이 작용하였음은 물론이다.

경기체가의 성립을 가능케 했던 창작·향수층은 고려 후기의 新興士大夫層 문인들로 알려져 있다. 「한림별곡」을 지은 諸儒들과 「竹溪別曲」「關東別曲」을 지은 安軸(1287~1348)이 이에 속하는 인물들이다. 그들은 주로 漢詩文을 통하여 문학 생활을 영위하였으나, 그것만으로 충족되지 않는 표현 욕구를 위해 간간이 경기체가를 이용하였다.

이러한 흐름은 조선시대에도 이어져서 「霜臺別曲」「宴兄弟曲」「五倫歌」 등의 樂章類 작품이 건국 초기에 창작되고, 16세기에는 周世鵬(1495~1554)의 「道東曲」, 「儼然曲」, 「六賢歌」 등 성리학의 이념을 담은 작품들과 權好文(1532~1587)의 「獨樂八曲」처럼 處士的 삶의 지향을 노래한 작품이 나타났다. 한편, 조선 초기에는 몇몇 승려들에 의해 佛讚이나 불교의 이치를 노래한 경기체가가 창작되기도 하였다. 己和(1376~1433)의 「彌陀讚」「安養讚」「彌陀經讚」, 세종 무렵의 승려인 義相의 「西方歌」, 세조 때의 승려인 知訔의 「騎牛牧童歌」 등이 그것이다. 그러나 이들 작품은 경기체가의 틀을 빌어 불교적 관념을 노래하는 데 치중하여 사대부들의 작품보다 더 난삽하고 폐쇄적인 성격을 면하지 못하였다.

조선 전기가 지나면서 경기체가는 현저하게 쇠퇴하여 다시는 활력을 얻지 못하고 19세기까지 간신히 명맥을 잇는 데 그쳤다. 이와 같은 침체는 그것의 본질에 내재한 폐쇄성의 당연한 귀결이다. 경기체가는 형태상으로만이 아니라 수용되는 체험의 성격 및 처리 방식에서조차 완강한 규범의 틀을 강요함으로써 스스로의 가능성을 엄격히 제한한 폐쇄적 양식이었으며, 이는 곧 그 향수 집단의 이념과 미의식이 지닌 폐쇄성과 照應한다. 그런 가운데서 李滉이 「陶山十二曲跋」에서 말한 바와 같이 경기체가의 자기도취적 감격과 自肯에 대한 비판까지 등장하게 될 때 그 제한된 생명력조차 유지하기 어려움은 불가피한 일이었을 것이다.

歌辭

가사는 운문 문학의 일종이면서도 극히 다양한 내용들을 폭넓게 수용하는 점에서 일반적인 서정시와 판이한 갈래이다. 가사라고 불리는 것들 가운데에는 서정성이 강한 작품이 있는가 하면 실제적 사실과 체험을 기술하는 데 치중한 것도 있고, 이념·교훈을 널리 펴기 위한 노래가 있는가 하면 허구적인 짜임을 제대로 갖추어 일정한 사건을 이야기해 나아가는 작품도 있다.

가사를 이루는 양식적 요건은 극히 단순하여 4음보 율격의 장편 連續體 시가는 모두 그 범위에 포함될 수 있다. 다만, 일부 민요에서 가사와 비슷한 것들이 발견되고, 雜歌의 일부와 十二歌辭·虛頭歌 등도 가사와 구별하기 어려운 경우가 많은데, 학자에 따라서는 뒤의 세 가지를 歌唱歌辭라 하고 일반적인 가사를 吟詠歌辭라 하여 모두 가사의 범주에 속하는 것으로 처리하기도 한다.

4음보격 연속체의 律文이라는 형태적 요건 이외에는 주제·소재·표현방식·규모·구성 등에 관한 특별한 제약이 없기 때문에 가사 작품들의 내용과 성격이 다채로운 것은 당연한 결과이다. 이로 인해 가사의 갈래 특징과 귀속성을 어떻게 파악할 것인가를 놓고 많은 논란이 거듭되었다. 가사는 시가와 文筆의 중간적 형태라는 견해(趙潤濟), 율문으로 된 수필이라는 견해(李能雨), 가사를 주관적·서정적 작품군과 객관적·서사적 작품군으로 나누어 각기 서정문학과 서사문학에 따로 귀속시켜야 한다는 견해(張德順), 가사는 율문으로 된 敎述文學의 일종이라는 견해(趙東一) 등이 그것이다. 여기에는 개별 작품들과 양식의 검증만으로 매듭지어질 수 없는 갈래이론상의 근본적 쟁점까지 얽혀 있다. 따라서 우리는 이 자리에서 장황한 논의를 피하고, 가사 작품들의 다양한 성향에 주목하여 그것을 여러 종류의 경험·사고 및 표현 욕구에 대하여 폭넓게 열려 있는 혼합갈래의 일종으로 파악하고자 한다. 「賞春曲」「思美人曲」「續美人曲」 같은 서정적 작품들이 「燕行歌」「日東壯遊歌」 등의 체험기술적 紀行歌辭와 공존하는가 하면, 「老處女歌」(三說記 수록), 「居士歌」 같은 서사적 작품과 「勸善指路歌」「天主

恭敬歌」「道修辭」 등의 이념적·교훈적 작품이 공존하는 갈래를 어떤 하나의 범주 혹은 자질에 귀속시키기보다는 그 개방성을 인정하는 시각에서 파악하는 것이 바람직하기 때문이다.

이러한 개방성과 아울러 작품 규모에 있어서도 아무런 제약을 두지 않는 너그러운 확장성은 가사로 하여금 시조와 상보적인 관계를 형성하여 활발하게 창작·보급되게끔 하는 요인으로 작용하였다. 가사는 시조처럼 간결하게 짜인 서정시의 응축성과 맞겨룰 수 없는 이완된 양식이었으나, 悠長한 감흥·생각을 읊조리고 복잡한 경험을 서술한다든가 이념적 설득을 달성하는 데에는 단형시가 감당하지 못하는 요긴한 효용을 발휘하였던 것이다.

이같은 양식이 언제 이루어졌는가에 관하여는 고려 말 발생설과 조선 초기 발생설이 양립하여 있다. 전자의 문헌적 근거는 고려 말의 승려 懶翁和尙 惠勤(1320~1376)이 지었다는 「西往歌」이다. 이를 의문시하는 논자들은 지금까지 수집된 증거로 보아 18세기 간행의 「彌陀懺節要」(1741)에 수록된 것이 「서왕가」의 最古本인 만큼 가사가 고려 말에 온전한 모습을 갖추어 발생하였다는 설을 이로써 확증하기에는 미흡하다고 본다. 그러나, 丁克仁(1041~1481)의 晩年作인 「賞春曲」이 그보다 앞서는 가사의 존재 가능성을 부정할 수는 없다는 점에서 고려 말 발생설은 아직 가설로서의 의의가 인정된다. 다만 14세기에 가사 양식이 성립하였다 하더라도 그것이 널리 성행하게 된 것은 조선조에 들어 와서의 일이므로 가사는 기본적으로 조선 시대의 시가 양식이라고 할 수 있다.

가사의 역사적 흐름은 시조와 마찬가지로 17세기 중엽을 경계로 한 조선 전기, 후기와 개화·애국계몽기의 세 시기로 크게 나눌 수 있다.

조선 전기의 가사는 주로 양반층에 의해 창작되었다. 宋純(1493~1584), 鄭澈(1536~1593), 朴仁老(1561~1642), 曺友仁(1561~1625) 등이 그 대표적 인물이다. 이들은 한편으로는 한시와 시조를 통해 응축된 서정의 표현을 추구하면서 다른 한편으로는 가사의 유연한 포용력을 빌어 여러 가지 생활체험과 흥취 및 신념을 보다 자유로이 노래하였다. 그 가운데서도 특히 두드러진 흐름을 이룬 것이 이른바 江湖詩歌의 범주에 드는 작품들로서, 혼탁한 세속의 갈등으로부터 물러나 자연을 벗삼고 심성을 닦으며 살아가는 儒者의 모습이 다양한 개인적 변형을 통해 표출되었다. 이 부류에 속하는 가사들은 작자의 체험적 생활 상을 바탕으로 하면서도 단순히 사실만을 기술하는 데 머무르지 않고 조화로운 세계질서 속에서 物我의 합일을 추구하는 드높은 서정적 정 조를 띤 경우가 많다. 그런 점에서 조선 전기는 뒤의 시대에 비하여 가사의 서정성이 보다 짙었던 시기라고 말할 수 있다. 다음 자료는 鄭澈의「星山別曲」중 한 대목이다.

人心이 ᄂᆞ ᄌᆞᆺᄐᆞ야 보도록 새롭거늘
世事ᄂᆞᆫ 구롬이라 머흐도 머흘시고
엇그제 비즌 술이 어도록 니건ᄂᆞ니
잡거니 밀거니 슬ᄏᆞ장 거후로니
ᄆᆞ옴의 미친 시름 져그나 ᄒᆞ리ᄂᆞ다
거문고 시움 언저 風入松 이아고야
손인동 主人인동 다 니저 ᄇᆞ려셰라

조선 후기의 가사는 작자층이 다양화하면서 작품 계열 또한 여러 방향으로 분화되었다. 현실적인 문제에 대한 관심의 확대, 여성 및 평민 작자층의 성장, 주제와 표현방식의 다변화 등을 그 가운데서도 특히 중요한 현상으로 지적할 수 있다. 이러한 추세와 더불어 사대부 층의 가사도 체험적 구체성을 중시하는 방향으로 변모하여,「日東壯遊歌」(金仁謙, 1707-?),「燕行歌」(洪淳學, 1842-?) 등의 기행가사와「謾言詞」(安肇煥, 18세기 말),「北遷歌」(金鎭衡, 1801~1865) 같은 유배가사, 그리고「漢陽歌」(1844, 漢山居士) 같은 풍물가사 등이 좀더 활기를 띤 반면 高雅한 전원적 삶을 노래하는 서정적 기풍은 상대적으로 생기를 잃고 퇴조하였다. 이러한 현상은 조선 전기 사대부 가사의 바탕을 이루던 관조적 세계관이 서서히 붕괴된 데 따른 결과로 해석된다.

주로 사대부층 부녀들에 의해 창작·향유된 가사들은 閨房歌辭라고 불리는데, 영남 지방에서 가장 성행하였으나 다른 지역에서도 작품들이 수집되고 있다. 규방가사의 내용은 여성 생활에 관한 윤리규범·생활범절의 가르침에서부터 개인과 가정의 특기할 만한 체험·所懷의 기록 그리고「花煎歌」류의 서정성 짙은 노래에 이르기까지 매우 폭이 넓었다. 일단 창작된 규방가사는 친족들 사이에서 읽히고 轉寫되었으며, 시집갈 때 자기 집안의 가사를 여러 두루마리씩 간직하여 가져가는 일도 혼했다고 한다.

평민층의 가사는 내용이 좀더 다양한데, 대체로 세 계열로 나누어 볼 수 있다. 그 첫째 계열은 당대 사회의 모순과 虐政으로 인한 민중들의 고통을 노래한 작품들로서, 「甲民歌」(18세기 말), 「井邑郡 民亂時 閭巷聽謠」(1836년 경), 「居昌歌」 등을 꼽을 수 있다. 이러한 작품들은 다수의 민중들 사이에 널리 구송되면서 그들의 현실 경험에 일련의 집단적 형상을 부여하는 데 영향을 미쳤을 것이다. 1792년 경의 작품인 「合江亭歌」는 이들과 성격이 상통하나 문체적 특성으로 보아 현실에 불만을 품은 識字層의 창작이거나, 혹은 평민적 근원의 노래가 그러한 인물의 손을 거쳐 정착된 것이 아닌가 한다.

「愚夫歌」「庸婦歌」는 둘째 계열에 드는 작품들로서, 추하고 탐욕스런 인물을 등장시켜 신랄한 풍자를 가하면서 당시의 변환기적 세태를 재미있게 戲畫化했다. 이 부류의 작품들은 판소리에 있어서의 놀부 심술타령 대목이라든가 뺑덕어멈 흥보는 대목과도 흡사하다. 오로지 자신의 이익만을 추구하며 갖은 허욕을 일삼다가 패가망신하는 인물을 그린 다음 귀절을 보면 이들이 단순한 교훈적 노래에 그치지 않고 조선 후기 사회의 한 면모를 희극적 전형으로 드러내는 것이기도 함을 알게 된다.

> 져 건너 쏨싱원은 졔 아비의 덕분으로 돈 쳔이나 가졋드니
> 술 한잔 밥 한술을 친구 디졉 ᄒ얏든가
> 쥬져넘게 아ᄂᆞ 체로 음양술슈 탐혼ᄒᆞ야
> 당대발복 구산ᄒᆞ기 피란곳 ᄎᆞ져가며
> 올젹 갈젹 힝노상에 쳐ᄌᆞ식을 훗허녹코
> 공납범용 허ᄌ 허니 일가집에 부ᄌ 업고
> 쓴 지물 경영허고 경향 업시 쓰다니며
> 지상가의 쳥질허다 봉변허고 물너셔고
> 　　　　　　　　　〈愚夫歌〉

평민가사의 세째 계열은 남녀간의 애정을 중심으로 하여 욕구의 좌절·지연·성취 등의 문제를 다룬 작품들이다. 「老處女歌」「靑春寡婦傳」「居士歌」 등이 그것이다. 이들은 유통의 범위가 매우 넓었던 듯

동일 유형에 속하는 이본들이 여러 곳에서 발견되고, 「노처녀가」처럼
방각본 소설집인 『三說記』 속의 한편으로 수록된 것도 있다. 가사가
虛構的 叙事에로 나아가는 현상이 이 부류의 작품들에 두드러지게 보
인다는 점도 흥미롭다. 물론 이들이 지닌 서사성은 본격적인 소설의
잘 짜여진 사건구조와 寫實的 서술에는 미치지 못하지만, 가사가 단
순히 主情的인 表白이나 실제 경험의 나열적 기술에 머무르지 않고
전형화된 갈등의 서사적 전개에까지 영역을 확대한 점은 평민가사가
사대부가사처럼 〈관조하고 회고하〉는 것보다는 〈욕구하고 움직이는〉
지향성을 더 많이 지닌 결과라는 점에서 주목될 필요가 있다. 『三說
記』에 실린 「노처녀가」는 나중에 「꼭독각시전」이라는 소설로 완전히
전환되기까지 하였다.
　위의 세째 계열 작품들은 「想思別曲」「斷腸歌」「良辰和答歌」등과
함께 애정가사로 분류되기도 한다. 이처럼 소재적 공통성에 따라 설
정하는 애정가사의 범주에는 평민가사만이 아니라 규방가사의 영역
에 드는 작품들도 일부 포함된다. 사대부 남성들의 경우에는 戀君의
寓意的 표현을 제외하고는 남녀의 애정 문제를 진지한 관심사로 노래
하지 않는 무언의 관습이 강했던 데 비해, 부녀자들과 평민층은 그러
한 규범에 별로 구애받지 않은 까닭에 이러한 인접성 내지 부분적 중
첩 현상이 나타난 것으로 생각된다.
　한편 불교가사를 통해 조선 전기 이래로 오랫동안 종교적 감화의 수
단으로 요긴하게 쓰여 온 종교가사 또한 조선 후기에 이르러 그 작품
량이 더욱 늘어나고 다양해졌다. 승려와 일반 신도들에 의해 지어진
각종 불교가사는 물론, 18세기 말엽의 「天主恭敬歌」(李檗), 「十戒命
歌」(丁若銓)를 비롯한 天主歌辭, 19세기 중엽의 「龍潭遺詞」(崔濟愚,
1824～1864) 등이 그것이다. 이들 종교가사들은 평이한 언어로써 종교
적 가르침과 신념을 표현하여 신자들 사이에 광범하게 구송・전파됨
으로써 해당 종교의 민중적 기반을 확대하는 데 더 크게 기여하였다.
　이상의 사실을 종합해 볼 때 조선 후기의 가사는 담당계층의 확산・
다양화와 종류의 분화를 겪으면서 갈래 속성의 포용력도 더욱 넓어졌
음을 알 수 있다. 견문・체험의 상세한 서술, 특정한 사회상황의 집약
적 제시, 허구적 서사에로의 발전, 일부 애정가사류의 서정성 심화,
그리고 종교가사류의 강한 이념・교훈성 등 작품 계열과 유형에 따른

多面的 발전은 이 시기의 各異한 문학적 욕구가 가사라는 갈래의 너그러운 확장성을 최대한으로 실현한 결과라고 할 것이다.

개화·애국계몽기의 가사는 이념적·사회적 격동기의 요구로 인해 위의 다양성이 후퇴하고 형태상의 커다란 변화와 함께 교술적 속성이 지배적 위치를 차지하게 되었다. 물론 이 시기(및 그 이후)에도 전통적인 가사는 부분적으로 존속하여, 1920년대의 「申議官倡義歌」 같은 작품으로 이어지기도 하였다. 그러나 歌辭史의 세째 단계에 해당하는 이 시대에서 주목할 것은 《獨立新聞》(1896~1899), 《大韓每日申報》(1904 ~1910)에 다량으로 발표된 새로운 형태 및 의식의 작품들이다.

흔히 개화기 가사 혹은 開化歌辭라 불리는 이들 작품은 쉽게 가창 또는 吟詠할 수 있도록 분량이 축소되고 分聯 형식을 도입하였으며 반복구·후렴구를 많이 사용한 점이 형태상의 특징이다. 이 점은 전통적인 가사와 당대의 창가 사이에서 그 중간적 특성을 가늠해 볼 만한 사실이라 하겠다. 그 가운데서도 또 형태를 나누어 보면, 다 같이 음보 율격을 사용하면서도 《독립신문》의 애국가류가 《대한매일신보》의 우국가사류보다 좀더 창가적 특질을 많이 띠고 있다.

애국가류는 《독립신문》 제3호(1896. 4. 11)에 제목 표시 없이 〈서울 순청골 최돈성의 글〉이라 하여 〈대죠션국 건양 원년 / ᄌ쥬독닙 깃버ᄒ세 / 님군ᄭᅴ 충성ᄒ고 / 정부를 보호ᄒ세 / 나라 도을 싱각으로 / 시종 여일 동심ᄒ세 / …… 라 노래한 작품이 실린 이래 독자 투고에 의해 「애국가」등의 이름을 주로 붙여 발표된 비교적 단형의 시가군이다. 이들은 4음보격 시행으로 보아 10행 내외의 규모로서, 대개는 일정한 분절(聯) 구조를 보인다. 몇몇 작품들은 각 분절의 뒤에 후렴을 동반하기도 하였다. 한 예를 들면 다음과 같다.

데일　텬지 만물 창죠 후에
　　　오쥬 구역 텬뎡이라
　　　아시아쥬 동양 중에
　　　대죠션국 분명ᄒ다
　　　독립 긔쵸 쟝구슐은
　　　군민샹이 뎨일이라
(후렴)　깃분 날 깃분 날
　　　대죠션국 독립ᄒ 날

깃분 날 깃분 날
대죠션국 독립흔 날
〈농샹공부 쥬ᄉ 최병헌, 「독립가」, 1986. 10. 3〉

1890년대의 초기 찬송가들과도 비슷한 데가 있는 이들 작품 중 일부는 서양식 악곡에 맞추어 가창되기도 하였으리라 추정된다. 그리고 그 전반적인 내용은 위의 예에서 보다시피 미래의 가능성을 낙관하는 가운데 자주독립과 문명개화를 예찬하는 데 집중되었다. 이 점은 당시의 상황이 아직 그러한 희망을 허용할 만한 약간의 여유를 지녔던 데에도 관련이 있겠으나, 보다 근본적으로는 立憲君主制의 바탕 위에서 일련의 제도적 개혁을 추진하고 서구문명을 수용함으로써 새로운 사회를 이룩할 수 있다고 믿은 독립협회 지도부의 의식이 작용한 결과로 해석된다.

반면에 《大韓每日申報》의 憂國歌類는 국운이 결정적으로 기울어 가던 1907년부터 출현하여, 문명개화의 미래상에 대한 예찬보다는 부패와 非理로 얼룩진 현실에의 풍자·비판을, 낙관적 개화주의에의 도취보다는 냉혹한 국제질서의 適者生存 원리에 대한 각성을 촉구하였다. 따라서, 《독립신문》의 애국가류가 보인 문명개화주의의 감격스러운 분위기는 우국가류에서 완전히 사라지고 그 대신 날카로운 현실고발과 풍자적 공격성이 두드러진 특질로 나타났다. 우국가류가 분량면에서 전자보다 훨씬 길어지고 갖가지 골계적 표현 방법이 쓰인 것역시 이 때문이다.

漢城內外 도라보니 內外國人 勿論ᄒ고
洗濯所가 만치마난 完全흔者 別無로다
特別方法 硏究ᄒ야 洗濯所를 新設ᄒ니
忠義釜에 文明椎와 全國民의 汚穢心腸
無一遺漏 收拾ᄒ야 無料洗濯 ᄒ여볼ᄭ

各地方에 ᄂᆞ려가서 觀察使와 守令이며
其他貪官 汚吏輩의 無辜生靈 貪虐ᄒ고
財產田土 勒奪ᄒ며 外國人을 符同ᄒ야
제同胞를 殺害ᄒ난 敎育妨害 汚穢心腸
無一遺漏 모라다가 흔쎅지에 믜여노코

財政家에 드러가셔 大小勿問 守錢虜가
姻親戚黨 窮交間의 餓殍地境 救濟안코
各學校와 各社會의 財政窘拙 말못되나
分錢義捐 아니ᄒ난 仇視反對 汚穢心腸
無一遺漏 모라다가 ᄒ쇽지에 미여노코

(……)

여러쇽지 收合ᄒ야 忠義釜에 집어넛코
警醒水로 짓물푸러 文武火로 살문後에
自由筒에 건져니여 文明椎로 두다려셔
獨立館에 줄을미고 維新空氣 曝晒ᄒ셰
其他各色 汚穢物은 後日이나 洗濯코쟈
〈洗濯新設〉

위에서 보는 바와 같이 우국가류는 엄격하게 틀잡힌 4음보격을 유
지하였으나, 전통적 가사와 달리 작품 전체를 작은 구조단위의 열거
에 의해 구성하는 방법을 썼다. 이처럼 열거되는 소단위를 주제적·
형태적으로 통일하는 데에는 동일한 진술 형태의 반복과 주제집약적
인 反復句의 공통적 배분이 활용되었다. 종래의 가사가 대개 연속적·
확장적인 구성 원리에 의존한 데 비하여, 이러한 수법은 일정한 문제
의 핵심을 강렬하게 부각시키는 데 특히 긴요한 역할을 발휘했다. 이
들 작품은 대부분이 《대한매일신보》의 제작에 관여한 진보적 儒學 지
식인들에 의해 창작된 것으로 믿어진다. 1910년의 국권 상실에 의해
더 이상의 작품이 나올 수 없을 때까지 발표된 수량은 약 700편으로
서, 가사는 이에 이르러 가장 격렬한 비판의식과 이념의 양식으로 그
역사적 변모의 마지막 단계를 마무리지었다.

假傳

가전은 고려 중기 이후 일부 문인들에 의해 이따금씩 창작된 특수한
한 갈래로서, 假傳體 혹은 擬人傳奇體라고도 불린다. 이 부류의 작품
들은 어떤 사물을 역사적 인물처럼 의인화시켜서 그 家系와 생애 및
개인적 성품, 功過를 기록하는 傳記의 형식을 빌었기 때문에 實傳에
相대되는 假傳 또는 의인전기체라고 하는 것이다. 이와 같은 형식의

근원을 더듬어 보면 唐의 문인인 韓愈의 「毛穎傳」이나 薛聰(8 세기)의 「花王戒」등에서 유래를 구할 수 있다. 의인화의 수법을 사용했다는 점에서 가전의 형성에는 전래의 寓話的 口傳說話도 어떤 관련이 있지 않을까 여겨지기도 한다. 그러나 이들 사이에 기원적 상관관계가 있다 하더라도 대부분의 동물우화는 여러 동물간의 사건이 주내용을 이루는 데 비해 가전은 한 사물의 내력, 속성, 가치에 대한 관심이 주가 된다는 점에서 양식적 지향이 현저히 다르다.

고려 후기에 가전이 발달하게 된 까닭은 그 창작 계층인 사대부들의 사상적 특질 때문이라는 설명이 定說化되어 있다. 즉, 이 시기의 사대부들은 종래의 舊貴族들과 달리 세계와 인간 생활을 구성하는 실제적 사물에 깊은 관심을 가지고 그것들을 합리적으로 이해하려 하였던 바, 이에 따라 사물과 관념을 긴밀하게 통합하여 파악하는 양식인 가전이 등장하게 되었다는 것이다. 이처럼 구체적 사물과 경험을 중시하되 그것들을 철저한 이념적 해석으로써 걸러내려 하는 점에서 가전은 敎述的이며, 그것을 사실에 관한 단순한 지식 혹은 이념으로 전달하지 않고 어떤 인물의 구체화된 생애로 서술한다는 점에서 서사적이다. 그런 뜻에서 우리는 가전을 서사적 갈래와 교술적 갈래의 사이에 위치하여 두 가지 성격을 특이하게 통합한 중간갈래라고 이해할 수 있다. 한 예로서 林椿이 지은 「麴醇傳」의 줄거리를 보면 다음과 같다.

麴醇의 字는 子厚이며 그 조상은 隴西 사람이었다. 그의 90 代祖인 牟는 后稷을 도와서 백성들을 먹여 살림에 공이 컸다. 牟는 후에 공을 세워 中山侯에 봉하여지고 食邑 一萬戶를 받아 성을 麴氏라 하였다.

醇은 사람됨이 넓고 깊으며 기개가 萬頃波水와 같았다. 게다가 맑으면서도 淸하지 않았고, 흔들어도 濁하지 않았다. 그는 늘 葉法師를 찾아 이야기로 날을 새웠는데, 자리에 모인 사람들이 모두 거꾸러지는 것이 예사였다. 드디어 이름이 널리 알려져 麴處士라고 불리었다. 公卿, 大夫, 神仙, 方士로부터 夷狄과 외국인들까지 그 향기로운 이름을 마시는 자는 모두 이를 부러워하여 기리었다. 어느 때이건 큰 모임에 醇이 참석하지 않으면 모두가 쓸쓸해 할 만큼 그는 만인의 사랑을 받았다.

그러나 太尉 山濤는 사람 보는 눈이 있어 말하기를 天下 蒼生을 그르치는 자는 이 사람밖에 없다 하여 淸州從事로 물리치고 말았다. 뒤에 다시 平原督郵가 된 醇이 자신의 불우한 처지를 한탄하자, 相을 잘 보는 이가 있어 말하기를, 〈그대는 붉은 기운이 얼굴에 있어서 반드시 귀한 자리에 오를 터이니 마땅히 좋은 값을 기다리라라〉고 하였다. 醇은 陳 後主 때에 크게 쓰이었으나, 나라를 어지럽혔다 하여 내침을 당하고 暴病으로 죽고 말았다. 그에게는 자식이 없었고, 族弟 淸이 그 뒤를 이어 다시 자손이 번성하였다.

위의 요약에 선명히 드러나 있듯이 「국순전」이 이야기한 것은 술의 역사이다. 작자는 술의 내력, 성질, 효능, 폐단, 그리고 그에 대한 世論과 후일담을 관념화하여 정리한 뼈대 위에 擬人傳記라는 서술 형태를 부여하였다. 이처럼 관념의 틀이 선행하고 그에 상응하는 형상이 작위적으로 부여된다는 점에서 가전은 일종의 알레고리 곧 寓言이며, 특히 윤리적 사물관과 가치의식이 짙게 투영된 우언이라 할 수 있다. 실재하는 사물의 성질, 효능에 대한 도덕적 평가가 주제와 방법 양면을 지배하는 점에서 가전은 교훈적인 갈래에 근접한다.

그러나, 이러한 속성에도 불구하고 가전은 의인화된 전기가 지니는 서사적 형상력에 힘입어 단순한 사실기술이나 관념전달 이상의 형상력을 발휘한다. 「국순전」의 경우 국순은 비록 의인화된 존재이기는 하나 그 나름의 덕성과 결함을 지니고 행동하는 인물이며, 개인적 욕망의 성취와 좌절에 희비를 맛보며 성쇠를 겪는다. 따라서 이 인물의 생애를 그린 이야기에서 독자는 술에 관한 평면화된 진술이나 윤리적 평가만을 보는 것이 아니라 비록 가공적일망정 하나의 삶의 이야기를 읽는 것이다.

이 점은 돈을 의인화한 「孔方傳」(林椿)이나 거북을 의인화한 「淸江使者玄夫傳」(李奎報), 대를 의인화한 「竹夫人傳」(李穀), 종이를 의인화한 「楮生傳」(李詹), 지팡이를 의인화한 「丁侍者傳」(息影庵) 등에서도 동일하다. 이규보가 술을 의인화하여 지은 「麴先生傳」이 「국순전」과는 상당히 다른 사건구조와 인물형을 설정하였다는 점도 가전을 순전한 교술적 갈래로서보다는 그 나름의 형상적 範例性을 지닌 삶의 이야기로 해석해야 온당하게 이해될 수 있다. 가전을 교술과 서사의 사이에 놓인 중간영역에서 파악함이 바람직하다는 것은 바로 이 때문이다.

조선조에 와서는 가전의 창작이 쇠퇴한 대신 의인화된 서술의 방법을 本紀體 형식에 확대 적용한 작품들이 띄엄띄엄 출현하였다. 林悌

(1549~1587)의 「愁城誌」와 「花史」(일설에는 南聖中 혹은 盧兢의 작품이라 함), 金宇顯(1540~1603)의 「天君傳」, 鄭泰齊(1612~1669) 창작설이 있는 「天君演義」, 鄭琦和(1786~1840)의 「天君本紀」 등이 그것이다. 이들 작품은, 식물 세계를 의인화한 「화사」를 제외하고는 모두 사람의 마음을 의인화한 것으로서, 이로 인해 心性假傳이라고도 불린다.

그러나 이처럼 긴 생명을 유지했음에도 불구하고 가전과 그 확대형인 「수성지」 계열의 양식은 소수의 사대부 문인들 사이에서만 창작・향유되는 국한성을 벗어나지 못했다. 그 이유는 이들 작품이 극히 난삽한 典故와 소수 문인들끼리의 衒學的 奇想에 많이 의존하였을 뿐 아니라, 현실 체험과 유리된 가공성과 고답적 관념을 추구하는 데 골몰하였기 때문이다.

夢遊錄

몽유록은 夢遊 구조를 기본 골격으로 하는 양식으로, 15세기 중엽부터 출현하여 조선조 전 기간에 걸쳐 사대부 문인들에 의해 간헐적으로 창작되었다. 몽유 구조란 얼핏 보기에 「九雲夢」 등 幻夢小說의 기본 구조와 비슷하게 여겨질 수 있으나 그 속성은 크게 다르다. 환몽구조에서는 주인공이 꿈을 통해 새로운 인물로 태어나 파란많은 一代記를 거친 뒤 죽음으로써 다시 원래의 자아로 되돌아오는 이야기가 3인칭의 全知的 관찰자에 의해 서술된다. 반면에 몽유록에서는 서술자가 꿈꾸기 이전의 자신의 동일성과 의식을 유지한 채 꿈속의 세계로 나아가 일련의 일들을 겪은 뒤 본래의 현실로 귀환하여 그 체험 내용을 스스로 서술한다. 아울러, 환몽소설의 꿈 부분은 그 전체가 유기적인 사건의 연쇄로 엮어진 한 인물의 일생담이지만, 몽유록의 몽유 부분은 서술자가 다수의 인물들을 만나 이야기를 주고 받거나 그들의 모임에 참석하여 見聞한 내용으로 이루어진다는 것도 중요한 차이이다.

이러한 구조적 특성은 몽유록이 설화나 소설류의 사건중심적 진행과 달리 가상적 꿈의 공간에서 여러 인물들과의 만남을 통해 어떤 이념이나 의식을 표출하는 데 관심을 두는 점과 호응한다. 예컨대, 沈義(1475-?)의 「大觀齋夢遊錄」에서 서술자 — 작자는 꿈의 세계를 빌어 崔致遠이 천자의 자리에 앉고, 乙支文德, 李奎報, 鄭道傳, 金宗直

등의 역사적 인물들이 각기의 재능에 따라 관직을 차지하는 이상적 봉건 관료사회를 구성하고, 그 자신도 이곳에서 뜻을 이루게 된다는 이념적 환상을 그렸다. 林悌(1549~1587)의 「元生夢遊錄」은 悲憤에 찬 선비인 元子虛가 꿈 속에서 端宗, 死六臣 등에 견주어지는 인물들을 만나 술을 마시고 노래를 지어 부르며 비분강개하다가 깨었다는 내용으로서, 世祖의 왕위 찬탈이라는 역사적 사건에 대한 비판의식을 표현한 것이다. 「金華寺夢遊錄」「泗水夢遊錄」「達天夢遊錄」「皮生夢遊錄」「江都夢遊錄」 등의 작품들 역시 몽유자(서술자)가 유명 무명의 역사적 인물들과 나누는 이야기가 작품의 주요 내용이 된다는 점은 대체로 같다.

이러한 구조 원리와 내용상의 특징으로 인해 몽유록의 갈래 속성에 관하여는 교술문학설과 서사문학설이 대립하여 있다. 즉, 몽유록이 몽유설화나 소설과 달리 작품 밖의 역사적 사실에 대한 이념·주장·평가를 전달하는 데 주력한다는 점을 중시할 경우 교술갈래의 일종으로 파악되고, 몽유담을 객관적 사실과 작가의 주관적 의지 사이의 대립 갈등에서 나온 허구적 형상으로 이해하는 데 치중할 경우 그 서사적 속성이 좀더 중시되는 것이다. 큰갈래의 排他的 範疇性을 부인하는 우리의 입장에서 볼 때 이 이견들은 양립 불가능한 것이 아니라 몽유록의 복합적 성격을 서로 다른 시각에서 조명한 결과로 이해된다. 따라서 우리는 그것을 서사와 교술의 중간 영역에 놓인 갈래라 보는 것이 온당하리라 생각한다.

몽유록의 기원은 『金鰲新話』 중의 「南炎浮洲志」「龍宮赴宴錄」 및 이와 비슷한 傳奇的 몽유담들에서 찾을 수 있을 것이다. 이러한 선행 단계로부터 본격적인 몽유록이 형성·발전된 데에는 사대부적 이상과 현실 사이의 모순이 심화된 조선조 중엽 이래의 상황이 주요한 배경으로 작용하였다. 모순된 현실에 처하여 자신의 이념가치를 굳게 지키고자 하면서도 그것을 실현할 만한 현실적 방도를 찾지 못하였던 사대부 문인들은 몽유 세계라는 가상적 공간을 통해 역사상의 인물들과 만나 현실에의 울분을 토로하고 소망스러운 질서를 구성해 보는 특이한 환상의 양식을 만들어 내었던 것이다. 몽유록은 현실비판의 우울한 분위기가 지배적인 작품들(「원생몽유록」「달천몽유록」「피생몽유록」)과 낙관적 이념의 허구화된 충족에 치중한 작품들(「대관재몽유록」「사수몽유록」「금화사몽유록」)의 두 계열로 나뉘는데, 전자가 비장하고 준열한 윤리의식을 띠는 데 비하여 후자는 환상을 통해 일시적 만족을 추구하는 戱筆의 성격이 짙다.

어느 쪽의 경우든 몽유록은 현실과 이념가치 사이의 팽팽한 긴장을 바탕으로 존립하는 것이었기 때문에 중세적 질서 자체가 무너지던 조선 후기에 이르러 그 의의는 쇠퇴하고, 「天宮夢遊錄」「夢決楚漢訟」(諸葛武傳) 같은 소설적 변이형들이 나타났다. 그러나, 이들 작품에 채용된 몽유록적 요소는 본래의 성격에서 이탈하여 소설적 흥미를 장식하는 정도에 그쳤다. 개화기에 와서는 「꿈하늘」(申采浩), 「夢見諸葛亮」(劉元杓) 같은 작품이 이념적 표출의 양식으로서 몽유록의 유산을 빌었으며, 현대 작가로는 최인훈이 관념소설적 표현에 몽유록의 수법을 활용한 예가 있다.

野談

야담은 주로 한문으로 기록된, 비교적 짤막한 길이의 잡다한 이야기들의 총칭이다. 이렇게 말하고 보면 야담의 성격과 양식적 원리가 무엇인지 분명치 않다는 아쉬움이 남지만, 그런 정도의 느슨한 윤곽을 그어 말할 수밖에 없을 만큼 다양한 내용, 성격의 이야기들이 뒤섞이어 매우 방만한 군집을 형성하고 있는 것이 곧 야담의 특성이다. 그 가운데에는 실제 인물의 생애에서 있었던 일을 평면적으로 전달하는 事實談도 있으며, 역사적 사건이나 일화에 약간의 윤색이 가해진 이야기가 보이는가 하면, 등장인물의 실재성 여부가 어떻든 비상하게 날카로운 구성과 典型化를 통해 사회적 갈등이나 세태의 일면을 묘파한 작품도 있다. 다시 말하여, 야담의 한 끝에는 실재했던 삶에 관한 事實的 진술이, 다른 한쪽 끝에는 한 시대의 사회상을 집약하여 생생하게 드러내는 허구적 형상으로서의 이야기가 있는 것이다.

이처럼 포괄하는 영역이 넓게 펼쳐져 있기 때문에 야담은 작품에 따라 순전한 사실담이기도 하고 잘 짜여진 허구적 서사이기도 하며 혹은 그 사이의 다양한 층위에서 운동중인 중간적 산문문학이기도 하다. 그런 뜻에서 야담은 그 포괄 영역이 서사와 교술 사이에 완만하게 펼쳐져 있는 혼합갈래라 규정할 수 있다.

이 분야에 대한 본격적 관심을 일으키는 데 크게 기여한 『李朝漢

文短篇集』(李佑成·林熒澤 編)의 편자들이 제안한 〈漢文短篇〉이라는 용어는 이처럼 넓은 야담의 영역 가운데서 서사적 전형성이 비교적 높은 자료들을 가리키는 선별적 명칭이다. 한편 야담 중 상당수가 구전설화의 기록에 의한 것이라는 점에서 〈문헌설화〉라는 용어가 쓰이기도 하나 모든 문헌설화가 다 야담이거나 모든 야담이 다 민간설화의 문헌정착이라 하기는 어렵다. 야담은 『溪西野談』의 서문이 간결하게 말해 주듯이 그 내용이 사실적이든 허구적이든 흥미롭다고 여겨지는 갖가지 견문을 기록한 것으로서(野談者 隨其見聞而記錄), 교술적인 것과 서사적인 것 사이의 배타적 귀속을 넘어서는 개방성·유동성을 띠고 있다.

이러한 속성으로 인해 야담의 기원이나 발생을 딱 잘라 말하기란 특히 어렵다. 대체로 짐작하건대 고려 후기의 『櫟翁稗説』 같은 시화·잡록류 문학에서 일화·奇談의 요소들이 발달하여 徐居正의 『太平閑話滑稽傳』 같은 일화집이 이루어지면서 야담의 초기 형태가 성립하고, 柳蒙寅(1559~1623)의 『於于野談』에 이르러 본격화된 것이 아닌가 한다. 『어우야담』이 야담의 발달 과정에 특히 주목되는 이유는 그것이 姜希孟(1424~1483)의 『村談解頤』나 宋世琳(1479-?)의 『禦眠楯』처럼 남녀 관계에 관한 笑談類의 범위에 국한되지 않고 野史, 일화와 구전설화를 폭넓게 수용하여 다양한 삶의 이야기를 엮어냈다는 점에 있다.

조선 후기에 와서 야담은 급속도로 발달하여 다양한 작품들이 이루어지고, 많은 야담집이 출현하였다. 그 가운데서도 『溪西野談』『靑丘野談』『東野彙集』은 3대 야담집이라 불릴만큼 중요한 위치를 차지한다. 이 밖에 『鶴山閑言』『奇聞叢話』『此山筆談』『霅橋漫錄』등의 야담집과 인물 위주의 편서인 『大東奇聞』도 주목할 만하며, 『大東野乘』『稗林』과 같은 巨帙의 총서 가운데에도 야담이 풍부하게 들어 있다.

이들 야담의 기록·개작·편집을 담당한 인물들은 주로 사대부층에서 나왔으며, 일부 야담집은 중인층의 손에서 이루어지기도 하였다. 그러나, 담당계층의 이러한 국한성에도 불구하고 야담은 정통 한문문학과 달리 당대 사회의 갖가지 모순과 갈등 및 여러 계층에 걸친 인물들의 생활상을 생생하게 담고 있다. 그럴 수 있었던 요인으로는 야담의 상당부분이 민간에 떠도는 이야기들에 바탕한 것이라는 점과 그 작자층이 당시의 변환기적 사회상을 체험하면서 중세적 질서에 대해 비판 혹은 懷疑의 시각을 지녔다는 점이 주목된다.

야담에 자주 등장하는 문제들을 간추려 보면, 富의 축적, 사람의 본능적 욕구, 세속적 이해관계, 낡은 신분질서의 붕괴, 주인—奴婢 사이의 갈등, 도적과 사기꾼들, 시정인들의 생활상, 특이한 삶을 살아 간 奇人·逸士들, 세태에 대한 풍자와 해학 등을 꼽을 수 있다. 이런 내용들은 중세 사회 해체기에 있어서의 다양한 현실 체험이 야담의 주요 관심사로 포용된 결과이다. 한문소설의 범주에서 주목되어 온 朴趾源의 「許生傳」「虎叱」 등과 李鈺, 金鑢 등의 傳들도 이러한 야담류의 바탕에 힘입은 바 있으리라 생각된다.

다만 여기서 한 가지 덧붙여 둘 것은 야담이 조선 후기 문학의 역동성에 참획하는 활력을 지녔다는 점은 분명하다 해도, 전반적으로 사대부적(혹은 중인적)인 인식의 제약이 충분히 극복되어 있지는 못하다는 사실이다. 야담들의 말미에 덧붙여져 있는 기록자의 評結이 유가적 윤리의식에 매인 예가 많다는 점은 놓아 두고라도, 민간의 기문·일사와 설화적 전승을 개작하는 과정에서 사대부적 지향이 내용 자체의 성격을 변질시킨 사례도 적지는 않기 때문이다. 이러한 문제들을 포함하여 야담의 다양한 모습과 특질 및 역사적 의의를 밝히기 위하여는 아직도 많은 부분이 심층적 논의를 기다리는 과제로 남아 있다.

야담의 다양한 속성을 예시하는 뜻에서 다음에 두 편의 자료를 인용한다. 앞의 것은 『어우야담』 중의 한 토막으로서, 단편적인 사실담의 부류에 속한다. 반면에 『禦睡新話』에 실린 뒤의 작품은 한 몰락양반 일가가 신분 의식과 빈궁의 틈바구니에서 겪는 고통과 비극적 결단을 예리한 구도로 그려낸 단형 서사문학의 명편이라 할 만하다.

益城君 洪聖民이 일찌기 洪淵과 더불어 왜적을 막을 방법을 논하였다.

홍연이 말했다.

「왜적이 아직 육지에 오르기 전이라면 배로써 제어할 여지가 있다. 상륙한 뒤라면 우리나라는 결코 지탱할 수가 없을 것이다」

익성군이 말했다.

「육지에 오른 적은 물을 떠난 고기 같아 막기가 오히려 쉬울 것이다. 그대의 말은 어째서 그렇게 다른가?」

「아니다. 그건 크게 옳지 않다」

무릇 세상의 일은 시험해 본 연후라야 알 수 있는 것이니, 임진란에 이르러 우리나라는 혹시 해전에서는 승리하였으나 육전에 이르러서는 이긴 것을 보기가 드물다.

홍연의 관점은 적을 바로 본 것이니, 그가 儒臣이긴 하지만 평시라면 參將으로 천거할 만한 사람이다.　　　　　　　　　　　　〈李民樹 譯〉

昭義門(西小門) 밖의 홍생원은 홀아비로 두 딸과 함께 살았다. 가난하여 먹을 것이 없어서 항상 燻造幕(관청에 貢納하는 메주를 만들던 곳)의 役夫들이 있는 곳으로 와서 밥을 빌었다. 역부들은 저마다 한술 밥을 덜어서 주었고, 홍생원은 겨자 잎사귀에 싸들고 가서 두 딸을 먹이었다.

어느 날 홍생원이 또 밥을 빌러 왔을 때 훈조막 역부가 취중에 욕지거리를 해댔다.

「홍생원은 도대체 훈조막 府君堂(각 官衙에서 신령을 모시는 곳)이오? 우리들 상전 나으리요? 무슨 까닭에 날마다 와서 밥을 내라 해요?」

홍생원은 눈물이 글썽해져 돌아섰다. 그리고 자기 집안으로 들어간 후 5, 6일이 지나도록 삽짝이 닫힌 채로 있었다.

한 역부가 삽짝을 밀치고 들어가서 보니 홍생원과 어린 두 딸이 정신을 못 가누고 누웠는데 눈물만 주르르 흘릴 뿐이었다. 그 역부는 가련한 마음으로 급히 나와서 죽을 쑤어 가지고 갔다.

홍생원은 13세 된 큰딸을 돌아보고 말하기를,

「얘들아, 이 죽을 먹겠니? 우리 세 사람이 간신히 주림을 참는 데 엿새 동안의 공부가 있었다. 이제 죽음이 가까웠다. 前功이 가석하지 않느냐? 지금 이 죽 한 그릇을 받아먹고, 저이가 계속 가져다 준다면 좋겠지만 내일부터 매일 치욕을 어찌 다 당하겠느냐?」

홍생원이 말하는 동안에 다섯 살 된 막내딸이 죽 냄새를 맡고 일어나려고 머리를 들었다. 큰딸이 동생을 따독따독하여 눕히면서

「자자, 자자」

하고 달래는 것이었다.

이튿날 역부들이 다시 가 보았을 때는 모두 죽은 다음이었다.

이 이야기를 전해 듣고 눈물을 흘리지 아니하는 사람이 없었다. 직접 목격하였던 훈조막 역부들의 그때 심경은 어떠했을까?

심하도다, 가난이여! 나의 집에 있어서도 가난이 지극히 서글픈 일이지만 여기 홍생원에 비한다면야 슬퍼할 것이 있겠는가.

　　　　　　　　　　　　　　　　　　　　　〈李佑成·林熒澤 譯〉

4 言語·文體와 律格

문학은 언어를 매재로 하는 예술이다. 따라서 작가와 작품의 이해를 위해서는 물론 한 민족의 문학 전반을 해명하는 데에도 그 언어적 측면에 대한 깊이 있는 탐구가 긴요하다. 그러나 우리문학에서는 이에 관한 연구가 전반적으로 부진한 상태에 있으며, 특히 산문 문체에 관한 연구 성과는 극히 미비한 형편이다. 그 이유는 여러 가지가 있겠으나, 文體論이 문학 연구와 언어학의 양면에 걸쳐 고도한 방법적 준비와 광범한 작업의 수고를 필요로 하는 어려운 분야이면서도 그 어느 쪽에서도 중심적인 연구영역으로 대접받지 못한다는 점이 가장 큰 문제인 듯하다. 1960년대에 작품의 내부적 구조와 언어분석을 중시하는 접근방법이 강조되면서 이 부문의 상당한 진전이 이루어지는 듯하였으나, 이렇다 할 분석적 이해의 성과를 거두지 못한 채 그러한 관심이 시들어버리고 만 것도 아쉬운 일이다.

이처럼 문체론 전반에 관한 연구가 부족하고 文體史의 흐름이 불분명한 상황에서는 특정 작가와 작품에 관한 문체론적 논의도 연구자의 자의적인 도식에 의거하여 캄캄한 어둠 속의 어느 한 부분을 비추어 보는 이상이 되기 어렵다. 문체 style라는 용어를 대할 때 우리는 흔히 특정한 개인의 개성적 문체를 먼저 생각하지만, 그러한 개인적 문체는 보다 넓은 범위의 사회집단·계층의 언어에 근거해 있는 것이다. 또, 일정한 사회단위의 언어·문체는 그 시대 전반의 언어적 지평 안에 존재하고, 한 시대의 언어·문체는 그 언어 공동체가 거쳐 온 언어

생활사의 역동적 과정 속에 놓여 있는 것임을 인식하지 않으면 안된다. 이러한 연관의 맥락을 소홀히 한 채 몇몇 작가의 문체적 개별성만을 찾기에 골몰한다든가, 新文學 초기 소설에 있어서의 과거 시제 사용이나 3인칭 대명사 〈그〉의 도입같은 부분적 사실들을 갑작스러운 사건처럼 떼어내어 강조하는 데 열중하는 일은 현명하지 못하다.

이와 같은 문제들은 적지않은 이론적 모색과 작업이 쌓이고 종합되어야 극복될 터이지만 이 자리에서 우리는 그간의 연구성과를 간추리고 약간의 가설적 견해를 덧붙이면서 장차 엄밀하게 검증 혹은 심화되어야 할 사항들을 거론해 보기로 한다. 의존할 만한 성과가 비교적 많이 축적된 율격론 분야와 달리 문체에 관한 내용은 앞으로의 진전에 따라 그 일부가 어설픈 설명이었던 것으로 밝혀질 수도 있다. 그러나 그러한 검토의 필요성을 좀더 뚜렷이하고 논의의 실마리를 마련하는 데 보탬이 된다면 이 역시 아주 쓸모없는 일은 아니리라 생각한다.

(1) 國語의 特質과 文體史的 윤곽

國語의 역사적 흐름과 주요 특질

한국어의 계통에 관하여는 알타이語族說이 꽤 오랜 동안 유력한 가설의 지위를 차지하여 왔으나 아직까지 확실한 증명은 부족한 상태에 있으며, 그 입증 가능성에 회의적인 견해들도 적지않이 보인다. 그러나, 아득한 선사시대에 있어서의 기원이 어떠하든 고대국가 형성기 무렵의 한반도 및 만주 일대에는 아주 가까운 친족관계를 가진 言語群이 존재하였다. 이들은 종족·부족간의 통합이나 정복 등의 과정을 거치면서 보다 적은 수의 언어들로 정비되어 나아갔다. 그 결과 扶餘系의 高句麗語, 韓系의 新羅語·百濟語·駕洛語가 정립되고, 駕洛語는 정치적 병합과 함께 신라어에 흡수되었다. 이 가운데서 신라어와 백제어 사이에는 동일 언어의 方言的 분화형 정도의 차이가 있었고, 고구려어는 이들에 대해 조금 더 큰 거리를 지녔던 것으로 추정된다.

7세기 후반에 고구려와 백제가 멸망하고 신라가 고구려의 영토 일부와 백제 땅을 차지하게 됨에 따라 고대 한국어의 다기한 분포 양상은 신라어를 중심으로 백제어와 고구려어가 흡수되는 방향으로 재편성되었다. 이것이 한국어 형성사에 있어서 매우 중요한 첫번째의 역사적 轉機이다. 신라와 함께 남북으로 병립한 渤海(799-926)에서는 고구려어가 중심이 되었을 것으로 보이는데, 그 멸망 이후의 영토가 고려에 의해 회복되지 못함으로써 발해어는 우리 언어사의 흐름으로부터 대부분 일실되었다.

10 세기 전반의 高麗 건국(936)은 국어사의 흐름에 또 한 차례의 뚜렷한 구획을 지으면서 중세 한국어의 바탕을 결정하였다. 고려는 신라의 문물을 많이 계승하여 언어적으로 고려어는 신라어의 직접적 연속이라 할 수 있으나, 신라어가 경주 지방을 중심으로 하였던 데 비하여 고려어는 開京을 중심한 한반도 중부지역의 언어를 직접적 기반으로 삼았기 때문이다. 14 세기 말의 朝鮮 건국(1392)과 더불어 언어의 중심은 다시 서울로 옮겨졌으나, 이 지리적 변화는 언어변천사적으로 그다지 큰 의미를 가지지는 않는다. 이렇게 보건대 우리의 현대국어는 고려 초기에 성립한 중세국어가 약 10 세기 동안의 지속적 변화를 거쳐 오늘날의 모습을 지니게 된 것이다.

그간의 역사적 변화와 우리말이 지닌 일반적 특질은 당연히 문학적 표현 및 문체상의 특질에 직접·간접의 여러 관련을 맺고 있을 터이나, 이에 대한 본격적 연구는 아직 숙제로 남아 있다. 따라서 우리는 여기에서 국어의 몇몇 특징이 문체론적 시각에서 어떻게 주목될 수 있는가를 단편적으로 언급해 두는 데 그치고자 한다.

국어의 특질 가운데 가장 중요한 것은 그것이 언어형태상으로 膠着語에 속한다는 점이다. 교착어는 語根과 접속사(語尾·助詞)와의 결합에 의하여 문법적 기능을 나타내는 언어로서, 우리가 익히 아는 바처럼 동사·형용사의 다양한 語尾變化(活用)와 語尾類에 첨가되는 助詞의 변이(曲用)를 통해 의미를 전달한다. 이러한 언어에서 어미와 조사의 활용 방법이 다채롭게 발달하는 것은 필연적이다. 그 결과 같은 낱말과 語順을 가진 문장이라 해도 어미·조사가 일으키는 표현상의 편차에 따라 의미의 무게와 빛깔이 달라지게 된다. 엄격한 사회적 階序 관념과 더불어 발달한 尊卑法이라든가, 지역에 따른 方言差 등 우리말의 특질 중 많은 부분이 이에 관련되어 있다. 그러므로 문체의 시대적 변천이나 계층·집단에 따른 분화 및 개인적 특성을 밝히는 데에도 어미·조사의 구사방식이 어떤 의미 깊은 연관을 지니고 있으리라는 것은 단순한 가정 이상의 蓋然性을 띤다.

統辭構造上으로는 정상적인 구문에서 서술어가 문장의 맨 끝에 놓이며, 목적어·補語는 그것들을 지배하는 동사의 앞에, 수식어는 피수식어의 앞에 온다는 점이 국어의 특징이다. 국어에서는 아무리 길고 복잡한 문장 또는 節이라 해도 그 마지막 부분에 서술어가 나타나기까지 온갖 부속성분과 수식어가 선행하는 것은 물론, 양보·조건·원인·지속·대립·나열…… 등 갖가지 접속관계의 구문이 먼저 출현한 다음에야 종결형의 서술어가 제시되는 것이다. 하나의 문장이 주어-서술어의 기본적 구성관계를 내보임으로써 의미상의 뼈대를 완성한다고 본다면, 국어 구문구조의 이 특성은 최후의 서술어가 나타나기까지 그 文의 의미 방향을 불확정 상태로 유보하게 만든다고 할 수 있다. 예컨대, 〈나는 당신을 기다리……〉까지의 부분만으로는 이 문장이 어떤 의미로 귀착할지 판단하기 어렵다. 그 이하의 부분은 〈……려고 했지만, 아무리 생각해 보아도……〉로 이어질 수 있고, 〈……기 때문에 오늘 이처럼……〉으로 나아갈 수도 있으며, 〈……지 않습니다.〉로 단호하게 매듭지어질 수도 있기 때문이다. 아울러 〈수식어＋피수식어〉의 통상적 어순이 복잡한 補文構造를 내포하는 경우에도 〈내가 어제 그에게 빌려주려다가 깜박 잊었던 책〉과 같이 의미상의 중심인 피수식어가 가장 뒤에 놓임으로써 판단의 부분적인 유예 현상이 불가피한 것도 비슷한 점이다. 文의 의미란 發話狀況과 문맥이 함께 작용하여 산출되는 것이므로 위의 구문상 특성을 지나치게 확대해석하여 언어심리 내지 사고방식 일반의 문제로까지 곧바로 비약시키는 것은 위험하다. 그러나, 비슷한 구문구조를 가진 여러 언어와 더불어 이들 특징의 작용 방식과 시대적·개인적 변이를 면밀히 살펴보는 일은 우리의 언어생활 일반과 문체론적 연구에 모두 도움을 줄 수 있을 것이다.

이 밖에 語彙材의 분포 및 造語法에 관련하여 유의할 만한 역사적 특징으로서 관념어와 생활어가 퍽 오랜 동안 重層的으로 발달하여 온 사실을 지적할 수 있다. 반드시 그런 것만은 아니지만 추상적 개념·용어와 公的 제도에 관한 술어들 및 이들의 성질·작용·관계를 나타내는 어휘성분들은 한자어를 많이 사용하고, 구체적 경험·감각·느낌의 표현이나 일상생활과 평민적 생산·노동에 관련된 의사소통 영역에서는 고유어의 어휘재와 조어력이 압도적인 비중을 차지하였다는 점이 바로 그것이다. 물론 어휘재의 이 二元化 경향은 우리 말의 본래적 자질 때문이 아니라 중세의 사회·문화적 조건에 따라 점진적으로 심화되었던 것이므로 그 자체가 다시 변화되어 갈 수밖에 없는 역사성을 띤다는 사실도 유의해야 한다.

이러한 중층화 현상이 부분적으로 나타나기 시작한 것은 고구려·백제·신라가 고대국가로서의 체제를 정비하면서 행정상의 필요에 의해 漢學을 수용하고 또 불교의 전파에 따라 그 敎學이 성립하게 된 무렵부터인 듯하다. 국가의 章典·文書 및 역사가 한문으로 기록되고 佛家의 교학 또한 漢譯 經典에 바탕하여 우주의 원리, 인간 본성, 해탈의 도리 등의 문제를 다룸에 따라 공적 언어와 관념적 언어의 영역이 한자어와 한문적 표현을 많이 흡수하게 된 것은 자연스러운 추이였다. 그러나 고려 건국 초기까지의 우리말에서 어휘재와 표현방식의 중층화 현상은 아직 뚜렷하지 않았고, 고유어의 영역이 훨씬 넓었던 것 같다. 고려 초의 작품인 均如大師(923-973)의 「普賢十願歌」를 포함한 현존 향가를 보면 한자어를 별로 사용하지 않으면서도 섬세하고도 심원한 思惟의 세계까지를 탁월하게 표현해 낸 점이 단적인 증거가 된다.

어휘재의 중층적 발달은 고려 초기 이후에 본격화되어 조선조 말까지 지속되었다. 약 10세기에 달하는 이 기간은 사회신분구조와 마찬가지로 문자생활에 있어서도 이원적 병립관계가 지속되어, 귀족·양반층은 한문으로 공적인 문서와 역사기록을 관리하고 학문적 저술과 문학은 물론 그 밖의 문자생활도 거의 이에 의존하였다. 이에 따라 공적인 사회관계를 표시하는 어휘들과 추상적 개념 및 논리관계를 다루는 말들이 한문에서 轉用되거나 그 조어방법에 따라 창출되었다. 특히 우리 전통문화의 종교적·사상적 저류로서 중요한 역할을 담당한 불교와 儒學의 典籍들이 여기에 커다란 작용을 끼쳤다. 한편, 국어의 고유한 언어재는 생활언어의 차원에서 양적인 확대와 질적인 세련을 지속하여 나아갔다. 국어의 특징을 말할 때 감각언어·묘사언어가 풍부하고 섬세하다는 점을 흔히 거론하는데, 具體言語라 총칭할 수 있는 이들 어휘재와 표현력의 발달은 생활언어의 영역에서 이루어진 또 다른 발전의 단적인 예라고 할 것이다.

朝鮮前期의 文體

15세기의 한글 창제 이래의 국어 문체사는 이러한 언어적·문화적 환경 속에서 구체적인 생활언어를 근간으로 표현력의 심화를 추구하면서 점차 더 넓은 언어영역에로 나아간 역사적 운동의 과정이었다고 말할 수 있다. 엄밀하게 말해서 국어 문체의 역사는 신라의 鄕札 문헌에서부터 시작된다는 데에 이의가 있을 수 없으나, 그 자료가 모두 시가인 데다가 분량이 아주 적으므로 여기서는 15세기 이후의 전개 양상만을 간략히 개관하기로 한다.

15세기 국어 문체의 모습은 「龍飛御天歌」, 「釋譜詳節」, 「月印千江之曲」 등의 官邊文學과 經書·佛典·한시 등의 국가적 번역사업을 통해 형성되고 다듬어졌다. 이 가운데서 「小學」「大學」「中庸」「孟子」「孝經」 등의 번역은 16세기에 와서 결실을 보았으나, 佛經은 世祖 7년(1461)에 설치된 刊經都監을 중심으로 하여 「능엄경」「法華經」「金剛經」「圓覺經」 등이 차례로 번역되는 등 그 진전이 빨랐다. 순수 문학서적으로는 「杜詩諺解」 전25권이 成宗 12년(1481)에 간행되고, 「黃山谷詩集 諺解」 또한 이 시기에 이루어졌다.

운문과 산문, 창작과 번역, 그리고 문학·경전·傳記가 망라된 이들 문장의 여러 특징과 문체사적 기여는 앞으로 자세히 따져져야 할 터이지만, 국어의 오랜 역사에서 축적된 자산과 표현력이 이들을 통해 폭넓게 정리되고 앞으로의 발전에 긴요한 바탕을 마련하였다는 점에는 의문의 여지가 없다. 문체란 문자화되기 이전의 언어가 지닌 폭과 깊이에 일차적으로 의존하는 것이므로 위의 문장언어들이 보여 주는 장중함과 간결·섬세한 표현력 및 고도한 균형은 물론 한글 창제 당시까지 다듬어져 온 국어의 높이를 전제한다. 그러나, 다른 한편으로는 이처럼 문장언어화하면서 말의 올과 결이 가다듬어지고 표현의 힘을 증진하였으리라는 것도 당연한 추론이다. 그렇게 볼 때 중세 국어문장의 응축된 균형을 탁월하게 구현한 「龍飛御天歌」·「月印千江之曲」 등의 창작문장은 물론, 각종 번역서의 의의 또한 중요하다. 번역이란 단순한 말바꿈의 기계적 작업이 아니라 하나의 언어로 진술된 사유체계와 경험을 다른 종류의 언어로 포착하는 창조적 재현의 작업이다. 15세기의 각종 諺解는 바로 이러한 과제에 당면하여, 이질적 언어로 표현된 갖가지 경험과 사고 및 시적 형상을 우리말의 세계 안에서 정밀하고도 아름답게 소화 할 수 있는가를 검증한 최초의 작업이었다. 그 결과는 매우 성공적인 것으로서, 국어문장의 표현력이 탁월함을 입증함과 아울러 이질적인 언어재에 대한 수용의 유연성을 확대하는 데에도 기여하였다.

이렇게 해서 초기적 바탕을 마련한 중세 국어문체는 〈內簡體〉라 불리는 좀더 평이하고도 구체적인 체험기술적 문체로 이어지면서 새로운 국면에 들어섰다. 위에 언급한 官撰書의 대부분이 내용상으로는 초개인적인 典範性·公式性을 지향하면서 그 문체 또한 생활상의 실감이 희박한 장중함에 치우친 예가 많았던 데 비하여, 내간체는 문체의 진전을 이와 전혀 다른 방향으로 이끌었다.

내간체의 성립 및 발달 과정에 관하여는 아직 세밀한 연구가 없으나, 15세기 말에서 16세기 초에 이르는 무렵에는 그 초기적인 바탕이 형성되었으리라 추정된다. 훈민정음 반포 이후 각종 관찬서적에 의해 한글이 보급되기는 하였어도 당대의 사대부 남성들은 예전과 별 다름 없이 한문에 의해 공적·일상적 문자생활과 문학활동을 영위하였다. 한편 일반 평민층에서는 아직까지 문자생활의 필요를 크게 느낄 만큼 사회경제적 성장이 이루어지지 못하였던 것으로 보인다. 그런 가운데서 한글은 中人層에 의해 실무상의 보조적 수단으로 쓰이는 한편, 궁중과 士家 및 일부 중인층의 부녀자들에게 요긴한 기록·표현과 교육의 수단이 되었다. 당시의 통념은 여성들에게 초보적인 수준 이상의 한문 능력이나 학식이 필요하지 않다고 여겼으므로 소수의 예외적인 경우를 제외하고는 지체있는 집안의 대다수 여성들도 한글을 익혀 이로써 日常事를 기록하고 친족들 사이의 소식을 전하는 등 구체적 생활체험에 직결된 문자생활을 영위하였던 것이다. 成宗의 어머니인 昭惠王后가 부녀 훈육에 필요한 내용을 여러 책에서 뽑아 언해한 「內訓」이 1475년에 이루어진 것을 보면 士家 여성들의 기초적 교육과 교양 습득에 한글의 해득이 전제되었음을 분명하게 알 수 있다.

〈內簡體〉란 바로 이러한 사실에 주목한 근대의 학자들에 의해 붙여진 이름이다. 그러나, 여성 친족간의 私的인 서신에만 이 문체가 쓰였던 것은 아니며, 가족간의 편지에서 한쪽이 남성(아버지, 아들 등)이고 다른 쪽이 여성일 경우도 적지않이 쓰였다. 또한 이 문체는 주로 여성들에 의한 개인생활의 기록, 일기, 기행, 잡록, 회고록, 전기 등 한글로 된 모든 산문에 두루 쓰였다. 그런 뜻에서 내간체란 남성 위주의 우리 중세문화 속에서 주로 여성들을 통해 국어의 표현력이 다듬어지면서 발달하기는 하였으되 일부 남성들도 익히어 쓴 문체로서, 근본적으로는 용도의 범위나 사용자층의 性的 차이에 따라 구별되기보다 일상적 체험과 생각·느낌을 진솔하게 기록하는 순수국어문체의 汎稱이다. 사대부인 安敏學이라는 이가 宣祖 8년(1596)에 부인이 세상을 떠나자 국문으로 제문을 지어 관 속에 넣었던 글의 한 대목을 보면 이 문체가 얼마만큼 소박하고 절실하면서도 함축성이 풍부한가를 볼 수 있다.

내 니블 의복도 못ᄒ고 ᄒ혀방적이나 ᄒ여도 날 ᄒ여도 주로라 ᄒ여ᄒ니 그ᄃᆡᄂ 겨ᄋ리라도 저ᄭᅳᆯ ᄒ나하 ᄒ고 영오 닷옷 ᄒ나하나 ᄒ고 눕덥치마만 ᄒ고 바디도 봇고 촌 구ᄃᆞᆯ히셔 서어ᄒ 잘이 ᄒ고셔 견ᄃ니 인ᄂ 구독기야 이 우ᄒ 이실가 그ᄃᆡ 졉졉 ᄌ라 크도 ᄭᅥ가니 나 ᄆᆡ양 부소ᄒ로라 닐오ᄃᆡ 내라시 그ᄃᆡᄅᆯ 길어 내여신이 나ᄅᆞᆯ 더고나 공경ᄒ라 ᄒ간이 그ᄃᆡ라 녁시 되다 니졸 잇가

朝鮮後期의 文體

이처럼 16세기 무렵에 대표적 국어문체로서의 기반을 마련한 내간체는 17세기 이후 더 다양한 경험과 생각·느낌을 표현하는 방향으로 나아가면서 좁은 의미의 내간체적 특성을 벗어나는 여러 종류의 문체적 변이형에 중요한 바탕으로 흡수되었다. 평민층의 사회경제적 성장, 생활의 기록화에 대한 관심의 확대, 한글보급의 확산 등을 이 과정에 작용한 주요 사항으로 지적할 수 있다. 궁중 및 士家에서 오고간 한글 서간은 물론,「山城日記」「華城日記」「癸丑日記」「仁顯王后傳」「閑中錄」등의 實記,「戊午燕行錄」(徐有聞),「意幽堂日記」(宜寧 南氏),「慈慶志咸興日記」(金元根)와 같은 기행, 그리고「吊針文」(俞氏夫人)「閨中七友爭功記」처럼 특이한 意匠을 갖춘 글들에 이르기까지 조선 후기의 산문 기록문학과 생활문들은 대부분이 내간체이거나 적어도 내간체의 문체적 성취를 근간으로 하여 이루어졌다. 이 과정에서 내간체는 초기의 국한성 즉 친족간의 일상사를 기술하는 데 치중하던 성향을 벗어나 넓은 범위에 걸친 체험과 사고를 수용하는 폭을 지니게 되었다.

한편 15세기 이래의 漢文譯語體 문장은 그것대로의 흐름을 지속하면서 내간체의 직접·간접적인 영향을 받아 그 일부는 보다 자연스러운 국어문장으로 다듬어져 갔던 것으로 보인다. 이러한 전반적 동향을 좀 더 확실하게 해명하기 위하여는 광범한 자료의 검증에 바탕한 연구가 이루어져야 할 것이다.

조선 후기의 한글 보급과 국문문체 발달에는 소설의 활발한 창작·유통도 중요한 몫을 하였다. 대부분이 한글로 기록된 고전소설은 17세기부터 본격적으로 성행하여, 개인적으로 책을 빌어 본다든가 轉寫하는 일은 물론 이를 팔거나 대여해 주는 것을 업으로 삼는 이들도 나타났다. 그 종류는 방물장수처럼 부녀자들에게 필요한 신변용품류를 취급하는 떠돌이 장사치들이 이야기책 즉 소설을 빌려주거나 파는 경우와, 도회지에 일정한 거소를 두고 다량의 소설책을 준비하여 빌려주는 貰册家의 경우로 크게 나눌 수 있다. 이들의 활동은 소설의 창작·改作과 독자층의 확대에 크게 기여하면서 국어 문체의 발달에도 촉진제가 되었다. 이러한 기반에 힘입어 18세기부터 이루어진 坊刻本 소설 출판 역시 한글 해독층을 더 넓히고, 박진한 묘사와 흥미로운 서술에 적합한 소설 문체를 증진시켰다. *

이들 국문소설의 문체적 바탕도 내간체가 기본이 되었으며, 한문역어체와 평민적 俗語體가 소설 유형에 따라 부수적 요소로 흡수되었다. 종래의 학자들 중에서는 漢文成語, 故事라든가 〈此時 崔公이 웃어 가로되……〉 같은 관용적 귀절이 자주 보이면 이를 곧 역어체 문장의 소설이라 단정한 예가 있었으나, 이는 부분적 사실에 이끌린 인상론일 뿐 번역·번안물을 제외하고는 국문소설에서 역어체가 작품 전체를 지배하는 경우가 흔치 않다. 이는 소설이 국어 문장으로서의 자연스러운 호흡과 표현 및 구문상의 친근감을 지니지 못할 경우 독자들로부터 환영받을 수 없었던 데 기인하는 당연한 현상이다.

내간체의 자산을 바탕으로 하되 한문역어체를 부분적으로 흡수한 작품들은 英雄小說·幻夢小說·家門小說 등 사회신분적 위치가 상대적으로 높은 독자층이 많았던 유형의 소설들이다. 이들은 작중사건과 분위기를 장중하게 한다든가 화려한 문체로 꾸미기 위해 다채로운 한

---

* 坊刻本 소설, 貰册業 등의 발달 양상과 특징에 관하여는 제7장, 「文學作品의 流通과 書册」에서 상세히 다룬다.

문구와 典故 및 文語的 套式語를 활용하고는 하였다. 반면에 낮은 신분의 독자층을 보다 많이 보유하였던 평민소설류 작품들은 일상적 口語·俗語를 흡수하여 순수한 내간체의 端雅함과는 성격을 달리하는 문체에로 나아갔다. 특히 판소리계 소설들은 창과 소설로부터 전이된 평민적 재담·욕설·결말 따위와 질박한 활력이 넘치는 일상어를 다채롭게 구사한 대목이 많다. 다만 판소리 사설과 판소리계 소설은 작중 상황에 따라 언어의 층위를 다양하게 바꾸는 것이 일반적이기 때문에 그 전체를 특정한 종류의 문체에 귀속시키기는 어렵다.

이 밖에 이미 오래전부터 존재하였던 佛敎歌辭와 아울러 대중적 傳敎의 수단으로 각각 18세기와 19세기의 후반에 등장한 天主歌辭와 東學歌辭 또한 비록 소박한 수준이기는 하나 종교적 사고와 설득에까지 국어문장의 표현영역을 넓히며 이를 대중적으로 보급하는 데 기여하였다. 아울러, 19세기 말에 출현한 기독교 聖書 번역 및 각종 敎理書의 보급 역시 문체사적으로 기여한 바 있으리라 추정된다.

轉換期의 文體와 그 이후

19세기 말에서 1910년대에 이르는 기간의 국어 문체는 이처럼 조선 후기에 이미 광범하게 형성되어 온 국문해독층과 문체사적 진전을 바탕으로 하여 성립한 것이다. 중세적 신분질서의 결정적 붕괴라는 내부적 변화와 함께 밖으로부터의 위협이 절실하게 박두해 온 이 시기에 있어서 대중을 상대로 한 지식·경험의 전달과 이념적 호소는 더 이상 한문에 의존할 수 없게 되었다. 이에 따라 개화·애국계몽기의 문체는 한편으로는 앞시대의 성취를 흡수하면서, 다른 한편으로는 구체적 사실·체험·정서를 표현하는 데 치중하던 종래의 경향으로부터 벗어나, 시대의 이념과 공적인 문제들을 널리 포용하는 설득·논쟁의 언어에까지 확산되었다.

이 시기의 국어 문체는 크게 두 유형으로 나눌 수 있다. 俞吉濬의 『西遊見聞』(1895)을 본보기로 하는 國漢混用의 고답적 문체와 《독닙신문》이 채택하였던 평이한 일상어 문체가 그것이다. 전자는 15, 16세기의 한문역어체 문장으로부터 유래한 문체로서, 한학적 소양을 갖춘 지식인층에 의하여 혹은 그러한 범위의 독자들을 기본적 소통 대상으로 의식한 글에서 주르 사용되었다. 계몽적 이념, 지식을 담은 서적들과 《大韓自强會月報》, 《西北學會報》, 《太極學報》 등 전국각지의 開明한 유학자·지식인층이 발행한 학회보류에서 그 예를 볼 수 있다.

鳴呼라 禽獸之患이 旣除에 人類之競爭이 生焉하니 中古 以降으로 智力角鬪가 日趨劇烈타가 現時代에 至하야는 五洋이 大開하고 六洲 相通하야 五色人種이 迭相競逐할새 智識이 開明하고 勢力이 膨脹한 者는 優等人種이라 稱하고 智識이 闇昧하고 勢力이 縮少한 者는 劣等人種이라 謂하는데 優等人種이 劣等人種을 對하야 目之以野蠻하며 認之以犧牲하야 驅逐과 宰殺을 惟意所欲에 略無顧忌라. 所以로 劣等人種은 生存을 不得하야 漸就衰滅하니 如非洲之黑奴와 米洲之紅番이 是也라. 豈不悲哉며 豈不慘哉아. 現今時代는 劣等人種이 優等人種에게 被逐함은 上古時代에 禽獸가 人種에게 被逐함과 如하니 故로 曰 生存競爭은 天演이오 優勝劣敗는 公例라 합이라.
〈朴殷植, 敎育이 不興이면 生存을 不得, 1906〉

한편 후자는 내간체의 흐름을 이어 발달한 조선 후기의 순국문문체를 바탕삼은 것으로, 교양과 신분의 차이에 관계없이 광범한 독차층을 대상으로 삼고자 하는 의도가 더 강한 지면에서부터 먼저 사용되었다. 신소설류가 이 문체로 되어 있는 것은 조선 후기의 국문 소설과 歌集 이래로 이미 확립된 전통이기에 당연하다 하겠으나, 1896년에 창간된 《독닙신문》이 이를 택한 것은 문체사적으로 눈여겨 볼만하다. 《독닙신문》과 그 제작자들의 이념이 당대의 역사적 황상에서 어떤 의미를 가지는가는 물론 여기에서 거론할 문제가 아니다. 우리는 우선 당대의 사회적 사실과 이념의 문제들을 일상어 수준의 순국문문체로서 수용하고자 한 시도를 중시하고자 하는 것이다. 그것은 15세기 이래 꾸준히 다듬어지고 성장해 온 국문문체와 그 사용자층의 이러한 시도를 당연한 진전으로서 요구하고 또 소화할 만큼 성장하여 있었음을 말해 주는 증거이기도 하지 않을까?

개화·애국계몽기의 문체사적 흐름은 위의 두 유형이 공존하는 가운데 전반적으로 보아 한문역어체의 고답적인 문장이 점유 비율 면에서 축소되고 질적으로는 보다 자연스러운 국어의 구문구조와 표현에 가깝게 변모해 가는 양상을 보여준다. 『西遊見聞』을 그보다 10년 정도 뒤에 나오기 시작한 《大韓每日申報》(1904~1910)의 기사 및 논설과 비교해 보면 쉽사리 알 수 있다. 이 점은 申采浩 같은 한 인물의 저술을 연대순으로 놓고 읽어 볼 때 더욱 명료하게 드러난다. 이러한 추세는 1910년대에 더욱 뚜렷하게 진전되어, 1910년대 말 경에 와서는「己未獨立宣言書」처럼 의식적으로 장중한 문장을 쓰고자 하는 경우 이외에는 순국문문체가 훨씬 자연스러운 일반형으로 받아들여지게 되었다.

이런 변환기의 후반부에 해당하는 1900년대 후기로부터 1910년대 동안 崔南善·李光洙가 담당한 선구적 역할은 종래에 지나치게 일방적으로 강조되어 온 감이 있으나 국문문체의 근대적 전환을 뚜렷하게 하는 데 적지않이 기여한 점은 역시 인정되어야 할 것이다. 《少年》(1908), 《붉은 저고리》(1912), 《새별》(1913), 《아이들 보이》(1913), 《青春》(1914) 등 주로 낮은 연령층의 독자를 대상으로 한 잡지와 기타 출판물을 통해 최남선은 이른바 時文體의 영역을 확대함으로써 한문역어체 문장으로부터 순국문문체로 전이를 촉진하였다. 그는 잡지 『새별』에서 〈新文章 建立運動〉을 표방하여 매호마다 「읽어지」라는 난을 두고 새로운 문장의 모범을 제시했으며, 『青春』에서는 현상문예 응모란을 마련하고 〈순수한 時文體〉로 쓸 것을 요청적 기준의 하나로 삼아 이광수와 함께 신문장 운동을 전개하였다.

아모라도 배화야 합내다 그런대 우리는 더욱 배화야 하며 더 배화야 합내다

이제 우리는 다른 아모것보다도 더욱 배홈에서 못합니다 엇더케 말하면 배홈 한아가 못하야 다 못하다 하오리다

우리의 배홈도 컷섯지마는 다른이 배홈에 더 나아감이 잇으며 우리의 배호던 것도 조핫지마는 남의 배호는 것에 더 조흔것이 잇으니 이는 얼마 아닌 동안 허고 아니함으로서 생긴 틀님이외다

우리들이 깨칩시다 배홈이 남만 못한 것을 깨치며 오늘에 가장 밧븐 일이 배홈임을 깨치며 아울너 배홈에도 잘할 만함을 깨칩시다 우리 속에 가득한 배홈을 잘한 만흔 힘을 집어냅시다

〈『青春』 創刊號 머리말, 1914〉

다만, 이들의 역할은 조선 후기 이래의 문체사적 흐름과 당대의 시

대적 요청을 명료하게 집약한 데서 가능했고 또 중요한 것이므로, 그
것을 갑작스럽게 출현할 개인적 창의의 소산인듯이 과장하는 태도는
지양되어야 마땅하다.

1920년대의 국어문체는 위에서 대강 요약해 본 문체사의 귀결인 동
시에 오늘날까지의 현대국어 문체와 직접적으로 잇닿아 있는 출발점
이다. 한문역어체 문장의 영향력이 결정적으로 퇴조하고 고유한 국문
문체(여기에는 한자를 섞어 쓴 현대국어 문장도 포함된다)로써 일상적 기록
과 문학 창작은 물론 記事, 논설, 논증, 철학적 思辨 등 일체의 문자
화된 언어행위가 이루어지는 국면이 이 무렵에 본격화되었던 것이다.
아울러, 이 새로운 국면은 오랜 기간에 걸친 문체사의 성취 위에서
또한 우리가 만만치 않은 과제들에 당면해 있음을 인식하도록 요구하
였다. 복잡하게 얽힌 경험, 감정, 느낌, 주장, 논리, 思辨을 합당하
고도 효과적인 문체로 구현하기 위하여는 그에 상응하는 言語財와 소
통규율 및 양식의 체계——끊임없이 살아 움직이면서도 언어행위자들
을 효율적인 이해의 지평에서 맺어 줄 만한 신뢰성을 지닌 사회·문화
적 구조물로서의 체계가 필요하다. 언어와 문체란 단순히 일정한 음운
과 낱말들의 문법적 연결로 완성되지 않고 이러한 소통의 구조 속에서
진정한 힘과 의미를 얻는다. 바로 그런 점에서 1920년대 이래의 우리
문체는 근대 국어문체의 공동적 자산 위에서 새로운 경험, 사고, 감정
등을 어떻게 정확하고도 깊이있게 드러내며 다른 이들과 나눌 수 있는
가라는 역사적 과제에 직면하였던 것이다. 문학창작, 학문, 사실보고,
대중설득 등 언어행위의 종류에 따른 문체의 분화와 개인적 문체의 개
성이라는 것도 이와 같은 공동과제의 바탕 위에 함께 놓여 있는 것이
며, 그 성과 역시 궁극적으로는 여기에 되돌려지지 않을 수 없다.

(2) 韓國 詩歌의 律格

說明模型의 모색

시가는 산문보다 훨씬 두드러지게 정련된 소리의 질서를 활용한다.
일정한 언어집단이 지닌 시적 전통과 원리를 파악하는 데는 이러한
운율적 특성의 해명이 매우 중요하다. 우리 시가에 대한 근대적 연구

가 시작된 이래 많은 학자들이 운율의 문제에 관심을 기울이고, 특히 운율구조의 핵심이라 할 수 있는 律格 원리를 밝히기에 힘썼던 것은 그런 점에서 극히 당연한 일이다. 그 과정에서 등장한 설명 모형은 퍽 다양해서 字數律(音數律)論, 强弱律論, 高低律論, 長短律論, 音步律論이 차례로 제시되었다. 그러나 이들 중 앞의 네 가지 설명 모형은 한국시가의 율격을 해명하기에 부적절함이 비판되고, 70년대 이래로는 음보율론의 타당성이 점차 널리 받아들여지면서 그 이론적·실제적 심화가 모색되고 있다. 여기에서 위의 여러 이론들을 낱낱이 따지기란 지나치게 번거로운 일이다. 따라서 우리는 그 중 가장 먼저 출현해서 오랜 동안 편의적으로 통용되어 온 자수율론의 한계를 요점적으로 검증한 다음 음보율 이론의 시각에서 우리 시가의 율격유형과 원리 및 주요 형태를 살피고자 한다. *

글자수를 헤아려서 우리 시가의 律格 定型과 원리를 설명하려는 시도는 1920년대 후반에 나타난 이래 상당기간 동안 애용되어 왔으나, 구체적인 자료를 통해 검증해 볼 때 그 설명력의 한계는 쉽사리 드러난다. 이 방법의 적용 대상으로 즐겨 채택되었던 시조의 정형 문제가 좋은 본보기이다. 자수율론자들이 말하는 바 시조의 정형 내지 기준형을 음절수로 표시하면 다음과 같다.

3	4	4(3)	4
3	4	4(3)	4
3	5	4	3

그러나 이렇게 구성된 음절수의 틀에 꼭 들어맞는 정형은 극히 적다. 그럴 수밖에 없는 것이, 각각의 마디에 제시된 기준치가 실제 작품과 부합하는 확률이 80% 정도로 높다 하더라도 이들이 모두 일치할

---

* 이 자리의 논의에서 우리는 〈韻律 rhythm〉과 〈律格 meter〉이라는 두 용어를 구별하여 쓰기로 한다. 운율이란 〈시에 있어서의 소리의 자질, 구성, 효과에 관한 일체의 현상〉을 총칭하는 것으로서, 율격을 비롯하여 韻(子音韻·母音韻·頭韻·腰韻·脚韻), 音相, 音聲象徵 등과 시행의 배열·분단·결합 방식·소리의 암시성 등을 다 포괄하는 개념으로 사용한다. 이들의 결합 양상, 의미, 효과를 전반적으로 다루는 연구 영역을 운율론이라 한다. 이에 비해, 율격이란 〈일정한 線型的 구조를 갖추고 반복, 지속되는 소리의 질서〉로서, 운이나 음상, 음성상징 등과는 달리 規則制約的인 속성을 띤다. 율격론은 이와 같은 선형적 질서의 바탕에 놓여 있는 틀이 무엇이며, 그것은 어떤 규칙을 거쳐 실현되고 또 변형되는가를 구명하는 연구 부문이다.

가능성은 $\left(\dfrac{80}{100}\right)^{12}$로서, 그 결과는 7%에 불과하다. 자수율론자들이 각기 다른 방식으로 제시한 실현 빈도에 따라 계산하면 위의 정형에 일치하는 평시조는 각각 대상 작품의 5%와 4%에 불과할 수밖에 없음이 수학적으로 입증된다.* 이처럼 실제의 작품과 자수율론의 〈定型〉이라는 것이 제대로 들어맞지 않을 때, 우리 시가가 과연 글자수의 규칙성에 지배되는 율격 원리를 가지고 있는가는 크게 의심할 만한 일이 아닐 수 없다.

〈3 4 3 4〉니 〈3·4조〉〈4·4조〉등의 기술 방법으로 우리 시가 율격의 자연스러운 호흡을 제대로 설명하지 못한다는 사실을 누구나 아는 작품 한둘을 예로 들더라도 간단히 드러난다.

① 清江에/비 듯는 소리/긔 무어시/우읍관듸
  滿山/紅綠이/휘드르며/웃는고야
  두어라/春風이 몃 날이리/우을쌔로/우어라

② 이 몸/삼기실 제/님을 조차/삼기시니
  흔싱/緣分이며/하늘 모를/일이런가
  나 ᄒᆞ나/졈어 잇고/님 ᄒᆞ나/날 괴시니
  이 마음/이 사랑/견줄 듸/노여 업다

①은 鳳林大君(孝宗)이 지었다는 시조이고, ②는 鄭澈의「思美人曲」서두부분이다. ①에는 자수율론에 의한 기준형에 어긋나는 마디가 넷이 있으며, ②에도 3·4조나 4·4조가 아닌 귀절이 세 군데나 보인다. 그럼에도 불구하고 위의 예들은 우리의 일반적 언어감각에 어색하다든가 非律格的이라 느껴지지 않는다. 그 이유는 무엇인가? 우리는/표로 구별된 마디들을 읽으면서 음절수의 작은 편차에 구애되지 않고 그것들을 적어도 심리적으로 대등한 단위로 받아들이기 때문이다. 다시 말하여, 〈清江에/비 듯는 소리〉와 〈흔싱/緣分이며〉는 3/5 음절과 2/4 음절이어서 숫자상으로는 엄청나게 다른 성싶지만, 우리는 음의 길이와 호흡의 분배를 통해 그것들을 자연스레 이어지는 두 마디의

---

* 이에 대한보다 자세한 논증은 金興圭,「韓國詩歌 律格의 理論 I」, 民族文化硏究 13 (高大 民族文化硏究所, 1978), pp. 100~103 참조.

율격형으로 인식하고 또 표현하는 것이다. 이와 같은 율격 감각을 해명하지 못하는 이론모형은 그다지 쓸모가 없다. 여기에서 소리마디의 규칙성을 율격 형성의 기본요소로 보는 음보율론에 의해 우리 시가의 율격을 설명해야 할 필요성이 확인된다.

律格 類型論

음보율의 특징을 좀더 명료하게 비교 이해하기 위해 세계 여러 나라 시가의 율격유형 분류를 살펴보면 다음과 같다.

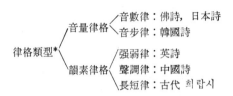

위의 도형에서 보는 바와 같이 각기 다른 언어에 근거한 여러 시가들의 율격형은 크게 音量律格과 韻素律格의 두 갈래로 나뉜다. 음량 율격이란 음량 배분의 규칙성이 율격 형성의 결정요인이 되는 율격이며, 운소율격은 일정한 上加音韻(韻素, supra-segmental phoneme) 배열의 규칙성에 의존하는 율격이다. 후자의 경우 율격 형성에 관여하는 상가음운이 무엇인가에 따라 強弱律 dynamic meter, 聲調律 tanal meter, 長短律 durational meter 이 다시 구분된다.

먼저 英詩의 경우를 보면 다음과 같다.

Shĕ wálks ǀ in beáu ǀ ĭy, líke ǀ thĕ níght
Ŏf clóud ǀ lĕss clímes ǀ ănd stáɪlrў skíes;
⟨Lord Byron, 'She Walks in Beauty'⟩

---

* 율격 유형을 분류하는 이 틀은 J. Lotz, 'Metric Typology', T. A. Sebeok ed., *Style in Language* (New York, London: M. I. T. Press and John Wiley, 1960) 에서 제시한 바를 참조하되 몇 가지 근본적인 수정을 가한 것이다. 롯츠는 음보율을 따로 설정하지 않았고 音量律格과 韻素律格을 각각 單純律格, 複合律格으로 설명한 바 있다. 위의 분류로써 세계에 존재하는 모든 율격들을 다 포괄할 수 있는지는 확인하기 어려우나, 우리 시가의 율격 유형과 원리를 다른 나라 문학의 경우와 비교하여 설명하는 데는 일단 충분하리라 생각한다.

이것은 약강 4보격iambic tetrameter 이라 불리는, 영시의 표준적인 율격에 의한 시행이다. 설명의 편의를 위해 붙인 律讀표지가 선명하게 나타내듯이 이들 시행에서는 약음절(∨표 부분)과 강음절(' 표 부분)의 규칙적 연쇄에 의해 리듬이 형성된다. 영시 율격론에서는 이러한 규칙성을 설명하기 위한 가설적 개념으로서 하나의 강음절을 중심으로 하나 또는 두 개의 약음절이 결합된 단위를 〈foot〉라 부른다. 그러나 영시의 율격에서보다 우선적인 자질은 강약이며 〈foot〉는 그에 따라 종속적으로 결정된다. 바로 이 때문에 예스페르센과 최근의 生成律格論者들은 영시에 있어서의 〈foot〉의 실재성을 부인하였다. 그런 점에서 영시의 율격은 강약 음절 배분의 규칙성을 율격형성 원리로 삼는 운소율격에 속한다.

中國詩는 이와 달리 聲調를 율격형성 자질로 삼는다. 平聲과 仄聲이 그것이다. 전통적 4성(平·上·去·入聲) 구분에서는 平聲이 율격상의 平聲이고, 上聲·去聲·入聲이 仄聲이다. 현대의 구분 방법으로는 1성(入聲 제외)이 平聲이고, 2, 3, 4성과 모든 入聲이 仄聲이 된다. 다음의 작품은 두보의 五言律詩 「春望」의 전반부로서, 仄聲으로 시작하여(仄起式) 평측이 일정한 방식에 따라 교체됨으로써 소리의 線型的 질서를 이루는 현상을 볼 수 있다.

> 國破山河在 (仄仄平平仄)
> 城春草木深 (平平仄仄平)
> 感時花濺淚 (仄平平仄仄)
> 恨別鳥驚心 (仄仄仄平平)

한 시가의 율격이 어떤 형태와 원리를 지니게 되는가는 이처럼 해당 언어의 자질에 근본적으로 의존한다. 강약, 고저, 장단 등으로써 우리 시가의 율격원리를 설명하려는 노력들이 한때의 시도에 그치고 만것은 바로 이 때문이다. 그러므로 우리 시가의 율격은 음량율격의 범주에서 설명되어야 하며, 그 가운데서도 음절수의 규칙성에 제약되는 佛詩나 日本詩와 달리 音步律의 유형에 속하는 것으로 봄이 타당하다. 일본의 대표적 정형시인 와카(和歌)는 5·7·5·7·7의 31음절로, 하이쿠(俳句)는 5·7·5의 17음절로 짜여지며, 이로부터의 이탈은 곧

변격 혹은 파격으로 간주된다. 앞서 본 우리 시가의 특징을 이와 비교해 보면 음보율이라는 별도의 범주를 설정해야 할 필요성은 명백하다. 롯츠가 소개한 우랄어系의 율격 가운데에 역시 음보율의 일종이 아닌가 생각되는 것이 있는데, 이것은 앞으로 검토해 보아야 할 과업이다.

韓國 詩歌와 音步律

음보율이라는 이름에서 〈音步〉라는 용어 자체는 영시 등의 서구시 율격론으로부터 차용한 것이 아닌가고 의문시될 수 있다. 그러나, 음보 또는 소리마디라는 실질을 개념화하게 된 계기는 〈foot〉라는 말과 관련이 있다 하더라도, 음보 자체는 우리 시가의 율격 구성단위에 대한 지칭으로서 훨씬 적합한 개념이다. 앞에 인용된 바이런의 詩行에서 본 바와 같이 영시의 율독에서 음보란 문법적 친근성이 일정하지 않은 낱말들로 이루어지는가 하면, 그 경계선이 한 낱말의 중간에 놓이기도 한다. 예스페르센 등이 지적한 바와 같이 그것은 교과서적 설명의 편의를 위한 가설 내지 분석상의 허구에 지나지 않는다. 반면에 한국시가의 경우 음보란 統辭的 分斷과 율격상의 분절에 의해 뚜렷한 境界標識를 가지는 〈호흡상의 實體的 단위〉이다. 앞서 인용한 시조와 함께 다음의 두 예를 보면 쉽사리 알 수 있다.

i) 歌蝸室에 / 드러간들 / 잠이 와사 / 누어시랴 ∥
　 北窓을 / 비겨 안자 / 시비를 / 기다리니 ∥
　 無情ㅎ / 戴勝은 / 이 너 /恨을 / 도우ᄂ다 ∥
　 終朝 / 惆悵ㅎ며 / 먼 들흘 / 바라보니 ∥
　 즐기ᄂ / 農歌도 / 興업서 / 들리ᄂ다 ∥
　 世情 모른 / 한숨은 / 그칠 줄을 /모르ᄂ다∥
〈朴仁老,「陋巷詞」〉

ii) 밥 잃고 / 집 잃은 / 동무들아 ∥
　 어디로 / 가야만 / 좋을가보냐 ∥

　 괴나리 / 봇짐을 / 짊어지고 ∥
　 아리랑 / 고개로 / 넘어간다 ∥

　 아버지 / 어머니 / 어서 오소 ∥

北間島 / 벌판이 / 좋다더라 //

쓰라린 / 가슴을 / 움켜쥐고 //
백두산 / 고개로 / 넘어간다 //
〈「신아리랑」〉

정상적인 언어감각을 지닌 한국인들에게 위의 시행들은 /와//로
구분된 마디의 연쇄로 읽힌다. 여기에 /표로 구획된 소리마디가 곧
音步로서, 한국시가 율격의 기본 구성단위가 된다. 음보의 크기는 대
체로 2음절에서 5음절 정도이며, 3음절과 4음절로 된 음보가 가장
많다. 음보의 크기에 따라 출현 빈도가 평균치를 기준으로 하여 4음
절 음보를 平音步, 3음절이나 그 이하의 음보를 小音步, 5음절이나
그 이상의 음보를 過音步(過音節 音步)라 구분하기도 한다. 율격의 기
층단위인 음보가 아무 제한 없이 커지거나 지나치게 작아질 수는 없
다는 점에서 음량 분포의 영역이 한정되는 것은 당연한 일이다. 그러
나 이미 지적한 바와 같이 음보의 크기나 그 배열 체계를 지배하는 絶
對數値의 규격은 한국 시가에 존재하지 않는다. 예 i)의 경우 제2, 3,
4행의 첫음보가 모두 2음절이지만 그 율격상의 무게는 3, 4음절 음
보와 대등하다. 〈陋巷 / 깁푼 곳의〉는 2/4음절의 연쇄여서 음절수
의 배분이 불균형한듯이 보여도, 이것을 〈陋巷 깁/푼 곳의〉로 律讀
할 수는 없다. 우리 시가에 있어서 율격상의 분절은 통사적으로(혹은
최소한도 形態素上으로) 끊기지 않는 곳에 올 수가 없기 때문이다. 이
점은 예 ii)에서도 마찬가지로서, 모든 음보는 일정한 율격 모형에 맞
게 統辭的 境界가 적절히 배치됨으로써 이루어진다는 것을 알 수 있
다.

이렇게 음절수가 반드시 같지 않은 음보들의 율격적 等價性(심리
적·감각적으로 인정되는 等長性)은 작은 음보들의 끝소리를 연장하거나
좀더 큰 쉼을 덧붙임으로서 보장된다. 또, 過音節 음보의 경우는 호흡
이 약간 빨라지기도 한다. 예 ii)에서〈어디로/가야만/좋을가보냐〉
라는 시행을 음미해 보면 이를 확인하게 된다.

한국 시가 율격의 세부적 특질을 밝히기 위하여는 물론 훨씬더 자
세한 논의가 필요하나, 이상의 개략적인 관찰만으로도 우리는 그것이

音量律格의 계열 가운데서도 소리 마디의 규칙성을 율격 형성원리로 삼는 음보율에 속함을 결론지을 수 있다.

主要 律格 形態

음보율의 원리 위에서 한국 시가가 기본으로 삼는 율격 형태로는 2음보격, 4음보격, 3음보격의 세 가지가 있다. 이들은 각기 2개, 4개, 3개의 음보가 하나의 詩行을 이루어 거듭되는 구조를 가진다.

2음보격은 두 개의 음보로써 한 행을 구성해야 한다는 요건으로 인해 표현상의 제약이 많아 그다지 널리 사용되지는 않았다. 빠른 동작에 수반하여 불리는 勞動謠에서 이 율격 형태가 더러 발견된다.

응해야
    응해야
잘도한다
    응해야
이 보리를
    응해야
뚜디리고
    응해야
어른들을
    응해야
봉양할까
    응해야
질도한다
    응해야
얼씨구나
    응해야

〈보리타작 노래, 경북 청도군〉

여기에서 보이듯이 2음보격은 호흡이 극히 단순하며, 같은 동작의 힘찬 반복을 표현하는 데 적합하다. 만약 시행의 끝마다 오는 분절이 약화되어 2음보격 행이 둘씩 이어지면 4음보격이 된다. 이 때문에 학자에 따라서는 4음보격을 2음보격의 확대형으로 보거나, 반대로

2음보격을 4음보격의 특이한 분절형으로 보는 이도 있다.

4음보격은 네 개의 음보로써 하나의 시행을 이루는 율격이다. 그러나, 한 행 안에서 네 음보를 가르는 율격적 경계의 크기가 균등한 것은 아니다. 이미 든 예에서는 설명의 편의상 이를 표시하지 않았지만, 아래의 보기에 나타나듯이 4음보격은 앞의 반행과 뒤의 반행 사이에 行末 休止보다는 작고 첫째, 세째 분절보다는 큰 중간분절을 가지는 것이 일반적이다. 율격적 분절의 크기를 /, //, ///의 순으로 기호화하여 표시하면 다음과 같다.

겨울 밤/차고 찬 제//자최눈/섯거 치고///
여틈날/길고 길 제//구즌 비는/므스 일고///
三春花柳/好時節에//景物이/시름없다///
가을 달/방에 들고//蟋蟀이/床에 울 제///
긴 한숨/지는 눈물//속절없이/헴만 많다///
아마도/모진 목숨//죽기도/어려울사///
도로혀/플처 헤니//이리하야/어이하리///

〈「閨怨歌」, 巫玉(?)〉

이처럼 균형잡힌 틀을 갖추고 있기 때문에 4음보 율격은 매우 안정된 느낌을 주며 悠長하게 읊조리기에 적합하다. 작품 길이에 특별한 제한이 없이 길게 이어지는 歌辭가 이를 취한 것은 매우 자연스러운 일이라 하겠다. 4음보격은 이 밖에 시조와 상당수의 민요에도 쓰였으며, 十二歌詞, 판소리 短歌 등에서도 기본적인 율격형으로 활용되었다.

3음보격은 이보다 활용 빈도가 적으나 2음보격보다는 훨씬 많이 쓰였다. 19세기 말 이후에 와서 활용도가 부쩍 많아진 점을 일단 제외하고 보면, 3음보격을 택한 시가들은 旋律的 표현성이 강한 서정민요류에 많음을 알 수 있다. 그 이유는 이 율격형의 구조적 특성과 어떤 관련이 있는 듯하다. 3음보격 시행을 구성하는 세 음보는 일반적으로 크기가 균등하지 않아서, 제1·2음보보다는 제3음보가 더 큰 것이 보통이다. 아울러, 반드시 절대적인 것은 아니지만, 제1음보 다음의 분절보다는 제2음보 다음의 분절이 큰 경우가 많다는 점도 주목

할 만한 현상이다. 이러한 사실로 미루어 우리는 3음보격이 심층적
으로는 4음보격의 틀을 지닌 것이 아닌가 추론해 봄직하다. 한 예를
들어보면 다음과 같다.

문전의/옥토는∥어찌 되고/φ
쪽박의/신세가∥웬말인가/φ

밭은/헐려서∥신작로 되고/φ
집은/헐려서∥정거장 되네/φ

말깨나/하는 놈∥재판소 가고/φ
일깨나/하는 놈∥공동산 간다/φ
〈아리랑 타령〉

위의 율독에서 제3음보의 뒤에 φ으로 표시된 것은 시행의 끝에 따
르는 호흡상의 여백이다. 이로 인해 3음보격은 대칭적으로 꽉 짜인 4
음보격과 달리 행의 끝에 보다 큰 정서적 喚起의 공간을 두게 된다.
선율적인 서정민요에 3음보격이 많다든가, 金素月·金永郎 같은 현대
시인들이 이를 자주 활용하였다는 점은 바로 여기에 까닭이 있는 듯하
다. 비유적으로 말한다면 4음보격이 안정된 걸음의 율격이라면 3음보
격은 非對稱的인 구조를 호흡상의 여백과 정서적 환기·암시로써 보완
하면서 움직여 나아가는 무용의 율격이라 해도 좋을 것이다.
이른바 7·5조란 바로 이 3음보격의 일종이다. 19세기 말, 20세기
초기의 唱歌에서 이 율격이 많이 쓰였고, 창가는 일본을 통해 들어온
서양식 악곡의 노래였기 때문에, 7·5조가 일본식 율조의 영향으로 생
겨난 것이 아닌가 하는 설이 한때 있었다. 그러나 이것은 우리 시가의
율격 형태를 찬찬히 살피지 않은 데서 나온 착오이다. 5·7·5(俳句) 혹
은 5·7·5·7·7(和歌)로 행 단위의 음절수가 고정된 일본 시가 율격과 달
리, 이른바 7·5조는 3·4·5 혹은 4·3·5의 세 마디로 구성되는 방식이
우리의 전통적 3음보격과 다름이 없다. 순수한 민요에서도 마찬가지
음절 배분방식에 의한 시행들이 적지않이 발견된다. 그것이 19세기
말 이후 성행하게 된 데에는 물론 창가라는 양식의 보급이 시대적 요

인으로 작용하였다. 하지만, 한 문화집단의 언어와 시적 전통에 뿌리를 둔 율격형태가 이질적인 율격형으로 갑자기 바뀔 수는 없으며, 이른바 7·5조나 그 유사형인 8·5조, 6·5조라는 것들은 모두 3음보격이라는 점이 재인식되어야 할 것이다.

14세기 이전의 律格 문제

조선조 시대 및 그 이후의 시가를 주자료로 하여 정리한 위의 기본적 율격 형태들이 그 앞의 시대 동안 어떤 양상을 지녔던가를 아직 선명히 밝혀지지 않았다. 이 점은 고려 초기 이전의 단계에서 특히 심하여, 우리말로 된 텍스트가 현전하지 않는 上古 시가와 고구려·백제 가요는 물론이고, 鄕歌의 경우에도 3음보격이 우세하다는 설과 4음보격의 흔적이 더 강하다는 설이 공존하는 형편이다. 지금까지의 향가 해독이 율격적 분석의 착실한 토대가 될 만한가에도 의문이 남아 있는 형편이고 보면 이 시대의 우리시가 율격에 관한 이해는 조심스럽고도 참을성 있는 접근을 필요로 한다고 하겠다. 15세기 국어는 확실한 聲調 체계를 갖추고 있다가 16세기 이후에 그것이 붕괴되었다고 하는데, 그렇다면 15세기 이전의 한국시가가 혹시 聲調律을 지니고 있었을지 모른다는 가정도 연구해 보아야 할 과제이다.

고려 시대 시가의 율격은 3음보격이 지배적이라는 설이 일반화되어 있다. 『樂學軌範』『樂章歌詞』『時用鄕樂譜』등의 문헌에 실린 고려 가요를 보면 확실히 그러하다. 4음보격은 景幾體歌의 後節 부분과 「滿殿春 別詞」에 보이는 정도여서, 고려 후기에 새로이 형성되기 시작한 형태가 아닌가 하는 추론도 있었다. 그러나, 현존하는 고려가요 작품이 매우 적을 뿐 아니라 그 모두가 宮中宴樂에 실려 가창된 것들이라는 점을 생각하면 위의 설이 반드시 타당한가에 대해 상당한 유보가 필요한듯이 보인다. 세 종류의 樂書에 실려 있는 고려가요에서 3음보격이 지배적인 것은 앞서 지적한 바처럼 선율적으로 발달한 민요와 唱曲에 3음보격이 많이 쓰인 결과일 수도 있기 때문이다. 만약 4음보격이 고려 후기에 와서야 출현했다고 한다면 그 이전의 시가들은 3음보격에만 의존하였겠는가라는 의문도 이러한 이견을 다시금 주목하게 하는 요인이다. 아직 단정을 서두르기는 어려우나, 고려시대의 율격 역시 형태별 분포 비율은 후대의 양상과 다르더라도 2, 3, 4음보격의 기본형을 다 갖추고 있었으리라 볼 수는 없는 것일까?

傳統的 律格과 現代詩

이제까지 우리는 전통적 시가를 주요 대상으로 삼아 율격의 문제를 논하였으나, 현대시라고 해서 이와 전혀 무관한 것은 아니다. 1910년 대 중엽부터 활발하게 나타난 근대 자유시는 물론 전통적 詩形과 율격 의 속박으로부터 벗어난 새로운 표현 형태와 개성적 리듬을 추구하였 다. 하지만 시적 표현의 깊이에 부합하는 소리의 질서는 종래의 율격 을 적절히 계승·변형·재창조함에 의하여 훌륭하게 달성되기도 하였 다. 그런 사례는 여러 시인들의 작품에서도 두루 발견되지만 특히 金 素月, 金永郎, 趙芝薰, 朴木月, 朴斗鎭, 徐廷柱의 시에서 자주 나타 나며, 근간에는 申庚林의 시집 『農舞』이후 여러 젊은 시인들이 좀더 의식적으로 전통적 율격의 활용에 눈을 돌리고 있다. 다음의 작품들은 律讀 표지가 보여주는 바와 같이 3음보격을 채용하되 행 구분을 다양 하게 하여 쉼의 배분과 호흡의 흐름에 변화를 줌으로써 의미구조를 훌륭하게 살려낸 예이다.

山에는／꽃 피네／
꽃이 피네／／
갈 봄／여름 없이／
꽃이 피네／／

山에／
山에／
피는 꽃은／／
저만치／혼자서／피어 있네／／
〈金素月, 「山有花」〉

내마음의／어딘듯／한편에／／끝없는／
강물이／흐르네／／
돋쳐 오르는／아침／날빛이／／빤질한／
은결을／도도네／／
〈金永郎, 「끝없는 강물이 흐르네」〉

내 마음 속/우리 님의/고운 눈썹을//
즈문 밤의/꿈으로/맑게 씻어서//
하늘에다/옮기어/심어 놨더니//

<徐廷柱, 「冬天」>

현대시에서는 서정적 표현성이 더 풍부한 3음보 율격이 많이 활용
되었으나, 4음보격을 쓴 경우도 적지는 않다.

꽃이/지기로소니/
바람을/탓하랴//

주렴 밖에/성긴 별이/
하나 둘/스러지고//

歸蜀途/울음 뒤에/
머언 산이/다가서다 .//

<趙芝薰, 「落花」>

해야/솟아라. /해야/솟아라. //말갛게/씻은 얼굴/고운 해야/솟아
라. //산 너머/산 너머서/어둠을/살라먹고, //산 너머서/밤새도록/어
둠을/살라먹고, //이글이글/애띤 얼굴/고운 해야/솟아라. //

<朴斗鎭, 「해」>

특정한 율격형만을 사용하지 않고 보다 자유로운 호흡으로 여러 형
태를 배합한 사례도 있다. 여기까지 이르면 정형적 율격과 자유시의
경계도 확연히 나누기 어렵다.

못 돌아가리/
일어섰다도//
벽 위의/붉은 피/옛 비명들처럼//
소스라쳐/소스라쳐/일어섰다도//한번/
잠들고 나면/끝끝내//
아아/ 거친 길/
나그네로/두번 다시는//
　<金芝河, 「不歸」>

<金芝河, 「不歸」>

위의 몇 가지 예에서 보는 바와 같이 전통적 율격은 현대시에서도 완전히 소멸하지 않고 부분적으로 존속하며, 그 활용방식과 정도 또한 다양하다. 여기에 제시한 것들은 편의상 율격형의 윤곽이 뚜렷한 작품만을 고른 것이지만, 외관상으로 정형적 율격의 모습이 분명하지 않으면서도 基底層의 리듬에 전통적 율격이 적절히 흡수된 예도 조심스러이 살피면 적지않이 발견된다. 완강하게 틀 잡힌 율격의 속박으로부터 벗어나 작품 하나하나의 개성적 운율을 성취하고자 하는 현대시에서 전통적 율격의 기능이 제한적일 수밖에 없다는 점은 물론 명백하다. 그러나, 오랜 역사 과정을 통해 가다듬어진 율격은 한갓 억압의 틀이 아니라 우리말의 운율적 가능성을 집약한 전형이다. 그런 뜻에서 그것은 수많은 현대시인들이 의식적이든 무의식적이든 활용해 왔고 또 앞으로도 시적 창조의 작업 속에 다양한 방식으로 통합할 자산의 한 부분이라 할 것이다.

5 文學批評

理解의 前提

문학에 관한 일체의 思惟와 論議를 총괄하여 문학비평이라 규정할 때, 그것은 의식의 대상이 되는 문학행위 및 작품보다 시간적으로 뒤에 위치하는 것이라 할 수 있다. 그러나, 문학이 원초적인 수준의 감정 표현이나 집단 체험의 무의식적 표출이라는 수준을 넘어 어느 정도의 자각적 요소를 지니게 되면서부터는 비평적 의식이 창작과 수용의 불가결한 구성부분이 된다. 의식을 동반하지 않는 실천이 있을 수 없듯이, 문학행위가 있는 곳에 그에 관한 의식 곧 비평이 있기 마련이라는 것은 지극히 당연한 이치이다. 따라서 한 민족의 문학에 대한 올바른 이해는 작품을 중심으로 한 문학행위의 역사적 전체상과 아울러 그 力動的 定向을 반영하고 또 촉진하였던 비평의 실질을 해명하는 데서 온전하여질 수 있다.

그럼에도 불구하고 우리문학의 여러 영역 중에서 비평 부문은 연구의 진전이 부진한 편이며, 특히 19세기까지의 古典批評이 더욱 그러하다. 물론 여기에는 그럴 만한 외적 요인의 제약이 있었다. 대체로 보아 11세기 이전 즉 高麗前期까지의 비평 자료는 몇몇 斷片들만이 산발적으로 발견될 뿐이어서 당대의 문학의식을 충실히 파악하기에 미흡하며, 그 이후의 문헌들도 한문문학에 관한 것이 대부분을 차지한다는 점이 바로 그것이다. 하지만 문제의 원인이 그로써 다 설명되는 것은 아니다. 20세기 초를 전후한 시기의 문화적 격변을 체험하면서 충분한 비판적 조명의 기회를 거치지도 못한 채 19세기까지의 사상 및 이념 체계에 대한 전면적 부정의 시각이 압도하게 된 사실도 이에 중요한 관련이 있다. 식민지 지배의 문화 구조 속에서 他者中心的인 외향화로 기울었던 문학 동향은 이를 좀더 강화하면서 고전비평의 정당한 이해를 크게 제약하였다.

이와 같은 의식의 편향은 우리 문학비평의 전체적 인식에 적지 않은 왜곡을 초래하였고, 현대비평의 내실과 주체적 전망을 수립하는 데에도 장애가 되었다. 고전비평과 현대비평을 완전히 동멸어진 두 영역인 듯이 여기는 통념은 바로 그 산물이다. 아울러, 고전비평은 중국 문학비평의 그늘 속에 있는 것으로, 현대비평은 서구 문학이론의 압도적인 영향에 의지하여 발전할 수 있었던 것으로 가정하는 移植·影響史觀이 그 가운데서도 특히 심각한 악영향을 끼쳤다.

물론 우리의 문학비평이 20세기 초를 고비로 하여 심각한 갈등과 변모를 겪었다는 점에는 의문의 여지가 없다. 고전비평과 현대비평이 각기 동아시아 문학사상의 전통과 근대 서구의 문학론에 긴밀한 연관을 가진다는 점도 마땅히 인정하여 그 관련상과 의미를 해명하지 않으면 안 된다. 거대한 역사적 충격과 자기변혁의 체험을 거친 문학에서 그에 상응하는 비평적 변모가 발견된다는 것은 당연한 일이며, 각 시대마다의 대외적 교류와 접촉을 통해 비평의 시야가 轉位 혹은 확대되는 것도 자연스러운 현상이다. 그러나, 이 모든 사항에도 불구하고 문학비평이 한 역사집단의 문학행위를 지탱하는 의식의 표현인 한, 거기에 자기동일성의 맥락이 존재하지 않는다든가 외래적 영향을 선택·흡수하는 주체의 요구와 논리가 소홀히 되어도 좋다는 논법은 있을 수 없다. 거듭 말하거니와 문학에 관한 사유와 논의의 총체로서의 비평은 모든 문학행위의 본질적 일부이며, 바로 그러한 시각에서 한국 문학비평의 역사적 실체가 면밀하게 재조명되어야 할 것이다.

이와 같은 당위적 요청이 우리의 문학사상, 문학이론, 실제비평에 관한 연구성과로서 충실히 구현되려면 아직도 많은 부분작업과 재체계화의 모색이 필요하다. 그러한 과제를 앞에 둔 국면에서 한국 문학비평의 윤곽을 이야기한다는 것은 분명히 무리한 일이다. 그러나 이를 염두에 둔 잠정적 略圖로서 지금까지의 성과를 토대로 한국 문학비평

의 역사적 전개 양상을 간략히 살피는 일은 그것대로의 작은 효용을
가지리라 생각한다.

古代의 言語·文學 意識

우리 문학사의 초기 단계에 있어서의 문학의식이 어떠하였는가는
자료의 결핍으로 인해 알기 어려우나, 현전하는 古代歌謠와 관련 설화
에 의해 간접적인 방식으로 그 윤곽을 더듬어 볼 수 있다. 현전 작품
중 가장 오랜 시가인 「公無渡河歌」와 「黃鳥歌」는 이미 서정시로서의
성격이 뚜렷한데, 여기에 딸린 기록들은 노래가 지어진 동기와 정황을
설명하는 가운데 詩歌의 정서적 표현 기능에 대한 원초적 이해가 당시
에 이미 형성되어 있음을 알려 준다. 즉, 남편을 잃은 여인이 애끓는
심정을 노래하고 이를 전해 들은 여인이 다시 그것을 음률에 실어 가
창하였다든가, 사랑하는 여인을 잃은 사나이(瑠璃王)가 가누기 어려운
쓸쓸함을 노래로 읊조렸다는 이야기 속에 시가를 내면적 정서의 표출
로 이해하는 관점이 아직 선명히 논리화되지 않은 대로 엿보인다.

한편, 「龜旨歌」와 그에 딸린 설화는 노래의 呪術的 기능에 대한 믿
음을 주요 인소로 포함하고 있어서, 고대인들이 주술적 祭儀와 관련
하여 시가의 신비적 힘을 믿었다는 사실을 말해 준다. 이들 고대 시가
는 모두 전설적 색채를 띤 것으로서 작품 내용상의 연대가 그 바탕에
깔린 詩歌觀의 존재 시기와 일치하는 것은 아니지만, 위에 언급한 정
도의 원초적 문학인식은 대체로 고대국가 성립기 무렵에는 형성되어
있었으리라 짐작된다.

신라의 鄕歌에 이르러 우리문학은 내용과 형식 양면에서 다양한 갈
래를 갖추었고, 이에 관한 인식도 여러 방향으로 분화되었음을 『三國遺
事』의 단편적 기록을 통해 알 수 있다. 그 중에서도 가장 많이 눈에
띄는 것은 시가가 천지와 귀신을 감동시킬 만한 힘을 가진다는 믿음에
관련된 자료들이다. 純貞公이 海龍에게 부인을 빼앗기자 사람들을 모
아 「海歌」를 부름으로써 水路夫人을 되찾았다는 이야기는 노래의 문면
부터가 「龜旨歌」의 경우를 연상케 하거니와, 融天師가 지어 彗星과
日本兵을 물리쳤다는 「彗星歌」, 잣나무가 시들도록 하는 怨力을 나타
내어 孝成王을 뉘우치게 한 信忠의 「怨歌」, 疫神의 침입을 물리친 「處
容歌」, 그리고 억울하게 감옥에 갇히었다가 자신의 억울함을 호소하

여 자연의 변화를 일으킨 王居仁 이야기 등을 그 사례로 꼽을 수 있다. 이들 노래와 附帶說話는 모두 시가의 신비로운 힘에 관한 것으로서 그 바탕에는 노래로써 표현된 강렬한 소망, 분노, 情志가 초자연적 감응의 힘을 발휘한다는 의식이 깔려 있다.

이와 같은 유형의 자료가 가장 많이 남아 있는 것은 『삼국유사』가 神異한 逸事들을 많이 수록한 데에 기인하는 것으로, 당시의 문학의식을 파악하는 데에는 시의 사회·정치적 효용 및 정서적 表達 기능에 관한 인식 또한 발달해 있었음도 주목할 필요가 있다. 신라의 제3 대 儒理王이 어진 정치를 펴서 민속이 歡康해졌으므로 지었다는 「兜率歌」와 景德王이 德治의 이상을 담은 노래로 忠談師에게 짓게 한 「安民歌」는 사회·정치적 이념의 표현과 효용성을 중시하는 시가관 또한 이 시기에 공존하였음을 말해 준다. 한편, 「황조가」와 「공무도하가」에서 보였던 시의 정서적 표현 기능에 대한 인식은 「祭亡妹歌」 기록의 경우처럼 내면의 고뇌와 종교적 발원이 결합되어 심원한 초자연적 감응력을 발휘하는 이야기로 나타나기도 하였다. 사람의 마음에 담긴 절실한 체험과 욕구가 언어로써 표출되지 않을 수 없다는 필연성의 인식은 『삼국유사』 景文王 대목의 嶛頭匠 이야기와 같은 상징적 설화를 낳았다.

한편, 한문의 사용 범위가 넓어지고 한문문학이 이루어지면서는 이에 관한 비평도 싹텄으리라 보인다. 특히 신라 下代에 이르러 六頭品 지식인층을 중심으로 漢學이 발달하면서 문학의식도 높은 수준에 이르렀던 것 같다. 薛聰의 「花王戒」에 보이는 바, 寓言을 통해 王者의 도리를 밝히고자 하는 작법 속에는 문자행위 내지 문학행위를 도덕적·정치적 이념과 결부시켜 파악하는 의식이 내재해 있다. 崔致遠(857~?)은 〈詩篇으로써 性을 기르는 자료를 삼고, 書卷으로써 몸을 세우는 근본을 삼는다〉(以詩篇爲養性之資, 以書卷爲立身之本)라고 하여 심성의 도야와 수신에서 문학적 수련의 의의를 찾는 가치론의 자취를 보여 준다. 이로써 볼 때 이 시기의 문학론은 한문문학의 성취를 바탕으로 儒家的인 문학의식을 소화하면서 보다 정비된 논리화의 단계로 나아가고 있었음을 짐작할 수 있다.

高麗時代의 批評
高麗가 건국되면서 우리문학에 나타난 가장 큰 변화는 漢文文學의

융성이다. 신라 시대의 骨品制를 철폐한 고려 왕조는 중앙집권적 정치
체제의 수립을 위한 방편으로 科擧制를 택하였고, 이에 따라 한문문학
이 크게 발달하게 되었다. 당시의 과거는 詩・賦・頌・策을 과목으로
하여 문학적 교양을 평가하는 制述業과 書・易・詩・春秋를 과목으로
하여 경학의 이해를 측정하는 明經業으로 나뉘어 있었던바, 이 중에
서도 제술업이 압도적인 비중을 차지했다. 따라서 詩文의 능력은 관
료로서의 입신과 처세에 필수적인 것이었다. 신라 말기까지 六頭品을
중심으로 한 소수 지식층의 범위에서 성장해 온 한문문학은 이에 이르
러 완전히 귀족・지배층의 문학으로 자리잡게 되었다.

그러나 고려시대의 문학론이 곧바로 한문문학에로만 집중되어 갔던
것은 아니다. 均如(923~973)의 동시대인으로「普賢十願歌」를 漢譯한
崔行歸는 그 譯歌序에서 한시와 향가가 언어・형식에서는 전혀 다르지
만 그 시적 깊이의 오묘함은 우열을 나눌 수 없이 대등한 가치를 지닌
다고 하여, 민족어로 된 시가에의 자긍을 명료하게 논술하였다. 一然
(1206~1289)은 향가의 심원한 호소력과 아름다움을 예찬하여 詩・頌
에 견주었다. 이와 같은 의식의 맥락에도 불구하고 당시의 문학론이 한
문문학에 치중되었다는 사실과 이에 따라 동아시아의 중세적 보편문
화를 지향하는 방향으로 비평적 인식의 심화가 추구되었다는 점은 물
론 그것대로 인정해야 할 것이다.

한문문학의 융성은 당연히 이에 상응하는 비평적 의식과 논의의 발
달을 동반하였을 터이나 고려 前期의 문집과 비평 문헌은 전해지는
것이 드물어서 소상한 내용을 파악하기 어렵다. 다만, 金富軾(1075~
1151)의 경우로 미루어 본다면 옛 성현이 남긴 경전을 존중하며 典實
한 古文을 통해 儒家의 도리를 示顯하는 문학이야말로 최상의 가치를
지닌다는 이념이 점차 지배적인 위치를 차지하지 않았던가 한다. 앞서
언급한 최치원의 명제부터가 唐代 古文運動 이래 문학론의 유가적 이
념성에 상당히 근접한 흔적을 보이지만, 김부식의 시대에는 그러한
방향으로의 진행이 좀더 뚜렷하게 나타난다. 그러나 이 시기의 문학의
식은 騈文類의 장식적・審美的 문학을 배척하고 고문을 숭상하여 유가
이념에 부응할 것을 표방하면서도 이를 뒷받침하는 사상적 토대는 아
직 철저하지 못했다. 그가 말한 고문은 이념의 준거이기보다는 문장의
典範이었다. 시풍이나 정치적 입장에서 김부식과 대립적이었던 鄭知

常(?~1135)은 또 다른 종류의 문학적 지향과 의식을 가지지 않았을까 추정되나, 아쉽게도 논의할 만한 자료가 보이지 않는다.

이처럼 가치론상으로는 尙古的 典範性을 중시하면서도 文辭의 華美함을 아울러 추구하던 문학의식은 武臣亂(1170)을 고비로 하여 새로운 전환의 국면에 접어들었다. 그 중에서도 우선적으로 주목할 현상은 文人風의 교양과 취미에 바탕하여 시・문의 세련을 중시하던 문신 귀족들이 물러나고 문인・관료 사회의 인적 구성이 훨씬 다양해지면서 문학적 기풍 또한 다변화하게 된 점이다.

문학적 교양과 재능이 곧 관인으로서의 입신에 직결되어 있던 중세 사회에 있어서 한정된 수의 門閥 귀족이 권력을 장악한 상태란 곧 문학적 취향을 둘러싼 의견・논리의 분화가 현저하게 제약될 수밖에 없음을 뜻한다. 문인 관료 사회에서 文權이란 정치권력과 별개의 것이 아니어서, 이에 대한 도전이나 현저한 이탈은 당사자의 사회적 입지에 명백히 불리하기 때문이다. 바로 이 점에서 볼 때 武臣執權期에는 문벌 귀족 세력의 쇠퇴 혹은 몰락과 함께 새로운 士人層이 다수 등장함으로써 문학상의 지배적 권위가 약화되고 서로 다른 문학의식 및 논리가 여기저기서 일어날 수 있는 상황이 조성되었던 것이다. 고려 후기의 비평이 전기에 비해 훨씬 풍부하다는 사실은 단순히 문헌 전승 때문만이 아니라 이러한 배경적 요인에도 깊은 관련이 있는 듯하다.

고려 후기 비평의 활기는 다수의 문집을 통하여는 물론 문인 사회의 활발한 작품론을 바탕으로 출현한 여러 종류의 詩話集 형태로도 표현되었다. 『破閑集』『補閑集』『櫟翁稗說』등의 시화집은 시 작품의 창작, 修辭, 品格, 가치 등에 관한 실제비평적 의론과 일화들을 모은 것으로서, 당시의 비평적 안목과 취미가 어떠하였는가를 파악하는 데 좋은 자료가 된다.

고려 후기 비평의 내용은 무척 다채로우나, 그 가운데서 다음의 두 가지 관심사 중의 어느 한편 또는 이들의 복합적 관련을 문제로 삼는 문학론들이 특히 주목된다. 그 하나는 시 창작에 있어서의 수사적 방법에 관한 논의이며, 다른 하나는 전통적 관습・典例와 개인의 창조적 자발성의 관계의 문제이다. 전자에 대한 비평은 用事・琢句・對偶・聲律・比喩 등을 주요 내용으로 하여 어떻게 하면 섬세하고도 탁월한 언어를 구사하여 뛰어난 시를 쓸 수 있는가, 그리고 작품의 심미적 가치는 어떤 품격과 수사적 자질을 통하여 가늠될 수 있는가를 밝히는데 주력하였다. 후자에 관한 논의는 수사적 彫琢이 극단화되는 경향에 대한 비판적 인식으로부터 촉발되어, 시의 근원적 가치를 좌우하는 것은 과연 무엇인가라는 심각한 성찰의 과제로 부각되었다. 〈用事〉와 〈新意〉를 둘러싼 논란은 바로 여기에서 나온 대표적 쟁론이다.

李仁老(1152~1220)와 李奎報(1168~1241)를 각기 중심적 논자로 하는 用事論·新意論의 대립이란 물론 그들 사이의 차이를 銳角化하여 집약한 결과이다. 즉, 시에 있어서의 새로운 意境의 필요성을 전자가 부정하였다든가, 원숙한 언어적 세련과 조탁의 의의를 후자가 소홀히 여겼다는 뜻은 아니다. 그러나 상당한 정도의 공통 부분을 인정하면서도 이들의 지향이 내포한 차이는 중시되지 않을 수 없다. 典故의 능숙한 운용과 언어적 세련을 중시한 이인로류의 시론이 보다 회고적·보수적인 성향을 띤 데 비하여, 〈氣는 天에 근본한 것이니, 배워서 얻을 수 없다〉(氣本乎天, 不可學得)고 주장하면서 신의의 창출을 역설한 이규보의 비평은 고려 후기 新進士人層의 새로운 시의식을 촉구하는 논리로서의 성격을 뚜렷이 지니고 있기 때문이다. 수사적 세련에 선행하는 주체적 근거의 강조는 이규보와 같은 때의 인물인 林椿에게서도 발견된다. 崔滋(1188~1260)는 이규보의 입장을 수용하여 비교적 온건한 절충론을 제시하였으나, 氣·意에 관한 논의 속에 性情의 개념을 도입하여 후일의 性理學的 문학론에 이어지는 실마리를 보였다.

고려 말에 와서는 性理學의 수용이 문학비평에도 파급되어 道學的 문학론이 출현하였다. 李齊賢(1287~1367)은 고문을 문장의 전범인 동시에 〈性命道德〉의 표현으로 파악하고, 문학은 인륜의 도를 추구하는 방편으로서 존재 의의를 가진다고 했다. 이러한 관점은 성리학이 널리 뿌리내림과 함께 점차 확대·정제되어, 李穡(1328~1396) 및 그 門下의 인물들에 이어짐으로써 고려 말, 조선 초기 문학론의 근간으로 자리잡았다.

朝鮮前期의 批評

고려 말에 기본적 윤곽이 형성된 성리학적 문학관은 유교를 통치이념으로 삼은 朝鮮 왕조에 들어와서 더욱 심화되었다. 그 대표적 인물로 鄭道傳(?~1398)을 들 수 있다. 이제현과 이색의 관점을 계승한 그는 문학을 〈載道之器〉로 보고, 詩書禮樂의 가르침에 충실한 시·문을 가장 높은 이상으로 삼았다. 그에 의하면 사람은 나날의 모든 일(處事接物)에 있어서 마땅히 그 道를 다해야 하는 바, 이를 인식·실천할 수 있는 義理가 본래적으로 사람에게 갖추어져 있다. 따라서 문학은 이에 충실함으로써 우주와 사회의 마땅한 질서를 구현하는 데 기여해야 한다는 것이다. 이것은 우주 자연의 형이상학적 원리와 인륜적 질서를 통합한 가치체계 속에서 문학의 당위적 지표를 파악하고자 하는 이론이다.

이와 같은 문학론이 지배적인 위치를 유지하던 한편에서는 詞章之文의 의의를 중시하는 입장도 공존하였다. 道學과 함께 詞章도 소홀히 할 수 없다는 權近(1352~1409)의 견해에도 이미 그러한 실마리가 보이거니와, 왕조 건국 이후 사대부 사회가 집권 사대부층과 在地 士林으로 분화되면서 전자 가운데서 사장 중시론이 좀더 뚜렷한 모습을 나타내었던 것이다. 물론 사장지문을 중시한 문인들 역시 儒者였으므로 載道之文의 기본 이념 자체를 부정하지는 않았다. 그러나 문학의 형식적 측면과 典例 및 審美性을 중시하는 그들의 취향은 비평의 실제적 관심에서 상이한 성향으로 구체화되었다.

이러한 흐름을 대표할 만한 인물인 徐居正(1420~1488)은 20여 년 동안 文權을 잡으면서 당대의 文風을 주도하고『東文選』을 편찬했으며 본격적 시화집인『東人詩話』를 저술하였다. 그는 道가 文에 선행한다는 전통적 명제를 수용하면서도 문학은 經國의 盛業에 빛나는 文彩를 더하여 불후의 명성으로써 후세에 남기는 것이라고 보았다. 여기에는 文이 아니면 道가 드러내어질 수 없다는 생각이 깔려 있다. 典故의 능숙한 사용과 언어적 세련을 중요시한 수사론은 이러한 문학관의 소산이다.

일반적으로 詞章派라 불리는 위의 조류가 관료적 문인들의 세계에 터를 두었던 반면에 재지 사림 쪽에서는 理氣·心性에 관한 성리학설과 근본주의적 정치철학이 발달하면서 道學的 문학이론이 심화되었다. 16세기의 李滉(1501~1570)과 李珥(1536~1584)를 그 대표적 인물로 꼽을 수 있다. 이들은 〈載道之文〉〈道本文末〉을 근본 명제로 삼는 점에서는 정도전 등 조선 초기의 논자들과 비슷하나, 문학의 의의를 經世的인 것에서보다는 性情의 도야라는 내면적 효용의 측면에서 강조한 점이 현저하게 다르다. 예컨대, 이황은 〈문학을 어찌 소홀히 할 수 있겠는가? 글을 배우는 것 또한 마음을 바르게 하기 위함이다〉라고 하였으며, 이이는 〈시는 비록 공부하는 이가 즐겨할 만한 것은 아니나, 이로써 성정을 읊조리고 淸和함을 펼쳐 통하여 마음 속의 더러운 찌꺼기를 씻어낼 수 있으니, 또한 存心省察에 一助가 된다〉고 했다.

이이의 「贈崔岦之序」는 이러한 문학의식의 이론적 구조를 가장 선명하게 집약한 문장이다. 여기에서 그는 〈無極太極―天地―心―氣―聲〉이라는 발생론적 체계와 〈有用之聲―美聲―實聲―善鳴〉이라는 가치론적 구분을 연결하여 우주 만물과 인간 존재에 대한 성리학적 인식의 구도 속에서 문학의 속성과 지표를 밝히고자 했다. 위의 논리적 연쇄 끝에 있는 〈善鳴〉 즉 이상적인 문학은 우주적 생성·운행의 근원인 無極太極이 사람의 心을 통하여 구현된 것이라 함이 그 요지이다.

이와 같은 문학의식은 당연히 심미적·사장과적 성향에 부정의 태도를 띠었고, 平淡한 가운데서 맑고 드높은 심성의 함양을 추구하여 天人合一의 경지에 이르는 문학을 이상적인 것이라 여기는 비평론으로 전개되었다. 그것은 中小 地主로서의 기반을 토대로 鄕里에 정착한 재지 사대부층의 금욕적·내면주의적 미의식의 논리화라고 할 수 있을 것이다.

16세기 비평의 주류가 이처럼 사림과 문학의 이론 구조를 정교하게 구축하기에 이른 단계에서 그 규범의 틀을 벗어나는 새로운 비평적 의식이 許筠(1569~1618)을 통해 제출되었다. 그는 시를 진실한 情의 표현이라 보아, 종래의 도학적 문학론자들이 주장한 바 〈性情之情〉의 윤리적 표준과는 다른 길을 택하였으며, 시적 체험의 진정성보다 외형적 수식에 치중하는 경향 또한 비판하였다. 아울러 그는 문장의 전범을 先秦·兩漢에서 구하는 尙古主義도 부정함으로써 조선 후기 문학비평에로 이어지는 새로운 관점을 열었다. 그의 「文說」과 「詩辨」은 모든 시대의 문학이 각기 그 시대마다의 개성과 특정을 가지는 것이므로, 시인·작가는 어떤 기성의 전범에 예속되어 모방만을 일삼을 것이 아니라 자신의 경험과 창조적 개성에 근거해야 한다는 이론을 폈다. 이러한 견해는 고려 중기의 이규보와 18세기의 朴趾源·李鈺을 잇는 맥락의 한가운데에 놓인다고 할 것이다.

朝鮮後期의 批評

조선 왕조의 중세적 질서가 심각한 모순에 당면한 17세기 이래의
문학비평에서는 종래의 지배적 흐름을 벗어난 反正統的 조류가 다양
하게 확산되었다. 그 전반적 내용은 아직 충분히 검증되어 있지 않지
만, 정통적 성리학으로부터 이탈한 外學에의 관심이 문학비평에 직접
간접으로 작용한 사실을 우선 주목할 만하다. 張維(1587~1638), 洪萬
宗(1643~1725)이 각각 陽明學과 道家 사상에 깊은 관심을 가지면서
脫程朱學的 문학의식을 보인 점이 그 본보기이다.

장유는 도학적 규준의 지배로부터 벗어나 문학의 심미적 가치를 존
중하였으나, 사장과는 달리 그것을 문학의 외형에서 구하지 않고
작품 자체의 내면적 가치와 아름다움에 주목하였다. 홍만종은 문학의
본질과 가치를 논하면서 윤리 규범이나 외형적 수식을 모두 넘어선
〈天得〉을 강조하였다. 아울러 그는 역대의 시화 중에서 순수한 시화
만을 집성하여 『詩話叢林』을 편찬함으로써 실제비평으로서의 시화가
정리되도록 했으며, 스스로도 『小華詩評』을 저술하여 우리 한시에 대
한 史的 서술과 비평을 전개하였다. 金萬重(1635~1720)은 홍만종과
더불어 국문문학의 가치를 긍정적으로 파악하여 사대부층 일각의 의
식 변화를 보여주었다. 특히, 한문을 빌어 쓴 詩・賦로 우리의 경험
과 느낌을 표현한다는 것은 앵무새가 사람의 말을 흉내내는 일과 마
찬가지라고 한 김만중의 견해는 오랜 동안 한문문학에 매몰되었던 사
대부적 태도에 반성을 촉구하면서 다음 단계의 국문문학 인식 발전에
선구가 되었다.

한편 신분제의 동요와 함께 평민층의 문학 활동이 활발하여지자 시
조집과 委巷人들의 한시집이 엮어지고 국문문학・市井文學에 대한 새
로운 인식이 전개된 점도 17세기 후반 이후 비평의 중요 현상이다.
18세기 초에 『靑丘永言』(1728)을 엮어낸 金天澤, 이에 序跋을 쓴 鄭潤
卿・『磨嶽老樵』, 『海東歌謠』의 편찬자인 金壽長(1690~ ?), 그리고 「大
東風謠序」를 쓴 洪大容(1731~1783) 등은 시조를 風雅 즉 詩經에다 비
기면서, 민간의 진솔한 언어로 갖가지 경험・감정을 노래한 시조야말
로 본원적 진정성과 실감을 갖춘 문학이라고 보았다. 이와 같은 의식
의 대두는 한문문학에 대하여 국어문학의 가치를, 상층문학에 대하여
하층문학의 존재 의의를 천명한 것이라는 점에서 중요한 사상적 진전

의 의미를 가진다. 또한 委巷人들의 시집 편찬 취지를 밝히는 글들에
서 洪世泰(1653~1725), 高時彦(1671~1734) 등 위항인 자신과 일부 사
대부 문인들에 의해서는 위항문학이 가식되지 아니한 성정과 체험의
진실한 표현으로서 학사·대부들의 그것보다 고귀하다는 논리가 전개
되었다. 도덕 규범에의 예속이나 수사적 세련보다 정감의 자연스러운
발현을 중시한 이들의 문학관은 이 시기 문학사의 탈중세적 지향이
명료한 의식형태를 띠기 시작한 징표로 이해된다.

도학적 문학론이 요구하는 내면성에의 침잠이나 擬古的 문학관의
尙古主義로부터 벗어나 문학을 당대적 경험의 충실한 표현으로 재인식
하려는 노력은 진보적인 의식을 지닌 사대부 문인들에게서도 나타났
다. 그 중에서 특히 주목되는 인물이 朴趾源과 李鈺이다. 박지원(1737
~1783)은 문학의 형식과 실질 양면을 규제하는 古文의 초시대적 典範
性을 부인함으로서써 변화, 현실성, 개성의 이념을 도입하였다. 그에
의하면 고문이란 옛적에 있어서의 일상적 언어(常語)를 기록한 것으로
서, 참다운 문학의 길은 이미 화석화되어 버린 옛말과 경험을 답습하
는 데 있지 않고 그 진정한 의미를 음미하면서 자신의 시대와 경험에
충실하는 데 있을 따름이다(楚亭集序, 綠天館集序). 아울러, 그는 중국
적 典例에의 추종을 비판하고 우리대로의 풍토와 역사·문화 속에서
이루어지는 시 즉 〈朝鮮風〉을 적극적으로 평가하였으며(嬰處稿序), 개
념적·直叙的인 언어의 한계를 넘어 현실의 복잡한 양상을 우회적으로
혹은 反語的으로 조명하는 소설의 가치에도 주목하였다.

李鈺(1760년대~1800년대)은 가히 혁명적이라 할 만한 비평문인「俚
諺引」에서 이러한 방향의 논리를 더욱 진전시켜, 하늘 아래 동일한
사물이 있을 수 없듯이 모든 시대와 지역은 각기의 절실한 요구에 따
른 문학을 가지기 마련이라는 철저한 개별성의 선언으로써 중세적 보
편과 尙古의 이념을 부정하였다. 그는 작품과 비평 양면을 통해 정통
적 사대부문학의 가치관과 주제를 거부하고 市井의 세계에서 살아가는
이들의 일상적 삶을 중시하였다. 세상 만물을 살피는 데는 사람을 보
는 것만한 일이 없으며 사람을 보는 데는 남녀의 情을 살피는 것보다
더 절실한 것이 없다고 한 데서 그의 시각이 선명하게 드러난다. 이처
럼 한문문학의 오랜 관습과 禮敎主義의 통념을 타파하고 새로운 문학
세계의 당위적 근거를 제시한 그의 논리는 아마도 조선 후기의 문학론

이 나아간 반중세적 의식의 가장 날카로운 극점의 하나라고 할 수 있을 것이다.

經世的 實學者인 丁若鏞(1762~1836)은 이들과 또 다른 방향에서 조선 전기의 내면지향적 시의식을 극복하는 현실주의 시론을 추구하였다. 그는 문학이 그보다 더 우월한 상위의 가치에 종속한다는 〈載道之文〉의 기본 전제를 계승하였으되, 그 상위의 가치 즉 道에 관한 구체적 파악에서 지향을 달리하였다. 정약용이 파악한 道는 16세기의 성리학자들이 생각한 바 存心養性의 내면지향적 가치보다 구체적인 삶과 사회 · 정치적 차원에 있어서의 정의를 추구하는 데에 중점을 둔 것이었다. 따라서 그는 〈傷時憤俗〉하는 비판적 기능을 중심으로 하여 시경을 해석하고 많은 사회시편을 썼으며, 문학이란 작자의 내면에 갖추어진 진지한 志意가 외부세계와의 접촉을 통해 드러나는 사회적 言述의 산물이라는 입장을 견지하였다.

조선 후기 비평의 다양한 조류 속에는 이밖에도 더 밝혀져야 할 문제와 인물들이 많이 남아 있어서, 앞으로의 풍부한 성과가 기대된다.

轉換期의 批評

조선 후기 비평의 추이는 문학 · 예술 전반의 흐름과 더불어 脫中世的인 지향성을 뚜렷이 지닌 것이었으나, 19세기 말에서 20세기 초에 이르는 일대 변환의 시대에 부응하여 새로운 문학 조류를 제어 · 인도할 만큼의 통합성과 사회적 기반을 확보하는 데까지는 이르지 못했다. 이러한 상태에서 구질서의 급속한 붕괴와 서구 문화의 충격을 체험하면서 문학에 대한 새로운 인식의 구성이 모색되던 1900년대 이래의 비평을 편의적으로 현대비평이라 통칭한다. 그런 점에서 우리의 현대비평은 극히 어려운 자기 갱신의 과제를 안고 굴곡이 극심한 역사를 거쳐 나아가지 않을 수 없게끔 조건지어졌다고 하겠다. 더우기 식민지 지배하의 특징적 현상들——지난날의 문화에 대한 자기모멸적 부정, 서구 문명에의 일방적 경사, 보편성 · 예술성과 현실성 · 역사성에 관한 지향의 분열 등은 이 시대의 비평이 주체적 근거 위에서 문학 · 인간 · 사회의 유기적인 연관을 파악하고 논리화하는 데에 심각한 제약요인으로 작용하였다. 한국 현대비평의 전체적 흐름을 파악하는 데 있어 가장 중요한 과제는 이런 여러 문제들이 어떻게 갈등하고 결합되면서 남의 논리가 아닌 〈나와 우리의 논리〉로 진전되었는가를 해명하는 일이다. 서구 문학론의 수용 양상에 일방적으로 집착하여 현대 비평의 주요 국면들을 설명하려 했던 소박한 발전론은 그런 뜻에서도 이제 극복되지 않으면 안 된다.

현대비평의 첫 단계는 愛國啓蒙期 혹은 開化期라 불리는 계몽적 이념의 시대이다. 이 시기에 出現한 신소설, 역사・전기류의 작가들과 진보적 儒學 지식인들은 당대의 상황적 요구에 부응하는 문학의 효용을 역설하였다. 朴殷植의 『瑞士建國誌』서문「論國運關文學」, 申采浩의 「天喜堂詩話」, 李海朝의 『花의 血』서문, 安國善의 『共進會』후기, 그리고 《大韓每日申報》의 논설(1908. 11. 18) 등 이 무렵의 대표적 비평문장들 모두가 문학의 도덕적・사회적・정치적 효용성을 主旨로 삼는 점에서 일치한다. 그들에 의하면 문학(특히 소설)은 비근하고도 구체적인 경험에 호소함으로써 사람의 마음을 감동시키고 깨우치는 데 무엇보다 큰 효과를 발휘한다. 따라서 이를 통해 인심을 맑게 하고 풍속을 개량하며 사회・정치적 자각을 고무할 수 있다는 것이다. 이러한 논리는 문학의 효용성을 중시한 유가적 관점이 역사 전환기의 절실한 요구와 결합한 결과이다. 창가와 신체시에 관하여는 이와 같은 논의가 별로 보이지 않으나, 그 바탕에 놓인 의식은 동일하였으리라 추정된다.

1910년의 국권 상실 이후 日帝에 의해 문학의 이념성이 억압되면서 위의 조류는 잠복하고 그 대신 主情主義的 문학론이 등장하였다. 그 대표적 논자였던 李光洙(1982~ ?)는 「文學이란 何오」(1916)에서 인간의 정신이 知・情・意라는 세 부문으로 구성되어 있으며, 문학은 이에서 정의 요구를 표현・충족하는 데 소임이 있다는 주정주의 이론을 주창하였다. 전통적인 유교문화에 대해 격렬한 거부의 시각을 지닌 그는 19세기까지의 문학과 비평이 인간의 지(理智)만을 존중하고 정을 낮게 봄으로써 잘못에 빠졌다고 하고, 유교적 도덕주의에 대한 反命題로서 일종의 情緒的 生命主義를 새로운 문학의 지표로 설정하였던 것이다. 이에 따라 개화기의 문학론의 도덕적・사회적 효용 지향은 부정되고, 대신 문학의 정서적 가치와 탈도덕적 자유 및 개성이 중요한 것으로 부각되었다(1920년대 초기 이후에 와서 그가 보인 상이한 입장은 물론 이와 별도로 생각해야 할 문제이다).

한편, 비슷한 시기에 몇 편의 문학론을 쓴 申采浩(1880~1936)는 이와 상반되는 입장에서 문학의 사회적 가치를 중시하고 당대의 문학이 현실도피적 환각의 탐닉에 기울어지는 경향을 비판하였다. 이미 「天喜堂詩話」(1909)에서 〈東國詩界 革命〉의 목표 아래 애국적 정치의식과 강건한 시정신의 합일을 제창한 바도 있는 그는 「近今小說 著者의 注意」「浪客의 新年 漫筆」 등의 時評을 통해 예술주의의 문예이든 인도주의의 문예이든 그 시대의 현실이 안고 있는 절실한 문제로부터 떠나서는 존재 의미가 없다고 주장하였다. 그의 입장은 유가 문학관의 전통에 연결되어 있으면서 그것을 당대의 현실적 문제들과 통합함으로써 문학의 사회적 소임을 중시하는 비평으로 재구성한 것이었다.

1920, 30년대의 批評

위와 같은 상이한 지향의 대립은 1920년대 초기의 낭만적·唯美的 문학관과 사회주의 비평 사이의 갈등으로 이월되었다. 이광수의 초기 논설에서 예비적 단계를 거친 주정주의적 문학관은 1920년대 초기의 문학운동을 거치면서 朴英熙, 黃錫禹, 金億, 朴鍾和 등에 의해 낭만적·唯美主義的 문학론으로 심화되었다. 그리고, 1920년대 중엽에 이를 비판하며 등장한 新傾向派—카프 계열의 비평가들은 문학의 사회성과 투쟁적 기능을 중시하였다.

초기에는 金基鎭·박영희에 의해, 1920년대 말 이후에는 林和 등에 의해 주도된 프로 문학비평은 이전의 문학을 부르조아적 사치와 허위의식의 산물이라 비판하고, 모든 예술행위의 계급성을 전제로 하여 계급해방을 위한 문학의 소임을 비평적 관심의 핵심으로 삼았다. 한편 이광수, 廉想涉, 김억 등은 각기 다른 입장에서 문학의 예술적 자율성, 혹은 계급에 우선하는 민족의 일체성을 논거로 하여 이에 대응하는 논리를 모색하였으며, 별 소득은 없었지만 梁柱東 등에 의해 절충론이 시도되기도 했다. 이 과정에서 우리 비평은 문학의 본질·기능 및 평가 규준에 관한 논쟁을 겪음으로써 본격적인 현대비평으로서의 문제의식에로 접근해 갔다. 그러나 당시의 비평 자체는 관념적 논리에 지배된 나머지, 대립의 양면에서 모두 문학 인식의 구체성이 부족한 도식주의나 인상주의에 빠진 예가 많았다.

김기진의 평론 「文藝時評」(1926)을 도화선으로 하여 일어난 〈내용-

―형식 논쟁〉은 이 시기의 가장 날카로운 비평적 쟁점과 갈등을 보여 준다. 이 논쟁에서 김기진은 문학이 관념(투쟁의식)만으로 성립할 수 없고, 마땅히 내용에 상응하는 예술적 육체를 갖추어야 한다는 입장 을 취했다. 반면에 박영희는 일정한 과도기에서는 내용과 의식이 형 식상의 고려로부터 독립하여 선행해야 한다고 주장하였다. 이 논쟁은 상황적 요인에 의해 후자의 정당성이 카프 안에서 공식화되는 것으로 매듭지어졌으나 그 근본적 숙제는 해결되지 않은 채 1930년대의 창 작방법론 논쟁, 사회주의적 리얼리즘 논쟁 등으로 이월되었다.

1930년대에 들어서면서는 이른바 〈외부적 정세의 악화〉와 함께 프 로 비평의 흐름이 현저하게 쇠퇴되고, 朴龍喆·金煥泰·金文輯 등 문학 의 자율성·심미성과 내적 세련을 중시하는 비평가들의 활동이 확대되 었다. 이들의 관점은 1920년대 초기의 낭만적·유미적 문학론을 계승 하여 발전시킨 것이면서, 1920년대 중엽 이래의 프로 비평이 보여 온 이념적 도식주의에 대한 반작용의 의미를 띤 것이기도 했다. 그들은 문학이 다른 어떤 것에도 예속되지 않는 자립적 정신활동의 산물이며, 따라서 외재적 규준을 통해 문학에 목적성을 부과하고 그에 맞추어 작품을 해석 평가하는 것은 비평의 마땅한 방법이 아니라고 보았다. 그 대신 이들은 시인·작가의 개성, 창조의 신비, 정련된 언어, 그리 고 감각적 경험의 아름다움 등을 중시하였다. 이 점에서 그들은 대체 로 심미주의적 비평의 계열에 속한다고 할 것이다. 그러나 그들(특히 김환태)은 문학의 예술성에 대한 개인적 체험과 감응의 소중함을 강조 한 나머지 흔히 印象主義的 비평으로 기울어졌고, 가치평가의 문제에 있어서는 프로 비평의 敎條的 객관주의에 대조되는 주관주의에로 치 우치는 경향을 나타내었다.

이들보다 조금 늦게 등장하여 1930년대 중엽부터 중요한 활동을 보 인 崔載瑞, 金起林은 현대 영미비평의 경향을 소개·원용하면서 김환 태류의 주관주의적 경향과 프로 비평의 도식성을 극복하고자 했다. 특히 최재서는 문학을 사회적 리얼리티의 탐구이자 가치추구의 행위라 보고 비평의 판단적 직능을 중시하여 문학의 예술적 가치와 사회적· 윤리적 가치를 통합하는 이론 구성을 모색하였다. 김기림은 시인이자 시론가로서 활동하면서, 일반적 체계를 지향하는 이론보다는 모더니 즘·이미지즘 운동의 제창과 시에 관한 실제비평적 작업에 치중하였다.

일제 지배세력에 의한 1930년대 초의 탄압으로 카프가 해산된 이후에도 프로 문학의 기본 입장을 유지하던 임화·金南天 등은 1930년대 중엽 이래 예전의 교조적 이념주의를 지양하는 비평 활동을 모색하였다. 그 내용은 매우 다양하나 임화의 낭만주의·리얼리즘론, 新文學史 연구 등과, 김남천의 장편소설론, 그리고 많은 작가·비평가들이 참여한 大衆化論爭이 특히 주목된다. 이들을 포괄한 1930년대 비평의 상세한 내용을 구명하기 위해서는 아직도 손대야 할 문제들이 많고, 그 일부는 활발한 논의에 불편이 따르는 형편이다. 그러나, 어떤 입장에서 보든 이 시기가 한국 현대비평사에서 가장 다채로운 논쟁과 모색의 연대였다는 점에는 의문의 여지가 없다.

光復 이후의 民族文學 論爭과 批評

모든 논리가 日帝 군국주의의 폭력 아래 압살되었던 1940년대 전반을 지나 光復을 맞이한 문학비평은 당시의 모든 사회·문화 영역이 그러하였듯이 치열한 이념적 갈등에 부딪혔다. 뿐만 아니라 비평은 그 자체의 논쟁적 속성으로 인하여 가장 날카로운 대립의 칼날이 되었다.

이 시기의 가장 큰 비평적 쟁점은 해방된 조국의 터전에 절실히 요망되는 民族文學의 지표를 어떻게 설정하는가에 있었다. 통념적 이해는 이에 대한 당시의 견해들을 우익(민족주의 진영)과 좌익(사회주의 진영)의 두 갈래로 양분하나, 사태가 반드시 그렇게 단순하였던 것만은 아니다. 이른바 민족주의 진영의 논객들 가운데는 예술의 순수성·보편성에 충실하는 것만이 민족문학의 길이라는 입장을 지닌 이들이 있었던 한편, 민족이 당면한 對內外的 모순의 극복을 위해 문학이 적극적인 현실의식과 통합의 전망을 가져야 한다고 보는 논자들도 있었다. 사회주의 계열의 논자들 사이에서는 또 계급혁명과 민족혁명의 관계, 우선순위의 해석과 민족문학의 담당 주체 파악 문제를 놓고 적어도 두 갈래 이상의 상이한 전망이 갈등하였다. 대립이 날카로우면 날카로운 대로 그 지양을 통하여 보다 나은 결실을 기대함직하였던 이 쟁론은 그러나 南北 분단이 固着되면서 정치·사회적 조건에 의하여 소멸되었다. 그 결과 우익 진영의 민족문학론에서는 문학의 순수성·보편성을 강조하는 주장이 정통의 자리를 차지했고, 들리는 바에 의하면 북한 쪽에서는 민족혁명과 포용적 민족문학의 우선적 필요성을 주장하던 논자들이 다른 정치적 동기와 함께 숙청되었다고 한다.

1950년대에는 이와 같은 외적 요인에 의한 비평 집단의 단순화와 6·25 이후의 지적 황폐화로 인하여 일부 실제비평적 성과를 제외하고는 뚜렷한 진전이 이루어지지 못하였다. 이에 비하여 1960년대는 4·19의 역사적 체험을 바탕으로 그간의 문화상황과 현실에 대한 반성적 인식이 확대되면서 비평 또한 얼마간의 활기를 되찾게 된 시기라 할 수 있다. 英美 新批評의 수용과 더불어 형식주의적 비평이 등장하고, 문학의 사회적 의미와 기능에 대한 관심이 새로이 떠오르면서 순수— 참여 논쟁 등의 형태로 비평적 쟁점이 날카롭게 부각된 것을 특히 주목할 만하다. 1960년대 말 경에는 서구문학과 그 이론에의 편향에 대한 懷疑的 관점이 일어나고 전통의 정당한 인식·계승·극복을 둘러싼 문학사적 논의가 계속됨으로써 문학비평의 주체적 定向에 관한 물음이 또 하나의 과제로 제출되었다.

1970년대의 비평은 이러한 흐름의 연장선 위에 사회·정치적 상황의 긴장이 가중됨으로써 비평적 전제와 이론구조의 차이가 좀더 날카롭게 부각되는 방향으로 나아갔다. 문학을 하나의 심미적 우주 내지 닫혀진 체계로 보는가 혹은 현실공간을 향해 열려 있는 의미체로 보는가 하는 논란은 이미 훨씬 전부터 있어 온 것이지만, 열려 있는 의미체로서의 문학을 이해하는 데에도 적지 않은 시각의 차이가 나타났다. 70년대 문학비평의 주요 조류를 결집하고 움직이는 데 중요한 몫을 담당하였던 두 계간지 《創作과 批評》과 《文學과 知性》의 특징적인 성격은 바로 이 점에서 당대의 비평이 모색하였던 바를 대표할 만하다. 小市民文學論, 市民文學論, 리얼리즘 논쟁, 민족문학론, 민중문학론 등 광범한 진폭을 가진 이 시기의 주제들과 그 밖의 많은 비평적 성취를 여기에 대강이나마 소개한다는 것은 어려운 일이며, 또 굳이 어설픈 요약의 필요를 느끼지 않을 만큼 그 대부분의 문제는 우리가 속한 이 연대까지 이어지고 있다. 다만, 여기서 한 가지 확실하게 말할 수 있는 점은 1970년대에 있어서의 풍부한 비평적 활력과 성취는 평온한 시대의 산물이 아니라 극도의 현실적 긴장 속에서 문학과 사회 및 인간존재의 있어야 할 모습을 해명하려는 실천적 모색의 과정에서 이루어진 것이라는 사실이다. 그리고 그것은 우리가 속한 오늘의 연대에도 기본적으로 연속되는 책무라 할 것이다.

6 文學作品의 流通과 書册

　문학적 소통의 한편에는 창작자가 있고 다른 한편에는 受容者가 있
다. 문학행위는 그 형태가 아무리 복잡하다 해도 이 둘 사이에 작품이
전달되어야 성립한다. 작품의 전달·유통이란 우리가 평소에 별로 관
심두지 않는 사항이지만, 문학이 사람살이의 한 부분으로 출현한 이래
그 물질적·사회적 형태를 다양하게 바꾸면서 문학의 성격에도 커다란
영향을 끼쳐 왔다. 이와 같은 중요성을 염두에 두고 우리는 한국문학의
역사적 전개 과정에서 문학작품의 유통과 상업적 출판이 급속하게 발
달하기 시작한 시기인 조선 후기의 국문문학에 다소 큰 비중을 두어 그
전달구조의 주요 양상을 개관하고자 한다. 물론 여기에서 다루는 내
용은 극히 소략하고도 불균형한 것일 수밖에 없으나, 이를 통해 우리
는 문학 현상의 사회적 토대와 구조를 파악하고 작품 주변의 제반 연

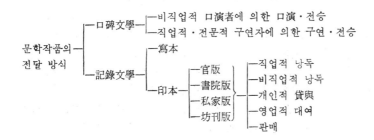

관사항들이 어떻게 문학 내부의 자질과 결합하는가를 이해하는 데에 얼마간의 기본적 도움을 얻을 수 있으리라 생각한다.

　문학작품이 전달·유통·傳承되는 방식은 역사적으로 무척 다양하였다. 이해의 편의를 위해 그것을 앞의 표와 같이 간략하게 정리해 볼 수 있다.

口碑文學의 口演·傳承

　구연과 기억에 의하여 전승·유통되는 구비문학은 문학적 전달의 원초적 형태이다. 뿐만 아니라 기록문학의 발달 이후에도 기층적인 문학의 존재방식으로서 그것이 오랜 동안 광범한 분포를 유지하였음은 두말할 나위도 없다. 고대의 叙事詩, 呪歌, 서정가요, 고려속요, 각 시대의 수많은 민요와 설화, 雜歌, 巫歌, 판소리, 民俗劇 등이 다 이에 속한다. 또한, 鄕歌 가운데의 4구체는 口碑詩歌 형식이었거나, 적어도 그러한 부류의 작품들이 우세하였으리라 짐작된다. 시조와 가사는 기록전승과 구비전승의 상호보완적 작용에 의하여 전달·유통되었다. 野談은 성격이 극히 다양하여 일률적으로 말할 수 없으나 그 상당 부분이 시정에 떠돌던 이야기의 문헌정착 및 윤색·개작이라는 점은 명백하다.

　이처럼 오랜 기간에 걸쳐 다채로운 양식들이 의존해 온 문학적 구연의 여러 형태를 이 자리에서 자세히 설명하기란 어려운 일이지만, 모든 구비문학에 공통되는 전승상의 기본 특징을 잠깐 언급해 두는 것은 쓸모가 없지 않을 듯하다. 우리는 그것을 現場性·流動性의 두 가지로 집약할 수 있다.

　구비문학은 음성언어의 형태로 성립하고 전달되므로 구연자(혹은 놀이꾼)와 그의 구연·놀이 행위를 보고 듣는 사람들이 한데 모인 현장 속에 존재한다. 다시 말하여, 구비문학 작품은 구연하는 이의 입에서 나오자마자 현장의 시간을 통과하여 사라지는 것이다. 구연자나 청중은 물론 다음 기회에 그것을 재생할 수 있다. 그러나 새로운 구연은 앞의 구연과 조금이라도 달라지게 마련이므로 엄밀하게 말해서 완전히 동일한 재생은 불가능하다. 이러한 차이를 일으키는 데는 작품 내용만이 아니라 구연에 따르는 여러 상황적 요소가 작용한다. 구연의 시간, 장소, 동기, 참석자들의 관계, 분위기, 구연자의 어조·표정·

몸짓, 듣는 이들의 반응 등이 그것이다. 기본적으로 같은 작품이라 해도 이런 요소들이 달라짐에 따라 그 세부적 모습이 같을 수 없으므로 현장성은 구비문학의 생명이라고까지 말하기도 한다.

기록에 의해 정착되지 않고 현장에서의 구연을 통해 끊임없이 의식적·무의식적인 변형을 입기 때문에 구비문학은 불가피하게 유동성을 띤다. 따라서 구비문학에서는 기록문학과 같은 의미의 단일한 작품 내지 원본이라는 개념이 성립하기 어렵다. 尹善道의 「漁父四時詞」와 蔡萬植의 「太平天下」는 엄밀하게 검증된 텍스트를 놓고 이것이 바로 그 작품이라 할 수 있지만, 「오누이 壯士 힘내기」 전설이라든가 「晋州 낭군」같은 민요는 서로 조금씩 다른 종류의 구연이 다 그 나름의 개별적 작품(各篇, version)이면서 동일 작품(類型, type)의 변이형으로 인정되기도 하는 것이다. 이야기꾼은 그의 개인적 취향이나 형편에 따라 설화의 어떤 내용을 좀더 실감나게 손질하여 구연할 수 있으며, 때로는 그 일부를 생략 혹은 변경한다. 모내기할 때 부르는 「모노래」는 전승적 가사를 많이 이용하지만, 先唱者의 재간과 그때그때의 분위기에 따라 새로운 노래토막이 끼어들거나 일부가 즉흥적으로 개작 또는 창작되는 일도 흔하다. 이와 같은 유동 과정이 오래 계속되면서 구비문학에는 새로운 요소들이 積層되고, 완만한 가운데서도 끊임없는 변화가 계속된다.

이러한 공통적 특성은 물론 모든 구비문학 양식에 똑같은 정도로 해당하는 것이 아니어서, 문학행위의 종류 및 담당층에 따라 적지 않은 차이가 발견된다. 여기에서 구비전승을 비직업적 구연자에 의한 것과 직업적·전문적인 구연자에 의한 것으로 나누어 살펴야 할 필요가 등장한다.

비직업적 구연자란 각자의 생업을 가지고 살아가면서 생활상의 자연스러운 계기에 따라 이야기와 노래를 주고받는 일반 민중들을 말한다. 이들 가운데도 이야기나 노래에 특별한 재주가 있어서 남다른 대접을 받는 사람이 마을마다 있기 마련이다. 그러나 그들까지를 포함하여 비직업적 구연자들은 노래·이야기 등의 구연 행위가 자신의 사회적 위치나 물질적 보상에 뚜렷하고도 지속적인 관련을 맺지 않는다는 점에서 공통점을 가진다. 대부분의 민요와 설화는 이들에 의해 구연·유통되었다.

직업적 구연자란 특정한 구비문학의 구연이 그의 직업(또는 직업적 행위의 중요부분)이거나, 半職業的으로 전문화된 일인 사람을 가리킨다. 굿을 하면서 巫歌를 부르는 무당, 판소리를 창하는 歌客(소리광대), 잡가를 부르는 三牌·四契축 같은 집단들이 전형적인 예이다. 풍부한 입담과 이야기거리를 밑천삼아 각지를 돌아다녔다는 이야기 장수도 여기에 속하고, 길거리에서 대중을 상대로 소설책 읽는 것으로 생업을 삼은 傳奇叟는 기록문학의 구연 전달이라는 독특한 위치에서 활동한 존재로 볼 수 있다. 고려속요를 宮中 樂歌로 전승하여 후일에 정착되게 한 당시의 樂工과 妓女들도 전문적 구연자의 부류에 속한다. 문헌적 증거는 없으나 古朝鮮·扶餘·高句麗 등 고대국가의 始祖神話가 당시의 국가적 祭典에서 불린 건국 서사시였다면, 이를 가창한 인물도 특별한 직능을 부여받고 이에 상응하는 수련을 거친 구연자였으리라 보아 마땅하다.

이러한 전문적 구연자들 역시 구비문학의 일반적 속성에 제약받음은 물론이다. 하지만 그 정도와 방식은 구연 행위의 종류에 따라 크게 다르다. 비직업적 구연자들의 경우에는 상황에 따른 구연상의 변화에 의도적 요인 못지않게 기억의 부실이라든가 적절한 표현언어 구사의 불충분 같은 소극적 요인이 많이 작용한다. 그러나 숙달된 전문적 구연자들에게는 그러한 일이 극히 적다. 그 대신 그들은 자신의 기량을 돋보이게 한다든가 구연 상황에 적절히 대응하고 청중의 반응을 유도하기 위한 적극적 변이를 더 많이 추구한다.

하지만 여기에도 두 가지 상이한 방향이 있음을 유의해야 한다. 구연 행위의 기능·성격에 따라 어떤 양식은 가능한 한 전승적 원형에 충실할 것이 기대되는 반면에, 다른 양식에서는 상당한 정도로 융통성 있는 변형 및 개작이 허용된다는 사실이 그것이다.

역대 왕조의 궁중 儀式 및 宴樂에 쓰인 노래라든가 종교적 제전에서 불린 呪歌는 전자의 부류에 속한다. 고대의 건국서사시가 존재하였다면 그것 역시 이와 마찬가지였을 것이다. 이들은 당대의 구연자와 수용자 모두에게 재미나는 문학행위로서보다는 존엄한 이념·자취와 祈願의 표현으로 인식되었으며, 구연자는 독립적 藝人이 아니라 특정한 직능을 위임받은 존재이기 때문에 전승의 원형을 함부로 바꾸지 못한다. 이런 종류의 구비문학에서는 사회구조 자체의 커다란 변혁이 없는 한 전승의 변화는 전혀 없거나 극히 완만하게 진행되는 것이 보통이다.

반면에 판소리 가객과 이야기 장수 같은 경우는 개인적 창의에 의한 구연상의 변이가 얼마든지 가능하고, 그것이 남다른 우수함을 가지기만 하면 적극적으로 평가된다. 그들이 구연하는 작품에는 신성한 원형이나 꼭 지켜야 할 공식적 규준이 있지 않다. 구연 행위에 대한 보상도 일정한 제도적 직능(司祭, 宮中의 樂工 등)에 의해 보장되는 것이 아니라 청중의 수효와 평가 정도에 따라 유동적이다. 따라서 이 부류의 전문적 구연자들은 보다 풍부한 기량과 문서(레퍼터리) 및 개성적 자질을 갖추기에 힘써야 했고, 그 결과 구연 방법과 텍스트의 발달이 활발하게 이루어졌다. 叙事巫歌의 경우에는 사정이 조금 복잡한데, 중부 지방 이남에 주로 분포된 世襲巫들을 중심으로 말한다면 원래는 전자의 관념에 입각하여 구연하다가 조선 후기 무렵에 와서 차차 굿의 世俗性・演行性이 확대되면서 후자에 더 가까워지는 현상이 나타났다고 간추릴 수 있다.

이상에서 극히 간략하게 더듬어 본 정도만으로도 드러나듯이 문학의 구비전승, 유통이란 그 세부적 형태와 성격이 대체적인 짐작보다 훨씬 다양하다. 구비문학 자체의 이해를 위해서는 물론 구비문학과 기록문학 사이의 여러 관련 양상을 밝히는 데에도 이에 대한 고려가 긴요하다.

漢文文學・郷札文學의 流通

기록문학은 또 기록문학대로 書册의 저술・편찬과 제작・보급・유통에 관여하는 여러 사항이 이리저리 얽히어 다양한 양상을 보여준다. 寫本과 印本으로 대별되는 서책의 기본 형태 가운데서 선행한 것은 당연히 사본이었고, 文字史的 요인으로 인해 국어문학보다는 한문문학이 먼저 기록에 의한 전달의 주된 대상으로 등장하였다. 그러나, 고대사회에 있어서 한문을 능숙하게 해득하는 지식층은 극히 한정되어 있었기 때문에, 한문문학의 창작・유통이 활발하게 이루어지기 시작한 것은 7세기 무렵 이후 六頭品 출신의 문인지식인들이 두각을 나타내고 神文王 (在位 681~692)때에 國學이 설치되는 등 상당한 정도의 객관적 토대가 마련되면서부터이리라 추정된다. 당시의 뛰어난 학자・문인으로 꼽히는 强首, 薛聰, 金仁問을 비롯하여 신라 말기까지의 숱한 문인들의 작품은 오늘날까지 제대로 전해지지 않는다. 그러나 9세기의 인물인 崔致遠(857~?)이 憲康王에게 올렸다는 『桂苑筆耕集』과 그 밖의 작품자료를 보면 신라 下代의 한문문학은 소통의 범위가 한정된 대로 썩 활발하게 성장해 나아갔음을 짐작할 수 있다. 한편 渤海의 경우에도 倭와의 외교적 접촉 과정에서 남겨진 한시 작품들과 당의 賓貢科에 급제한 이들의 적지 않은 수효를 보면 상당한 범위의 漢學 문인층이 형성되어 있었던 것으로 보인다.

眞聖女王 2년(888)에 魏弘과 大矩和尙이 왕명을 받들어 엮었다는 향가집 『三代目』은 아쉽게도 실전되었으나, 민속가요의 기원에서 출발한 향가가 10구체의 세련된 개인창작시 형식으로 발전하면서 전달 방법에 있어서도 구전에서 기록에로의 이동을 밟았다는 사실을 알려준다. 물론 『삼대목』에 수록된 것이든 『三國遺事』에 실려 전하는 것이든 간에 10구체 향가 모두가 반드시 기록을 수반하여 창작·전달되었다고 보는 것은 무리이다. 후대의 시조·가사 유통에서도 보듯이 인쇄문화가 발달하지 않은 시대에 있어서는 개인 창작의 기록시가라 해도 사람들에게 전파되는 경로는 구전에 의하는 것이 훨씬 우세하며, 구연에 의한 창작이 먼저 이루어지고 나서 나중에 문자로 기록되는 일도 드물지 않기 때문이다. 다만 이 경우에도 순수한 구비시가의 전승과 다른 점은 그 작품이 특정 인물의 창작이기에 전달상의 임의적 왜곡을 제한하는 原本性에의 의식이 존재하며, 기록된 작품은 광범한 독자를 위한 독서물로 통용되지 못한다 하더라도 최소한 위의 원본성을 확인·유지하는 준거로서 기능한다는 사실이다.

고려조에 들어서 향가가 쇠퇴하고 한문문학이 지배계층 전반에로 확산됨에 따라 기록문학은 오로지 한문으로 창작되거나 번역된 것만이 존립하게 되었다. 文臣貴族社會인 고려조에 있어서 문학적 교양은 사회적 立身을 위해 긴요한 자질이었을 뿐 아니라, 점차로 지배계층의 우월성 및 배타적 귀속성을 나타내는 징표로 되었다. 따라서 그들 내부의 문학적 소통은 신라 시대에 비해 더욱 광범하고 활발하여졌다. 고려 시대의 文集 중 현전하는 것은 30餘帙 뿐이나 목록상으로 확인된 總數는 무려 350여 질에 달한다는 점이 단적인 증거가 된다.

고려 前期에는 주로 사본에 의하여 문학상의 소통과 문집 편술이 이루어지다가 13세기 무렵부터는 官版 및 私家版에 의해 개인의 저술과 시문집이 간행되는 예가 많아졌다. 李奎報(1168~1241)의 『李相國集』(1251), 崔瀣(1287~1340)의 『拙藁千百』(1354)은 관판이며, 李仁老(1152~1220)의 『銀臺集』(1220년부터 1260년 사이에 간행)은 사가판으로 추정된다. 물론 이러한 판본들이 나왔다 해도 문집의 印行은 적지 않은 재력과 시일을 필요로하므로 대부분의 문학적 소통은 詩會 같은 모임과 사본에 의한 유통에 의존하였을 터이나, 인본에 의한 문학작품의 전파는 이 시대의 문학적 활기를 반영하는 동시에 그것을 더욱 촉진하는 요인이기도 했다는 점에 주목할 필요가 있다.

조선조에 와서 개인 문집 및 크고작은 규모의 문학작품집 편찬과 간행은 더욱 확대되었다. 徐居正 등이 신라 이래 조선 초기까지의 名家의 詩文을 찬집한 『東文選』(1478)은 그 중에서도 특히 주목할 만한 역사적 선집으로서, 총 154권 45책의 규모로 이루어졌다. 조선시대의 문집으로서 현재까지 전해지는 寫本·印本의 수효를 어림잡으면 약 6000여 종이 된다고 하는데, 문학작품의 교류와 보존에 대한 조선조 문인지식층의 관심이 어떠하였던가를 이로써도 짐작할 만하다.

문장과 학문을 숭상한 유교 국가의 文治主義的 기풍 속에서 문학은 士大夫의 필수적 교양이자 입신의 수단인 동시에 후세에 길이 이름을 남기는 최상의 방편이기도 했다. 사대부들은 『童蒙先習』『小學』정도를 익히는 어린 나이부터 간단한 시문을 짓기 시작하여 평생토록 자신의 재능과 생활 형편이 허락하는 대로 한시와 각종 산문을 썼다. 이 과정에서 스승이나 친지에게 글을 보내고 이를 품평, 수정, 정리하는 일이 일상사의 한 부분으로 행해졌음은 물론이다. 이미 간행된 문집은 물론 생존 인물의 작품도 이러한 교유의 다면적 얽힘을 통해 무척 빠르게 전파되었다. 문집은 본인의 死後에나 간행되기 때문에 당시에는 직접적인 만남이나 傳聞·서신 이외에는 별다른 작품 유통 방법이 없었다. 그런 시대에 생존 인물의 작품이 오래지 않아 널리 알려질 수 있다는 것은 신기한 일처럼 보이지만, 사대부 문인 세계의 문학적 소통은 이런 일이 충분히 가능할 만큼 활발하였다. 이렇게 해서 축적된 개개인의 작품은 본인이나 제자·후손들에 의해 문집으로 엮어지고, 형편이 허락하기만 하면 印本으로 간행되었다.

國文文學의 寫本 流通과 貰册業, 傳奇叟

한편 훈민정음 창제(1446)에 의해 문자화의 기틀을 마련한 국문문학은 조선 前期 동안에는 일부 官撰書籍과 소수 문집에 삽입된 것을 제외하고는 주로 사본으로써 유통되었다. 사본의 유통은 당연히 轉寫에 의한 서책의 증식을 수반하게 되는데, 처음에는 개인적 친분관계를 통한 貸與와 비직업적 轉寫만이 있었을 것이다. 그러나, 시대가 흐르면서 한글 해독층이 확대되고 옛이야기, 흥미로운 實記・見聞, 소설 등 보다 많은 사람들의 관심을 끌 수 있는 유형의 문학이 발달하면서 국문문학의 전파・유통은 새로운 국면에 접어들게 되었다. 어느 정도 직업화된 낭독자와 貰册行爲者의 출현이 그것이다. 이들의 활동이 나타나기 시작한 것은 대체로 17세기 경부터의 일이 아닌가 한다.

직업적 낭독자라는 것도 마찬가지겠지만 일정한 댓가를 받고 읽을거리를 빌려주거나 파는 사람이 처음부터 그것을 專業으로 하지 않았으리라는 점은 의심할 바 없다. 아마도 士家와 중인층 집안의 부녀자들에게 필요한 신변용품을 공급하던 방물장수 같은 이들이 개인적인 부탁에 의하여 이야기책 등의 읽을거리를 구하여 주다가 의도적으로 그럴 만한 작품을 전사하여 빌려주거나 팔기에 이르렀을 것이다. 具樹勳의 『二旬錄』에 의하면 18세기 초기 무렵에는 女裝을 한 常民이 양반 부녀자들에게 방물장수 노릇을 하면서 稗說(소설)도 읽어 주다가 간음을 하기까지 한 일이 있었다고 한다. 한글을 해득하는 부녀자들은 남의 낭독에만 의존하지 않고 스스로 읽는 기회도 가졌을 터이므로 방물장수 등에게 책을 빌거나 사는 일도 있었을 것이다. 17세기 인물인 金萬重(1637~1692)은 유배를 당한 뒤 어머니를 위로하기 위해 「九雲夢」을 지었다고 하는데, 그렇다면 그의 어머니 역시 이렇게 유통되는 이야기책을 통해 소설에 대한 어느 정도의 경험과 흥미를 가지고 있었으리라 보아야 할 것이다.

초기부터 상당 기간 동안 집집을 왕래하는 장사치들의 부수적 일거리였던 貰册業은 도시적 생활공간의 형성과 독자층 증가에 힘입어 18세기 말 혹은 19세기의 어느 시기에 일정한 점포를 차린 貰册家로 발전하였다. 이 발전은 두 가지 중요한 의의를 가진다. 첫째는 專業化된 세책가에 의해 많은 작품들이 수집・보존・개작・유통될 수 있었다는 점이며, 둘째는 시정의 평민 특히 남성 독자들이 소설을 접할 기회가 확대됨으로써 그들의 관심에 부합하는 부류의 작품들이 발달하는 데 영향을 주었으리라는 점이다. 아울러, 출입하는 독자를 지속적으로 확보해야 한다는 세책가의 생리는 뒤에 언급하는 바와 같이 坊刻本과 대조적인 방향의 소설 유통과 발달에도 뚜렷한 작용을 가하였다. 1890년부터 1892년까지 우리나라에 머물렀던 프랑스 외교관 모리스 쿠랑 Maurice Courant의 『韓國 書誌 Bibliographie Coréenne』序說 중 다음 대목은, 비록 늦은 시기의 견문이기는 하지만, 당시의 세책가가 어떠하였는가를 구체적으로 보여 준다.

값나가는 책들을 주로 취급하는 서울 중심가의 서점에서만이 책을 볼 수 있는 건 아니다. 貰冊家도 상당한 수가 있는 바, 여기에는 특히 소설이나 창가책 같은 범속한 책들의 印本 또는 寫本이 갖추어져 있고, 대개는 한글로 씌어진 것들이다. 이런 집의 책은 서점에서 팔고 있는 것보다도 더 잘 간직되고 또 종이도 더 좋은 데다가 인쇄한 경우가 많다. 책을 비는 값은 꽤 싸서 하루 한 권에 10분의 1,2文 정도이며, 때로는 현금이나 물건을, 이를테면 돈으로 몇 냥, 물건으로 화로나 남비 따위를 보증으로 받는 일도 있다. 이러한 장사가 서울엔 전에 아주 많았었으나 이젠 퍽 희귀해졌다고 한국 사람들이 내게 말해 줬는데, 시골에, 즉 松都, 대구, 평양 같은 大都會에도 세책가가 있다는 얘기는 들어 보지를 못했다. 이 직업은 이익은 박하지만 점잖은 일로 인정이 되어 있는 까닭에 零落한 양반들이 자진해서 택하는 생업이 되었다. 〈朴相圭 譯〉

위의 기록이 일부 시사하듯이 당시의 세책가에서는 소설 이외에 寫本 歌集과 歌辭, 野談, 實記 등 여타의 문학작품도 함께 취급하지 않았을까 하는 의문이 있으나 아직까지 확실하게 밝혀지지는 않았다.

소설 낭독 역시 이른 단계에서는 방물장수 등의 貰冊과 병행하여 이 집 저 집 오가거나, 잘 읽는다고 소문난 이가 때때로 불려다니는 형태가 주종을 이루다가 길거리에 판을 벌이는 직업적 낭독자가 출현하였다. 이들은 傳奇叟라고 불렸는데, 그 낭독의 재능과 형태가 매우 특이하게 직업화되어 있었다. 18세기 중엽쯤의 일을 언급한 한 기록에 의하면 소설낭독을 듣던 사나이가 작중 내용에 흥분한 나머지 낭독자를 칼로 찔러 죽였다고 하니, 소설의 절실한 호소력과 아울러 낭독자의 재능도 탁월하였음을 알겠다. 趙秀三(1762~1849)의 『秋齋記異』에 나오는 다음 기록은 따로 설명할 필요 없이 전기수의 활동 양상을 생생히 보여준다. 이 이야기 속의 청중들은 대개 시정에서 생활하는 평민 남성들이었을 것이다.

傳奇叟는 동대문 밖에서 사는데, 「淑香傳」「蘇大成傳」「沈淸傳」「薛仁貴傳」 같은 諺課稗說을 口誦한다. 매달 초하루에는 첫째 다리 아래 자리잡고, 이튿날은 둘째 다리 아래, 사흘째는 배오개(梨峴)에, 나흘째는 校洞 어구에, 닷새째는 大寺洞 어구에, 엿새째는 鍾樓 앞에 하는 식으로 옮겨 앉는다. 읽는 것이 뛰어나서 구경꾼이 가득 모이는데, 가장 중요하고도 들을 만한 대목에 이르면 뚝 그치고 읽지 않는다. 그 다음 대목을 들으려면 다투어 돈을 던져야 하니, 이것이 돈 받는 방법이라 한다.

坊刻本 出版의 成立

이처럼 사본의 세책, 판매와 낭독을 통해 소설 인구가 늘어나고 작품 또한 질적·양적인 발달을 이룩해 가는 과정에서 좀더 진보된 유통 방식인 坊刊本(坊刻本) 소설이 나타났다. 방간본이란 민간 출판업자가 영리를 목적으로 출판·판매하는 책으로서, 자본과 기술상의 문제 때문에 대개 木板 인쇄 방식을 썼기 때문에 일반적으로 坊刻本이라 불린다. 방각본의 주요 내용은 漢學·儒學의 기본 서적(千字文, 玉篇, 童蒙先習, 史略, 通鑑, 四書三經, 小學, 韻書 등), 實用書(儒胥必知, 四禮便覽, 簡牘, 天機大要 등과 각종 醫藥書), 그리고 소설로 3 대분되는데, 이들 전체의 발달 배경을 간략히 설명한 뒤 소설 출판의 양상을 다루기로 한다.

방각본 출판의 성립 시기에 관하여는 고려 肅宗(在位 1095~1105) 때부터 있었다는 설, 조선조 中宗(在位 1506~1544) 때부터라는 설 등이 있으나, 이러한 기원을 인정한다 하더라도 그 본격화는 壬辰倭亂·丙子胡亂을 거친 17세기 초기 이후로 추정된다. 이 무렵에 방각본 출판이 본격화된 데는 다음 세 가지 조건이 작용하였다.

i) 서책에 대한 수요의 현저한 증가
ii) 민간상업자본의 발달
iii) 工人들의, 官營手工業體制로부터의 이탈

이 가운데서 i)의 조건은 신분제적 질서의 弛緩과 평민층의 사회경제적 성장이라는 배경 요인에 의해 근본 바탕이 형성되고, 壬・丙 양란 통안에 막대한 수량의 서적이 손실된 것이 여기에 또 하나의 당대적 특수요인으로 작용하였다. 이로 인해 조정에서는 전란의 상처를 수습하면서 새로운 印行 사업을 벌였으나 광범한 수요를 충족하기에는 크게 미흡하였다. 이에 지방의 유력자들이 漢學과 실용에 긴요한 주요 서적들을 보급하고자 제작한 私家版 성격의 서책이나 刻板이 한정된 목적을 충족한 뒤 상인들에게 넘어가 판매되기 시작함으로써 방각본 발달의 계기가 이루어진 듯하다. 지금까지 수집된 방각본 중 이른 시기의 몇 가지를 들면, 全州 西溪 開板『史要聚選』(1648), 全州版『童蒙先習』(1654), 泰仁版『明心寶鑑抄』(1664, 출판자 孫基祖), 武城(泰仁)版『古文眞寶』(1676, 田以采), 『農家集成』(1686, 田以采・朴致維) 등이 있다. 괄호 안에 적힌 출판자 田以采・朴致維 등은 衙前이었던 것으로 알려졌다. 이들은 관청의 행정 실무와 더불어 세상 물정에 밝고 서적의 제작・보급에 관한 여러 일들을 감당할 만한 수완과 재력을 갖추고 있었기에 민간 출판업자의 일을 겸하거나 그쪽으로 轉身하였으리라 생각된다.

ii)의 조건 즉 민간 상업자본의 발달에 따른 출판자본의 성립 과정은 아직 자세히 연구되어 있지 않지만, 그 개연성은 뚜렷하다. 경제사 연구의 성과에 의하면 17세기 경부터 私商・都賈 등 자유상인들이 많이 나타났던 바, 특히 17세기 중엽에 大同法이 전국적으로 확대되면서 貢人・상인들의 경제활동이 크게 성장하였다. 이렇게 해서 상품・화폐 경제가 발달하면서 상인자본의 일부가 다수 독자의 수요를 대상으로 한 상업적 출판에 참여하게 됨은 자연스러운 추이이다.

17・18세기에 있어서의 官營手工業體制 붕괴는 工人들이 보다 자유로이 생산활동에 참여할 수 있도록 함으로써 방각본 출판의 기술적 토대를 제공했다. 새로운 상품경제 체제 속에서 공인들이 취할 수 있었던 선택 유형은 두 가지로 대별된다. 그 하나는 소규모의 自營手工業을 경영하는 것이며, 다른 하나는 일정한 생산자본 아래서 보수를 받고 일하는 雇工이 되는 것이다. 서적의 출판은 생산과정이 복잡하고 많은 인력・기능이 필요하며 투입된 비용의 회전 기간이 비교적 길기 때문에 방각본 출판에 관련된 공인들은 대개 고공으로 활동하였으리라

추정된다.

이처럼 수요·자본, 기술의 일정한 성숙 위에서 본격화된 방각본 출판은 전국적으로 여러 지역에서 이루어졌으나, 주요 출판지는 서울·全州(完山)·安城·泰仁·羅州 등을 꼽을 수 있다. 이 가운데서 19세기까지 지속적으로 출판이 성행한 곳은 서울·전주·안성의 세 지역이다. 방각본 출판에 적합한 지역은 板木과 용지의 공급이 원활하고 상업교역이 편리하며 독자의 수요가 많은 곳이라야 하겠는데, 이들 출판지는 그런 점에서 유리한 점이 있었던 듯하다.

방각본의 품질은 물론 官版本, 書院版本, 私家版本에 비하여 떨어진다. 국가적 목적이라든가 佛事나 書院, 가문의 영예를 위하여 만드는 책들은 많은 비용과 정선된 기술·자재를 투입하지만, 방각본은 그렇게 하기가 어렵기 때문이다. 이로 인해 방각본은 책의 크기(판형이 큰 책은 더 큰 판목과 많은 용지를 필요로 하기에 책의 생산비를 높인다), 板刻의 정밀도, 용지의 질 등에서 썩 장중하거나 우수하지 못한 것이 보통이다. 그러나, 주로 책의 외형에 관련된 미흡함에도 불구하고 조선 후기의 문학사에서 방각본이 담당한 역할은 막대한 것이었다. 그것은 종래에 소수의 지배층에 독점되다시피했던 문자문화를 훨씬 넓은 영역에로 개방하는 데 결정적인 구실을 하는 한편, 독서 인구의 확대와 함께 脫中世的 욕구와 의식의 확산에도 적지않이 기여하였다. 이 중에서 후자의 측면에 특히 중요한 몫을 담당한 종목이 소설 방각본이다.

坊刻本 小說의 발달

방각본 소설은 18세기 초 무렵부터 출간되었으리라 추정된다. 지금까지 확인된 가장 이른 자료는 丁奎福 교수 所藏의 『乙巳本 九雲夢』(漢文本)인데, 그 刊記에 〈崇禎後 再度乙巳 金城午門 新刊〉이라 찍혀 있다. 이는 곧 위의 책이 1725년에 羅州 南門 부근의 민간출판업소에서 나왔음을 말하는 것이다. 소설은 한학서와 실용서보다는 늦게 방각본화하였을 터이므로 『을사본 구운몽』이 최초의 것이 아니라면 방각본 소설이 처음 출현한 시기는 17세기 말쯤에서 1725년 사이의 어느 때가 될 것이다.

한글 소설 방각본은 이보다 늦게 나왔으리라 짐작되나, 그 시기가 언제쯤인가는 아직 불분명하다. 방각본에는 언제 어디서 간행되었는가를 밝히는 刊記가 없는 것이 압도적으로 많으며, 특히 한글소설들이 더욱 그러하다. 또 기록되어 있는 간기도 대개 〈乙巳〉〈丙午〉〈戊申〉 등과 같이 六甲法으로 연대를 나타냈기 때문에 절대 연대 판정이 60년 혹은 120년을 오르내릴 수 있다. 현존하는 한글소설 방각본 가운데 가장 이른 때의 것이 아닌가 짐작되는 『別春香傳』(丙午版 烈女春香守節歌의 先行本)과 『三說記』(戊申十一月 油洞 新刊)의 간행 시기를 각각 1846(丙午)년 직전과 1848(戊申)년으로 내려잡아야 하는가에 대해 회의적인 견해들이 있는 것도 이 때문이다. 한문본 방각본 소설이 18 세기 초(늦어도 1725년)에 나온 점을 고려하면 그 보다 시장성이 못하지 않은 일부 인기 종목의 한글소설이 적어도 반 세기 이내에 나오지 않았을까 하는 추정이 자연스럽다. 그렇다면 한글소설 방각본은 18 세기 초에서 중엽 사이의 어느 때에 성립했으리라는 가설을 세울 수 있다. 李德懋(1741~1793)가 소설을 비난한 「嬰處雜稿」라는 글 가운데 몇몇 시골 훈장들이 소설을 지어 판각해 가지고는 책가게에 팔았다는 이야기가 나오는데, 이 역시 18 세기에 방각본 소설이 존재하였다는 증거가 된다.

이렇게 18 세기에 발달하기 시작한 방각본 소설은 19 세기에 와서 크게 성행하여 많은 작품들이 쏟아져 나왔다. 20 세기 초기 이후의 약 반세기 동안 수많은 자료가 일실된 때문에 그 수효를 정확하게 헤아릴 수는 없으나, 『古小說板刻本全集』(金東旭 編)으로 영인되어 있는 것만도 179종이나 되는 만큼, 출간된 방각본 소설의 총수는 이보다 훨씬 많았으리라 생각된다. 이들의 대부분은 한글소설이며, 서울(京板), 전주(完板), 안성(安城板)이 주요 출판지이다. 경판은 대개 흘림체의 잔 글씨를 썼고, 縮約本이 많으며, 내용과 문장을 비교적 세련되게 다듬은 경향을 보인다. 완판은 읽기 쉬운 諧書體의 글씨를 썼고 내용이 보다 풍부한 경우가 많다. 안성판은 경판과 체제·내용이 비슷하여 그 亞流的 성격이 짙다.

방각본 소설의 독자층은 지역에 따라 다소 차이가 있겠으나 士家와 중인층의 부녀자 및 평민층 남성들이 주요 독자였으리라 믿어진다. 이들은 물론 방각본을 사서 읽기만 한 것이 아니라 다른 사람으로부터 빌거나 상호 교환하여 읽고 다시 필사하며 가까운 이들이 모인 자리에서 낭독하는 등 다양한 방법으로 작품의 유통에 관여하였다. 이 과정에서 작품의 문면과 내용에 의식적·무의식적인 변이가 가해져서 새로운 이본이 파생되고, 때로는 작품의 성격을 크게 바꿀 정도의 개작이 이루어지기도 하였다. 방각본 소설은 그 자체가 처음에는 특정 사본의 판각에서 出발한 것이거니와, 방각본으로의 성립 이후에도 사본 전승과의 다양한 연관을 형성하면서 새로운 판본에로의 전이를 계속하였다. 「春香傳」「洪吉童傳」「沈淸傳」「趙雄傳」 등 인기있는 작품들의 경우 각각 10여종에서 7, 8종에 이르는 방각본과 대개 이보다 많은 수효의 사본들이 공존하는 것도 여기에 원인이 있다.

한편 18, 19세기에는 소설 창작 및 개작에 종사하는 얼마간 전문화된 작자들이 出현하였으며, 특히 방각본 출판과 貰冊業이 현저하게 발달한 19세기에 그 활동이 컸던 것으로 보인다. 이들은 일부 특이한 창작 의욕을 가진 사대부들을 제외하고는 대체로 몰락 양반과 중인층에서 나왔으리라 추정된다.

그들은 물론 오늘날의 소설가와는 상당한 거리가 있다. 당대에는 국문소설이 누구에게나 개방되어 있는 이야기로 여겨졌기 때문에 그 창작이나 개작을 특정 작가의 독립적 예술행위로 보는 관념이 희박했다. 영리를 목적으로 하는 상인이 출판의 주체(板主)가 되는 방각본 소설에서는 더욱 그러하였다. 板主 혹은 세책가의 요청에 따라 소설을 새로 짓거나 개작·潤色·축약·부연하는 작자들은 그들의 일에 따라 댓가를 받는 직능인으로서의 성격을 떠날 수 없었던 것이다. 아울러, 양반 출신 작자의 경우에는 소설 창작이 자신의 이름을 떳떳이 드러낼 만큼 명예로운 일이 아니라는 유교적 가치의식에도 제약을 받았을 것이다. 그러나 독립된 작가로서의 자기인식이 엷다 해도 소설의 창작·개작은 근본적으로 인물과 사건의 구조 속에 자신의 세계관을 투영하고 잠재적 독자층의 욕구를 반영하는 행위이기때문에, 이들 작자층에 대한 연구는 여러 측면에서 좀더 심화될 필요가 있다.

조선 후기 소설의 발달에 크게 기여하면서 그들 나름의 작가적 성장을 이룩해 나아간 직업적 작가층의 계보는 일부 新小說 작가에까지 이어지는 듯하다. 신소설 작가 가운데서 가장 뛰어난 소설적 기량을 지닌 인물인 李海朝가 구소설 즉 고전소설의 창작 경력에 기반을 둔 인물이라는 점이 그 단적인 증거이다.

소설을 보급함으로써 이윤을 얻는다는 점에서 방각본 출판업자와 세책가는 기본적으로 동일하지만 그 영업 형태가 다르기 때문에 소설의 발달과 분화에 끼친 영향도 적지 않은 차이를 보인다. 방각본 출판에서는 소수의 작품으로 많은 판매부수를 올리는 것이 단연코 유리하다. 즉, 하나의 책으로 500부를 파는 것이 세 권의 책으로 합계 500부를 파는 것보다 이윤이 높은 것이다. 따라서 방각본 출판업자는 찍어내는 작품 수를 무작정 늘리기보다는 가능한 한 시장성이 좋은 작품의 집중적 출판을 즐겨하였다. 아울러, 작품의 규모가 클 경우에는 그만큼 책값이 비싸져서 광범한 독자들의 구매력에 맞추기 어려우므로 분량이 그다지 많지 않은 작품을 택하는 현상도 자연스러운 추세이다. 이로 인해 방각본 소설 출판에서 규모가 큰 大作은 회피되었으며, 일단 선택된 작품에도 종종 縮約的 潤色이 가해지고는 하였다.

세책가는 이와 반대로 가능한 한 많은 작품을 가지고 있는 편이 유리하고, 한 작품의 규모가 큰 것도 오히려 환영할 만한 일이었다. 소설을 빌어 보는 독자들은 하나를 읽고 나서 대개 새 작품을 찾는 법이니, 보유한 작품 수가 많을수록 좋다. 또, 한 작품의 분량이 많아서 여러 책으로 나뉘어 있으면 그만큼 세책료를 더 받을 수 있으니, 분량을 줄이기는커녕 오히려 더 재미나게 부연하게 늘이기라도 할 일이다. 따라서 세책가는 전래의 필사본이든 방각본이든 많은 작품을 모으기에 힘쓰지 않을 수 없었고, 이 과정에서 새로운 작품의 창작이나 기존 작품의 확장·개작이 적지않이 이루어진 듯하다. 현존하는「춘향전」가운데 가장 길고 내용이 다채로운『南原古詞』(전 4책)는 바로 세책가에서 보유하였던 필사본이다. 작으면 수십 책, 크면 백 수십 책에 달하는 엄청난 규모의 대작들인 樂善齋本 小說(家門小說) 역시 서울지방의 세책가를 통하여 宮人들의 읽을 거리로 조달되었으리라는 추정이 유력하다.

近代的 印刷術과 文學流通

19세기 말에 도입된 근대적 인쇄 기술은 문학작품의 보급·유통에도 커다란 변화를 초래하였다. 납 활자를 사용한 조판·인쇄는 工程이 훨씬 빠르고 비용이 저렴하였기 때문에 목판 인쇄에 의한 방각본보다 여러모로 유리하였다. 아울러 이 시기에 와서는 전국적인 교통의 편의, 상업 유통의 발달, 그리고 독서층의 급격한 증가에 힘입어 서적의 시장성도 뚜렷하게 확대되었다. 1900년대부터 숱하게 쏟아져 나온 이른바 〈六錢小說〉은 바로 이러한 시대적 조건의 산물이다. 이들 가운데에는 종래의 방각본 소설 종목이 활자본으로 전환된 것, 『王樓夢』처럼 분량이 많아 사본으로만 읽혀오다가 새로이 활자화된 것, 고전소설의 새로운 윤색, 그리고 신소설 등 여러 종류가 섞여 있었다.

인쇄술의 발달로 인한 출판의 용이성과 각종 신문, 學會報, 잡지의 출현은 이 밖의 전통적 문학양식에도 보다 넓은 전달의 지평을 열어줌과 동시에 당대가 요구하는 여러 종류의 새로운 문학들이 출현하게끔 하는 통로가 되었다. 개화기의 이념과 현실의식을 담은 산문들, 사회 비판적 歌辭와 時調, 唱歌, 新體詩, 新小說, 歷史·傳記類 등이 이에 힘입은 주요 종목들이다. 여기에는 물론 구질서의 붕괴에 따른 한문의 퇴조와 국문 사용의 보편화라는 사회·문화적 요인이 크게 작용하였지만, 기술적 진보에 의해 책이라는 것이 많은 사람들이 쉽사리 구득할 수 있는 물건으로 가까워진 점 또한 가벼이 생각할 수는 없다.

문학의 전달·유통에 있어서 인쇄된 서적이 차지하는 역할은 이 시대 이래 오늘날까지 거의 절대적이라 해도 지나친 말이 아니다. 물론 인쇄문화의 광범한 보급 이후에도 구비문학은 존속하였고, 특히 20세기 전반의 험난한 역사 속에서 민중들의 뼈아픈 체험이 구전민요와 이야기의 형태로 표출되어 그 나름의 의의를 발휘하기도 했다는 점은 당연히 주목되어야 한다. 그러나, 전통사회의 구조와 촌락공동체 생활양식이 붕괴하고 글을 통한 전달이 보편화된 이후의 시대에서 문학이 어떤 기술로든 複製된 책을 매개로 하여 유통된다는 것은 불가피하고도 자연스러운 일이다. 오늘날의 影像文明이 더욱 발달함에 따라, 그리고 다른 한편으로는 개인의 고즈넉한 독서행위 대신 보다 역동적·집단적인 체험의 양식을 통해 문학을 나누려는 시도가 어떤 결실을 맺음에 따라, 문학과 책 사이의 관계는 지금과 얼마만큼 달라질 수도 있을 것이다. 그러나 그 경우에조차도 문학이 언어예술인 한 〈읽는다〉는 일은 여전히 문학의 중심 영역으로 남을 수 밖에 없으리라 생각된다.

20세기 초기 이래의 문학을 그 전달·유통의 방식과 관련하여 살피면서 우리가 주의해야 할 더 절실한 사항은 그것이 내용상으로는 어떻든 일단은 책이라는 상품으로 다수의 독자들에게 판매된다는 점이다.

표현이 다소 이상할지 모르지만 오늘날의 문학 서적은 정부 또는 비영리 사회사업 기관의 出刊物이 아닌 한 모두 坊刊本이다. 즉, 출판업자가 일정한 收支의 예측 아래 생산하여 다수의 독자들에게 파는 상품인 것이다. 너무도 당연한 말이지만, 많이 팔리는 책은 출판자와 작자에게 보다 많은 댓가를 돌려준다. 이 자체는 꼭 부정적으로 여길 필요가 없는 현상이다. 문제는 이러한 댓가가 독자에게 무엇을 준 결과인가에 달려 있다. 그것은 시인·작가가 끊임없는 모색과 괴로운 창작 행위를 통해 보다 많은 사람들의 삶에 절실한 어떤 문제를 진정한 형상으로 그려낸 데 따른 것일 수도 있고, 이와 반대로 값싼 위안과 기만을 솜씨있게 엮어내서 널리 뿌리는 데 성공한 때문일 수도 있다. 여기에서도 우리는 문학작품의 전달·유통 구조가 단순히 문학 밖에 있는 사실이 아니라 문학 자체의 내부에 그 핏줄이 닿아 있는 요소임을 생각하게 된다.

7 韓國文學의 位相

　사람은 과거로부터 현재에로 이어지는 시간의 흐름 위에서 미래를
내다보면서 살며, 자신을 둘러싼 세계의 多面的 연관 속에서 인식하고
행동하지 않을 수 없다. 한 개인 또는 역사집단이 필요로 하는 자기
이해는 이러한 시간적·공간적 연관의 전체에 대한 성찰에 근거함으로
써만이 온당한 것으로 정립된다. 이러한 논법으로 말한다면 오늘날의
한국문학 역시 아득한 옛날부터 현재에 이르기까지 우리 민족 成員들
이 이루어 온 언어적 형상의 산물인 동시에, 혹은 가깝고 혹은 먼 여
러 문학과 더불어 다양한 관련을 맺음으로써 스스로의 주체를 확대한
결과라 할 수 있다.

　지금 여기에 있는 자아 이외의 것을 모두 他者라 한다면 과거의 문
학은 오늘날의 문학에 대해서 타자이며, 외국문학은 또 한국문학 전체
에 대해서 타자이다. 그러나, 타자와 나와의 관련에 대한 성찰에 발
딛지 않고는 참다운 자아의 인식도 성립할 수 없다. 그럼에도 우리는
이 책 앞부분의 일부 내용을 제외하고는 이제까지 학국문학의 여러
국면을 나누어 설명하는 데 치중하여 이 문제를 집중적으로 다룰 기회
를 마련하지 못했다. 따라서, 한국문학의 전체적 이해에 관련하여 근
년까지 자주 거론된 바 있는 두 가지 중요한 문제를 여기에 검토·정
리합으로써 한국문학 이해의 현재적 전망을 점검하는 데 디딤돌을 삼
고자 한다. 그 하나는 고전문학과 현대문학의 관련 양상에 대한 접근
시각의 문제이며, 다른 하나는 민족문학의 의미 및 세계문학과의 連帶

라는 문제이다.

(1) 古典文學과 現代文學

대체로 19세기 말까지의 우리문학을 고전문학이라 하고, 그 이후
의 우리문학을 현대문학이라 부른다. 역사적 전체로서의 한국문학을
이처럼 양분하는 것은 엄밀한 검토에 따른 귀결이 아니라 해묵은 관습
일 뿐이지만, 그 관습적 통용가치는 아직 널리 받아들여지고 있다.
이러한 구분을 단순히 편의적인 조처로만 인정하는 한 별다른 문제는
없을 듯이 보인다. 그러나, 이 관습이 정착되기까지의 시대를 지배했
던 二分法的 文學史觀을 생각하거나, 논리상으로 비판된 뒤까지도 존
속해온 관습적 사용이 우리 시야에 미치는 실질적 작용에 주목할 때,
우리는 그 바탕에 잠재한 분할논리의 함정을 가벼이 여길 수 없다.

二分法的 思考의 克服
이것은 문학만이 아니라 우리의 문화와 역사 전체를 파악하는 전망
의 문제에 속한다. 두말할 나위 없이 19세기 후반 이래의 약 1세기
간은 우리 역사상 가장 심각한 사회·문화적 격변이 진행된 시기였
다. 이와 같은 진행 과정 가운데서도 가장 뚜렷한 전환적 계기를 구명
하고 그 앞뒤의 시대에 다른 이름을 붙여 구분하는 것은 당연한 일이
다. 하지만 어떤 시대구분도 그러하듯이 이러한 구획이 두 시대 사이
의 연속성을 부인하는 단절론을 필수적 요소로 전제하는 것은 아니
다. 물처럼 이어져 흐르는 역사에 우리가 인위적인 선을 그어서 구획
하는 것은 그 사이에 어떤 의미 깊은 질적·양적 차이가 존재하기 때
문이지만, 이 차이는 동일한 집단이 이끌어 온 삶의 역사적 連續相을
토대로 하는 것임을 주목해야 한다.
우리문학을 고전문학과 현대문학으로 양분하는 관습의 바탕에 놓
인 근본 위험은 바로 이와 같은 역사적 연관을 외면하고 모든 것을
부정·단절·비약으로 설명하려 했던 식민지 시대 이래의 편견에 있
다. 〈우리는 先祖도 없는 사람, 부모도 없는 사람으로 今日 今時에 天
上으로 吾土에 降臨한 新種族〉으로 자임하며 새로운 문화 건설을 제창

한 1910년대에 李光洙의 말이나, 〈현재 문화영역에 잇서서 우리들의 사고를 지배하고 잇는 것은 아모리 보아도 조선 전래의 것이 아니라 서양문화에서 온 것〉으로서 〈이것은 今後도 계속될 것이며, 또 계속시 켜야 할 것〉이라는 1930년대 崔載瑞의 발언에서 그러한 지적 풍토의 단면들이 역력히 나타난다.

이같은 시각에서 고전문학과 현대문학이 전혀 이질적인 두 개의 문학처럼 보이는 것은 자명한 귀결이다. 고전문학은 19세기 말, 20세기 초의 사회문화적 격변에 의해 존재 기반을 상실하고 실효된 문학이며, 현대문학은 그 황폐한 터전에서 서구 근대문학을 모형으로 하여 성립한 별개의 문학이라 여기는 태도가 위의 분할논리와 짝이 되어 상당 기간 동안 통용되었던 사실 또한 새삼스레 재론할 필요가 없다. 우리문학에 대한 근대적 연구가 출발한 이래 1950년대 말까지 이와 같은 분할논리가 지배적 도식으로 작용함으로써 고전문학과 현대문학은 비록 한 그릇에 담겨 있으되 물과 기름처럼 이질적인 원천, 성격을 지닌 異腹兄弟로 취급되는 것이 상례였다. 이 시기의 연구 성과를 집약한 대표적 문학사인 『國文學全史』(李秉岐·白鐵, 1957)와 『國文學史』(趙潤濟, 1949. 改稿 및 현대문학 부분 增補, 1963)가 고전문학과 현대문학을 별개의 문학사처럼 나누어 기술하거나 단순히 시대순으로 접합하는 수준을 넘어서지 못한 것도 이 때문이다.

1960년대에 들어서면서 이에 대한 반성의 움직임이 나타난 것은 뒤늦은 대로 당연한 진전이었다. 반성적 재정향의 실마리는 전통의 단절·계승 문제를 둘러싼 논쟁으로부터 준비되었다. 당시의 제3공화국 정권이 사회경제적 지표로 내걸었던 〈조국 근대화〉의 구상은 급속한 산업화를 최대 목표로 삼으면서 이에 긴요하지 않은 듯이 보이는 전통적 가치와 문화에 대해 부정적인 흐름을 조성하였다. 예전에도 간헐적으로 대두한 바 있던 전통 문제가 이러한 상황에 대응한 비판 논리의 성격을 띠고 본격화되었다. 그 내용은 여기에 간단히 요약할 수없을 만큼 다양하지만, 논의의 대체적인 흐름은 과거의 문화를 일률적으로 부정하는 것은 잘못이며, 가치 있는 전통 유산을 현대 사회의 요구에 부응하는 형태로 계승·재창조함이 바람직하다는 방향으로 전개되었다. 국사학계를 중심으로 하여 활발하게 거론된 植民史觀 극복 논의도 근대사 인식의 二分法的 통념에 대한 반성을 촉구하였다.

可視的 連續性論의 문제

1960년대 말 이래 최근까지 증폭되어 온 〈우리의 것〉에 대한 열정적 관심, 전통문화·예술의 발굴과 재평가 작업 등은 이러한 맥락에서 마땅히 이루어져야 할 과제가 구체화된 것이다. 국문학을 연구하거나 비평 작업에 종사하는 이들 역시 이에 호응하여 종래의 일면적 태도를 지양하고 고전문학과 현대문학을 아울러 다루는 과제에 착안하기에 힘썼으며, 더 나아가서는 두 영역 사이의 공통 특질을 추출하고 역사적 연속성을 구체적으로 입증하는 일에 적지않은 관심을 기울이기에 이르렀다.

산발적으로 지속된 이들 작업의 내용을 대강 살펴보면, 개화기 이래의 문학에서 전통적인 주제·소재·話素·구성·문체·수사·발상법·운율 등을 밝힘으로써 현대문학이 종래의 통념과 달리 많은 부분에서 고전문학을 수용·계승하고 있다는 것으로 요약된다. 식민지적 문화의식과 맹목적 근대주의에 지배되어 현대문학의 새로움이나 외래성만을 중시하던 오류에 대해 이러한 성과들이 값진 반성의 지평을 열어 놓았다는 데에는 의문의 여지가 없다. 이런 방향의 탐색은 앞으로도 더 널리 치밀하게 진행되어 마땅하다.

그러나, 이와 같은 여러 요소들의 可視的 연속성을 통해 고전문학과 현대문학 사이의 계승 관계를 밝히는 것만으로 전통 논쟁의 오랜 숙제가 해결되거나 우리 문화의 역사적 전체상이 제대로 파악되리라고 믿는다면 그것 역시 또 하나의 작지 않은 오류일 수밖에 없다. 19세기 후반으로부터 오늘날까지 우리 문학사는 치열한 갈등·변모의 충동과 함께 전개되어 왔으며, 단순한 계승의 논리만으로는 충족할 수도 설명할 수도 없는 自己改新의 과제를 압도적인 짐으로 동반하였기 때문이다. 일정한 양식, 작가, 혹은 作品群에서 고전문학과 현대문학의 공통요소를 찾아냄으로써 전통단절론의 허상이 지닌 맹점을 찌르는 일은 물론 가치있는 과업이다. 그러나 그것이 두 시대 영역 사이의 변환기적 문제들을 안이하게 덮어버리는 방편이 된다면 이 또한 잘못이다.

오늘날 우리에게 참으로 절실하게 필요한 것은 과거와 현재, 고전문학과 현대문학의 관계를 지속—단절, 수용—거부 등의 양자택일적 논법에 따라 파악하려는 접근 방법을 타파하고 일련의 역동적 轉位 과정으로 해명하는 시각이다. 사람이 자기자신 및 생활환경과의 거듭되는 투쟁을 거쳐 새로운 삶의 단계로 나아갔을 때 그는 분명히 예전의 자아의 연속이면서 그 초극이듯이, 한 집단의 변환기적 삶을 단절이냐 계승이냐라는 택일적 논리에 따라 규정하려는 시도는 역사적 추이의 실상에 어긋나는 것이다. 무생물이나 일방적 被造物이 아닌 주체의 문화를 해명하고자 하는 한, 그를 주체이게끔 하는 근본 조건인 자기 동일적 연속성과 자기 초극적 역동성은 어느 하나도 부정할 수 없는 본질적 사항이다. 말의 線型性이 부과하는 제약 때문에 우리는 이 두 국면을 나누어서 말하고 있으나 실제에 있어서 그것은 하나이다. 변화가 없는 지속이란 죽음이며, 주체의 연속성에 근거하지 않은 변화란 거짓된 겉치장만의 교체에 불과하다.

여기에서 우리는 고전문학과 현대문학 사이의, 혹은 더 세분된 시대 단위 사이의, 연속성을 특정한 요소의 可視的·線型的 지속으로서만 설명하려는 관점으로부터 벗어나야 할 필요를 발견한다. 물론 그러한 가시적 연속 또한 연속성의 일부분이며, 때로는 보다 깊은 차원의 연속성을 시사하는 증거일 수 있다. 하지만 문체·운율·구성·話素·소재 등의 가시적 일치를 동반하지 않은 基底層의 연속성이 있을 수 있고, 주제나 태도가 전혀 상반되는 듯이 보이는 사실들이 의미 깊은 연관을 맺고 있는 경우도 희귀하지만은 않다는 데에 주목해야 한다. 부정 혹은 초극을 위한 투쟁 또한 역사적 연속의 한 형태이다. 극단적인 예처럼 보이겠지만, 〈신은 죽었다〉라고 외친 니이체의 철학은 기독교적 唯一神觀과 윤리의식의 연장선에서 의미를 가지는 것이며, 따라서 서구 문화의 기독교적 흐름을 떠나서는 그것을 온당하게 파악할 수 없다. 魯迅의 阿Q도 보들레르의 『惡의 꽃』도 반드시 그 앞 시대의 문학에 어떤 가시적 지속의 관계를 맺어서 자국 문학의 역사적 연속선상에 편입되도록 허락되었던 것은 아니다.

問題的 連續性에의 視角

그러면 이런 경우까지를 포함하는 근원적 의미의 연속성이란 어떤 것인가? 우리는 그것을 〈問題的 연속성〉이라 부를 수 있을 듯하다. 이를 좀더 풀어서 말한다면 〈표면상의 일치나 유사성 여부에 관계없이, 혹은 외관상의 뚜렷한 대립과 이질성에도 불구하고, 사태의 심층 속에서 역사적 삶의 문제들이 형성하는 연속성〉이라 해도 좋다.

다시금 생각해 보면, 한 사람의 생애든 집단의 역사든 그것을 일관된 흐름으로 묶는 중심 요인은 겉모습이나 부속물 따위이기보다는 주체의 선택에 의미를 부여하고 과거의 기억과 현재의 상황을 통합하여 미래의 계기에로 나아가도록 하는 문제의 연쇄일 것이다. 우리가 살고 있는 현재란 지나간 삶의 누적적·연쇄적 움직임이 이루어낸 산물인 동시에, 아직 실현되지 않은 미래를 향하여 그로부터 역사가 움직여 나아가는 運動相의 한 국면이다. 이러한 운동적 연쇄 속에서 역사집단이 스스로의 생존을 포기하여 주저앉지 않는 한 오늘의 시대는 지난 세기와 같을 수 없고 미래의 국면은 또 오늘의 반복일 수 없다. 변화, 갱신은 살아 있는 사회와 문화의 본질이다. 그럼에도 불구하고 어떤 문화의 역사적 연속성을 말할 수 있는 것은 한 시대가 다른 시대를 외형상으로 많이 닮았다는 점보다는 앞시대가 지닌 運動量이 당대의 객관적 조건과 상호적으로 작용한 결과 다음 시대의 성취와 문제를 다시금 결과하였다는 데에 있는 것이다. 생물학적 親子關係는 혈액형이라든가 신체적 특징 등의 일치를 통해서만 입증될 터이지만, 인접한 시대 사이의 친자관계 확인은 눈에 보이는 특질들의 再歸的 출현 못지 않게 자기갱신과 초극의 모색 속에 담긴 문제적 연속성을 중요한 사항으로 밝혀야 한다.

고전문학과 현대문학 사이의 역사적 유대를 이처럼 문제적 연속이라는 차원에 비중을 두어 파악할 때 우리는 전통의 단절과 계승, 부정과 긍정이라는 도식적 택일논리의 함정으로부터 벗어날 수 있다. 우리의 고전문학과 현대문학은 그 표면적 차이를 과대해석한 논자들이 생각하듯이 아무런 내재적 연속성 없이 그대로 단절되어 있지 않을 뿐더러, 이를 부인하고자 하는 뜻에서 등장한 일련의 논의가 강조한 바처럼 이러저러한 요소나 자질들의 단순한 지속으로서만 연관을 맺고 있는 것도 아니다. 끊임없는 자기확대와 초극의 운동으로 구현되는 역사적 연속성은 종종 전통적 모티프나 양식 등의 부분적 잔존이라는 징표를 남기지만 그러한 사항들까지도 근본적으로는 표현 형식을 지배하는 문제적 연속성의 한 구성 부분인 것이다.

하나의 事例

여기에서 우리는 1930년대의 가장 〈현대적〉인 시인·작가였던 李箱
(1910-1937)을 한 예로서 생각해 봄직하다. 연작시 「烏瞰圖」와 「날
개」 「終生記」 등의 소설을 통해 잘 알려진 이 인물만큼 전위적이요
혁신적인 문학상의 실험을 추구한 이는 우리 문학사에서 달리 찾아보
기 어렵다. 다다이즘, 초현실주의, 신심리주의, 自意識의 탐구 등의
개념과 더불어 거론되는 그의 작품세계는 확실히 서구문학의 현대적
사조와 상당한 연관을 맺고 있으며, 이와 반대로 고전문학의 소재·
모티프·형식·문체 등의 특질은 눈에 뜨이지 않는다 함이 상식적인 판
단일 것이다. 金素月의 시에 깃들어 있는 민요적 가락이라든가 蔡萬植
의 「太平天下」가 지닌 판소리적 문체와 서술 방법 같은 가시적 연속성
을 여기에서 확인하려 하는 이는 없다. 잘 알려져 있다시피 이상의
문학은 고전문학과의 연속성 여부를 말하기 이전에 당대의 통념적 문
학의식에서조차 충격적인 낯설음을 불러일으킨 이단적 산물이었다. 그
렇다면 그것은 우리 문학사의 진전 과정에서 갑작스럽게 출현한 하나의
돌발적 사실인가? 그것은 단지 서구 현대문학의, 혹은 서구적 사조를
흡수한 일본 전위문학의 영향에 의해 촉발되고 이상이라는 예외적 개
인의 우발적 충동만을 바탕으로 하여 나타난 이변인가? 그렇지 않다.

그렇지 않다는 것은 이상의 시와 소설 중 이제껏 주목된 바 없던
요소가 전통적 어법·수사·모티프와 비슷하다고 해서가 아니다. 그런
근접성이 설령 발견된다 해도 그것을 이유로 이상을 고전문학의 흐름
에 끌어다 붙이려 한다면 곤란한 착상이 아닐 수 없다. 「烏瞰圖」는
분명히 「陶山十二曲」 「漁父四時詞」나 辭說時調와 다를 뿐 아니라 「진
달래꽃」 「나의 寢室로」와도 비슷하지 않다. 다른 것 가운데서 같은
요소를 찾아내 보려는 것은 물론 칭찬할 만한 성실성이지만, 역사적
인식의 온당한 시각은 다른 것을 다른 것으로 인정하면서 그들 사이의
차이를 심층적 연관과 함께 해명하는, 즉 문제적 연속성의 차원에서
파악하는 것이어야 한다.

이러한 시각에서 이상의 문학을 우리 문학사의 커다란 맥락 속에 놓
고 다시금 해석할 때, 우리는 그것을 중세적 세계관·윤리의식의 붕괴
와 이를 대체하는 새로운 가치원리의 모색이 진행되던 근대사의 흐름

가운데서 가장 참담한 파멸과 부정의 극점에 해당하는 것으로 이해할 수 있다.

그는 소설 「날개」의 서두에 〈어느 시대에도 그 현대인은 절망한다. 절망이 기교를 낳고 기교 때문에 또 절망한다〉라는 箴言的 명제를 썼다. 그 둘째 귀절이 암시하듯이 그의 문학은 중세적 질곡을 넘어선 새로운 인간, 사회의 모색이라는 조선 후기 문학의 지향이 스스로의 운동량에 의한 변환을 완성하지 못하고 식민지화의 굴레에 속박되면서 붕괴된 세계질서를 대체할 만한 유기적 전망을 획득하지 못한 상태에서 출현한 절망적 삶의 초상이다. 생명력을 잃은 채 잔존하는 낡은 관습의 틀에 대한 혐오, 삶의 진정성으로부터 동떨어진 교양·예의·형식등 문명적 외관에 대한 냉소, 그리고 아무런 가치원리도 조화로운 의미도 존재하지 않는 세계에서 고립된 주관성만을 학대하는 자아……그의 문학에 되풀이하여 등장하는 이들 모티프는 단순한 전위문학적 기법 혹은 포즈가 아니다. 그것은 19세기까지의 前史에서 현저하게 무너지고 20세기 전반에 와서 결정적으로 와해된 도덕적 우주관의 폐허에 식민지 도시의 부패한 생존양식만이 번성한 데서 나온 자기 해부의 역사적 산물이었던 것이다.

이에 대한 구체적 검증이나 16세기 이래 20세기까지 이르는 우리 문학의 主題史的 변모 양상을 밝히는 일은 물론 별도의 논의를 요하는 과제이다.

이 자리에서 중요한 것은 위의 해석적 가설이 반드시 액면대로 타당한가 여부가 아니라, 그와 같은 접근을 통해 문학사의 동적인 추이와 연속성이 새로이 조명될 필요가 절실하다는 점이다. 이러한 역사적 연관이 파악되지 못하는 한 문학사는 기껏해야 꼼꼼하게 배열된 年代記 혹은 단위별 시대사의 組合이 될 따름이다. 거듭 말하지만 이를 극복하기 위해 요청되는 것은 표면적 근사성의 유무에 치중하는 안목을 넘어 오늘의 문학이 있기까지 각 시대의 문학이 계승·반발·변이·전환의 역사적 계기들을 통해 어떻게 맺어져 있는가를 밝히는 시각이다.

이와 같은 시야에서 보건대 고전문학과 현대문학 중 어느 한편에 대한 이해의 진전 없이는 다른 한편의 해명도 충실할 수 없음이 자명하다. 고전문학의 다면적 움직임을 배경에 두지 않은 현대문학의 논의는 흔히 편벽된 현재중심론의 한계에 제약되며, 20세기 초기 이래의 문학적 숙제들을 적어도 遠心的인 관심사로서 고려하지 않는 고전문학 연구는 과거적 사실에의 매몰을 면하기 어렵다. 그동안 자주 거론된 바 있는 이 위험들을 제거하고 우리 문학의 동적인 전개 과정을 일관된 전체상으로 구명하는 데에 고전문학과 현대문학 사이의 문제적 연속성의 탐구라는 시각은 유익한 전망을 열어 줄 수 있을 것이다.

(2) 民族文學과 世界文學

한국문학의 현재적 位相을 논하고자 할 때 곧바로 당면하는 또 한 가지 물음은 민족문학의 문제이다. 우리 역사의 아득한 始源에서부터 오늘날에 이르는 동안의 문학 전체를 염두에 두고 말할 때 민족문학은 그 중 얼마만큼을 포괄하는 것이며, 오늘날 우리가 지향하는 민족문학은 그것과 어떤 관련을 가지는가? 우리의 민족문학이 다른 나라의 문학과 맺어 온 역사적·현재적 관련은 어떻게 이해되어야 마땅한가? 민족문학의 개별성은 문학 일반의 보편성 내지 세계문학의 이념과 어떤 관계에 있는가? 우리의 민족문학 인식은 이런 문제들에 대한 균형된 전망을 필요로 한다.

民族文學의 概念

민족문학 논의의 모든 국면에서 자주 논쟁의 혼선을 일으키는 기본 요인은 무엇보다도 민족문학 개념의 多意性에 있다. 민족과 민족주의의 이해만큼 다양한 민족문학 개념은 흔히 문제 자체의 의미에 대한 일치조차 이루어지지 않은 상태에서 소모적인 논쟁을 부추기고는 하였다. 여기에서 우리는 민족문학의 개념 유형을 몇 가지로 구분하고 그 차이와 상호관계를 검토할 필요를 느낀다.

우리문학의 경우를 파악하는 데 주안점을 두고(즉, 지난 시대에 있어서나 현재의 상황이 多民族國家인 경우를 일단 제외하고) 민족문학의 의미 층위를 나누어 보면 다음의 네 가지를 생각할 수 있다.

i) 포괄적 全稱槪念으로서의 민족문학. 즉, 고대의 민족 형성기 이래 全역사과정에 걸쳐서 여러 계층·집단의 민족 구성원에 의해 이루

어져 온 문학의 총체.

ii) 민족적 특질, 개성을 지닌 문학. 언어·문체·소재·발상법·모티프·미의식·주제 등의 여러 요소 중 상당 부분에서 민족적 개별성과 특질을 보여주는 문학.

iii) 근대적 의미의 민족사회 형성에 기반하여 발달·전개된 문학. 즉, 대외적으로는 중세적 보편주의를 극복하고 안으로는 봉건적 신분질서를 보다 평등한 사회관계로 재편성함으로써 형성된 민족사회의 자기표현인 문학, 혹은 그러한 지향성이 뚜렷이 성장한 문학.

iv) 목표지향적 가치개념으로서의 민족문학. 식민지화, 민족의 분단, 현실사회의 절박한 갈등 등 민족 현실과 그 성원들의 절실한 문제에 부응하여 전민족적 가치를 구현하는 데 기여하는 문학.

이 가운데서 자주 쓰이는 민족문학의 개념은 대체로 i)과 iv)의 두 가지이다. 예컨대, 崔致遠(857—?)과 李仁老(1152—1220)의 문학을 우리 민족문학의 한 부분이라 할 때 우리는 민족사의 각 단계에 있어서 그 시대의 사회문화적 조건에 상응하는 표현 언어, 문학적 관습, 이념에 의해 이루어진 문학 모두를 민족문학이라 전제하는 것이다. 이와 달리, 오늘날의 시인·작가들은 마땅히 민족사의 현재적 과제에 부응하는 실천으로써 민족문학을 구현해야 한다고 할 경우의 민족문학은 자연적 귀속성이나 무의식적 특질에 의해 규정되지 않는, 〈의식화된 지향 목표〉 또는 그 성과로서의 문학을 가리킨다. 나머지 두 가지 개념형 가운데 ii)는 i)의 범주에 민족적 개별성의 표현이라는 질적 기준을 도입한 것으로, 우리의 문학 유산 가운데서 민족적 전통의 변별에 중점을 두는 논의에서 가끔 사용된다. iii)의 개념은 민족을 단순한 종족적·문화적 단위로 보기보다 근대사회 형성기에 새로이 부각되는 역사적 실체 즉 사회정치적 단위로 파악하는 시각에 기초한 것으로, iv)의 목표지향적 민족문학 개념의 배경이 된다.

이들 네 가지 수준의 민족문학 개념은 자주 뒤섞여 쓰이고 또 그러한 넘나듦을 허용할 만한 연관을 지닌 것이 사실이다. 하지만 때로는 무분별한 혼용이나 편의적인 의미전이에 따라 많은 오해가 생기고는 한다. 그러므로 민족문학을 논할 경우 상대방이나 우리 자신이 어떤 의미의 민족문학을 초점으로 삼고 있으며 그것은 다른 층위의 민족문학 개념과 어떤 관계에 있는가를 명료히 하는 일이 생산적인 토론을 위해 매우 중요하다.

그러나, 이 유의사항은 의미있는 토론에 요구되는 최소한의 전제일 뿐 그것만으로 민족문학 이해의 시야가 밝게 보장되지는 않는다. 위에 구별한 네 개념은 실제의 용례와 논리적 가능성에 따라 그처럼 구별되기는 해도 서로 무관한 별개의 영역들을 가리키는 것이 아니기 때문이다. 여기에서 이들의 의미 층위를 분별함과 동시에 그 포용과 생성의 상호관계를 인식해야 할 필요성이 절실해진다.

여러 槪念層位의 상관관계

이런 각도에서 보면 민족사의 전과정에 걸쳐 이루어진 문학을 총칭하는 개념으로서의 민족문학과 금세기의 현실상황 속에서 부분적으로 성취되고 또 지속적으로 추구되어야 할 가치개념으로서의 민족문학을 택일적 사항으로 놓아 어느 하나만을 바른 의미의 민족문학이라 하는 것은 지나치게 성급한 태도이다. 공통된 언어, 자연환경, 문화, 역사 경험을 가진 집단으로서 민족이 창조하고 발전시켜 온 문학의 토대에 힘입지 않고서는 오늘날의 민족적 상황에 부응하는 문학이 이루어지기 어렵거니와, 가령 그러한 문학이 있다 해도 그것을 참으로 민족적이라 할 수는 없을 터이다. 우리의 경우처럼 19세기 말 이래 외래문화의 격류에 부딪히면서 때로는 심각하게 자기 正體의 위기를 체험하기까지 한 민족에 있어서는 더욱 그러하다. 민족문학의 이념은 역사 현실의 긴절한 문제에 대한 헌신과 아울러 문화적 자기 신원의 확인이라는 과제를 동반하는 것이기 때문이다.

위에 요약한 바 네 가지 민족문학 개념의 순차적 관계를 살핌으로써 이 점이 좀더 확실하게 드러난다. 우선 i)과 ii)의 관계를 보면, 민족적 특질을 지닌 문학이란 보다 넓은 귀속개념으로서의 포괄적 全稱인 민족문학을 떠나서 성립할 수도 이해될 수도 없다. 민족적 특질이란 문학에서든 다른 부문에서든 고정불변하는 실체가 아니라 해당 민족이 역사 과정에서 이룩하고 움직여 나아간 역동적 삶으로부터 抽象이다. 따라서 그것은 미리 주어진 외적 준거에 따라 기계적으로 분류될 성질의 것이 아니라, 일단 포괄적으로 설정한 민족문학의 전체 범위 안에서 무엇이 그 주체의 주체됨에 더 긴요한 의의를 가졌던가를 해석함에

따라 파악되어야 한다. 아울러, 이러한 해석의 결과 민족적 특질의
징표가 적다고 판단된 문학이라 해서 그 의의가 반드시 절하되어야
하는 것은 아니다. 인류의 역사가 그러하듯이 문학의 발전 과정도 씨
족·부족·종족이 지닌 한계를 넘어 스스로의 범위를 확대하면서 보다
풍부한 표현 영역과 사상적·심미적 깊이를 획득해 나아가는 것이다.
한 시기에 있어서 낯설게 보이는 문학적 사실이 민족문학의 특질을
새로운 지평에로 확대하는 데 유효한 因素로 작용하는 예가 드물지
않음을 여기에 참조할 만하다. 불교문화의 수용이라든가 신라말, 고려
초에 있어서의 한문문학 성장 등은 이런 시각에서 접근하지 않는 한
제대로 평가하기 어려울 뿐만 아니라 우리 문학 전체의 발달 과정을
온당하게 규명할 수 없다.

  중국 중심의 天下觀이라는 중세적 보편주의와 봉건적 신분체제가
무너져 가면서 등장하는 근대지향적 민족문학 역시 通時代的 전칭으로
서의 민족문학이나 그 주축을 이루는 특질 개념으로서의 민족문학을
불가결한 전제로 하여 성립한다. 對他的 자아인식과 대내적 평등주의
에의 지향을 내포하는 민족의식·민족주의는 분명히 일정한 사회경제적
요인의 성숙과 함께 나타나게 되는 역사적 이념이다. 하지만 그것을
가능케 하고 또 촉진하는 결속의 근거는 언어, 관습, 공동의 생활사
등 오랜 동안에 걸쳐 심화되어 온 동질성에서 준비된다. 인종적·언어
적·문화적 동질집단이 곧 근대적 의미의 민족과 동일한 것은 아니지만
이러한 토대가 없이는 근대적 민족과 민족주의가 자연스럽게 성립하
거나 사회 구성원들에게 정당화되지 못한다. 마찬가지로 근대적 민족
문학 역시 그 이전 단계의 민족문학으로부터 언어·양식·소재·주제 등
에 걸쳐 많은 유산을 이어받아 그것을 새로운 경험의 연대 안에 통합,
발전시킴으로써 굳건한 역사적 실체를 획득하게 되는 것이다.

  논의가 여기까지 이르고 보면 오늘의 시대를 살면서 우리가 추구하
는 당위적 개념으로서의 민족문학 역시 위에 지적한 바의 연관 속에
놓이는 것임을, 더 정확하게 말하면 그러한 연관을 바탕으로 해서 과
거의 문학적 성취를 내재적인 자산으로 포용하고 이 시대의 현실이
안고 있는 여러 문제에 진지하게 응답하고자 하는 역사적 실천의 첨단
에 놓이는 것임을 알 수 있다. 이러한 상호연관에 대한 원근법적 이해
를 외면하고 오늘날의 요청적 민족문학 개념으로 과거의 문학 일체를

도식화하여 논단한다면 그것은 비역사적 현재중심주의의 착오이다. 반대로, 민족 성원에 의해 씌어진 일체의 문학이나 민족적 특질을 지닌 문학이 곧 민족문학이므로 민족문학의 당면 과제에 대한 의식적 定向의 관심은 불필요하다는 견해 또한 민족문학 전개의 역사성을 인식하지 못한 회고적 관념론의 오류를 벗어나지 못한다.

여기서 우리는 민족이라는 실체와 그것을 지칭하는 개념의 성립이 모두 어떤 일회적 계기에 의해 완성되지 않고 오랜 동안의 역사적 추이를 거쳐 성숙한 것임을 다시금 환기할 필요가 있다. 우리는 〈檀君의 자손 배달 민족〉이 면면히 이어 온 〈반만년 유구한 역사〉를 강조하는 말들을 가끔 듣지만, 한민족의 대체적인 外延이 형성된 것은 고대사에 있어서 동북아시아 일대에의 이주·정착 시기와 생활단위를 달리하는 여러 씨족, 부족들이 몇 개의 고대국가로 통합하는 시기에 들어서였다. 일단 성립을 본 민족이라는 외연이 중세 체제의 점진적인 붕괴와 더불어 새로운 역사적 의미를 띠는 실체로 부각되기 시작한 시기는 대체로 조선 후기 무렵이다. 그리고, 그 이후의 역사 과정에서 민족적 평등 및 일체성의 추구는 봉건적 遺制와 식민지 지배세력에 대한 투쟁의 동력이 되었으며, 광복 이후 오늘날에 이르는 기간에 있어서는 남북 분단과 대내외적 모순의 극복을 위한 근본 과제로 이어지고 있다. 간추려 보건대, 우리에게 있어서는 민족적 실체와 그에 대한 자각의 상승 과정이 곧 넉넉하고 균형된 삶을 향한 역사 발전의 道程이었다. 민족문학이란 이 여러 단계에서 거두어진 문학적 성취의 連續相으로 우리 앞에 놓여 있는 유산인 동시에, 단순한 완결형이 아니라 현재와 미래에 있어서 우리 자신의 실천에 따라 그 위에 다시 생성되어야 할 〈열려 있는 과제〉이다.

民族文學과 世界文學 ; 두 가지 편견

그러면 이와 같은 내재적 연관으로 이루어진 민족문학이 인접문학과 세계문학에 대하여 맺는 관련은 어떻게 볼 것인가?

이 물음에 답하려 할 때 우리는 두 가지 편견의 가능성이 가까이 있음을 느낀다. 그 하나는 우리 자신의 몫이 포함되지 않은 채 어딘가 동떨어진 곳에서 마련된 〈세계문학〉 〈문학의 보편성〉의 의심스러운 권위에 예속되는 편견이며, 다른 하나는 〈민족문학의 고유성·독자성〉

에 집착함으로써 폐쇄적 자아중심주의에 빠지고 마는 편견이다.

이 가운데서 후자의 위험을 분별하여 극복해야 할 필요성은 비교적 명백하다. 민족문학의 성장은 그 내부적 자산의 확대·심화와 함께 외래문학과의 교섭을 통해 가진 것을 서로 나누고 각자를 풍부하게 하는 일임을 우리는 우리문학의 오랜 역사에서 생생하게 보아 왔기 때문이다. 많은 부분이 아직 해명을 기다리는 과제로 남아 있기는 하나 우리 고대문학이 중앙아시아로부터 동북아시아에 이르는 지역에 분포된 여러 민족들의 문학과 始源的 基底를 공유하고 있으리라는 추정은 단순한 가설 이상의 개연성을 지닌다. 고대국가 성립기를 전후하여 한문이 전래되고 중국과의 교섭이 점차 확대된 이후로는 중국문학으로부터 여러가지 유익한 자극을 흡수하면서 민족문학의 폭이 더 넓어졌으며, 불교 문화의 전래 또한 깊은 영향을 끼쳤다. 19세기 말 이후의 우리문학이 서구문학 경험을 통해 여러 층위에 걸쳐 커다란 변모를 겪었다는 점은 그동안 외래적 요인에만 치중하여 해석된 폐단이 있기는 해도 사실관계 자체는 주목되어야 할 것이다. 아울러, 70년대 이래로 제3세계 문학에 대한 관심이 꾸준히 성장하고 있다는 사실도 유의할 만하다.

새삼스러운 蛇足이겠지만 외국문학과의 이러한 접촉과 수용은 받아들이는 쪽의 주체적 태세가 유지되는 한 민족문학의 독자성을 훼손하기보다는 오히려 더 깊고 넉넉하게 하는 데 기여한다. 종족문학의 폐쇄성으로부터 민족문학의 성립에로 나아가는 것이 중요한 의의를 띠는 발전이듯이, 한 민족문학이 다른 문학과의 교섭을 통해 자신의 세계를 더욱 풍부하게 하면서 보다 넓은 공감의 영역을 이루는 것은 인류문화의 소망스러운 발전 방향이다. 이러한 시야를 확보하지 못한 채 폐쇄적 전통의 고유성만을 物神化하여 떠받드는 것은 살아 있는 민족문학의 전망이 아니다.

이에 비하여 허구화된 보편개념으로서의 〈세계문학〉을 비판적으로 다시 조명하고 민족문학의 정당한 자리를 인식한다는 것은 그다지 단순치 않은 문제로 보인다. 19세기 이전의 中華主義와 20세기 초 이후의 서구문학 지향 그리고 식민지 시대에 널리 유포된 종속적 문화의식이 여기에 문제의 근원으로 개재한다. 이들의 편견에 의하면 〈보편적인 것〉〈세계적인 것〉은 우리가 사는 영역 밖의 무엇이며, 이에 합치하는 길은 他者의 세계성이라는 척도를 추종하는 데 있다고 간주된다. 이것은 중세 동아시아에 있어서 중국인들이 품었던 중국중심적 天下意識과 근대 이후의 서구인들이 휘두른 유럽중심적 보편주의라는 허구적 논리가 만들어 낸 착각이다.

이를 그대로 받아들인 沒主體的 세계주의가 자국 문화와 역사의 내재적 동력을 소홀히 한 채 맹목적 선진 지향에로 달려가는 것은 필연적인 귀결이다. 인류문화의 보편적 발전 방향이 전적으로 타자의 성취에 의해 가능되고 세계문학의 드높은 표준이 또한 특정 문화권에 집중되어 있다면 그것을 추종함이 곧 선진에의 지름길일 터이기 때문이다. 列强의 식민지 지배와 함께 서구문화의 압도를 체험한 제3세계 여러 나라에서 한동안 성행한 이 편견은 우리 문학에서도 상당한 영향력을 행사하였고, 그 자취가 아직 말끔히 씻겨지지 못했다.

식민지 해방 투쟁의 과정에서나 정치적 독립 이후의 새로운 문화건설 단계에서 이러한 허구적 보편주의에 맞서기 위한 대응논리가 모색되는 것은 당연한 추이이다. 실제로 제3세계 여러 나라에서 그러한 예를 많이 찾아볼 수 있다. 그 중에서 가장 손쉬운 논법은 서구중심적 보편주의와 세계문학 이념으로부터 자국의 역사와 문학을 예외적·특수적 사실로 분리시키고자 하는 것이다. 즉, 서구 문화의 우월성과 보편성을 부인할 수는 없으되 자국인들의 체험에 바탕한 고유문화의 가치도 그 나름으로 소중하다는 시각에서 이를 특수한 자질 내지 개성의 산물로 예외화하여 설명하거나 보호하려는 논리이다.

그러나, 이와 같은 특수성 논리의 한계는 자명하다. 종속적 문화의식이 초래한 맹목적 선진주의와 자기부정에 대해 그것이 일정한 반성적 再定向의 의의를 발휘하는 점은 물론 마땅히 평가되어야 한다. 하지만, 타자 중심의 〈검증되지 아니한 보편성〉을 그대로 승인한 채 그 밖에 마련된 예외의 영역에서 자기 문화의 존재 의의를 찾는다는 것은 임시변통의 미봉책에 지나지 않는다. 보편성·세계성에의 통로를 포기한 특수성의 강조가 흔히 고유문화 전통에 대한 感傷的 신비화에로 떨어지고는 한다는 점도 문제이다. 세계문학과 민족문학의 관계를 보편—특수 논리로 설명하려는 논법은 결국 문학 일반에 대한 포괄적 전망 속에서 민족문학의 의미를 해명하지 못할뿐더러, 그 역사적 發展相의 객관화된 이해를 수립하는 데에도 결정적인 장애 요인을 안고 있는 것이다.

民族文學과 世界文學에의 전망

이러한 한계를 넘어서는 길은 세계문학을 한국문학, 중국문학, 영국
문학, 이집트문학, 타일랜드문학 …… 등 모든 개별문학의 총체라고
봄으로써 열릴 수 있다. 마찬가지 논리로서 문학의 보편성은 모든 개
별문학적 자질들의 온당한 귀납에서 성립하고 또 정당화된다고 해야
한다. 이것은 갖가지 나무가 모여서 숲이 되고 여러 종족·인종들이
모여서 인류를 이룬다는 말처럼 전혀 새로울 것이 없는 상식론이다.
그럼에도 그것이 진부한 상식의 재확인을 훨씬 넘어서는 느낌을 불러
일으키는 것은 우리가 他者中心的인 보편주의에 너무도 낯익어 있었기
때문이다.

특정 문화권의 문학을 세계문학적 보편성의 척도로 삼는 편견은 문
학을 그 바탕의 삶으로부터 분리하여 우열의 등급을 매길 수 있는 장
식물 혹은 技術처럼 여기는 태도에 밀접히 관련되어 있다. 만약 그런
태도가 옳다면 모든 〈후진적〉 문학은 마땅히 자신의 것보다 앞선 문학
을 열심히 뒤따르기에 힘써야 할 것이다. 하지만 문학은 그처럼 손쉽
게 대체하거나 이식할 수 없는 〈삶의 形象的 인식〉이자 〈주체가 세계
에 대하여 말을 건네고 듣는 행위의 한 방식〉이다. 따라서 문학으로
표현되는 역사적 삶의 근거를 떠나 그 겉껍질만을 옮기는 일은 바람직
하지도 가능하지도 않다. 그런 뜻에서 모든 개별문학 상호간의 가치는
상대적이라고 일단 말할 수 있다.

이러한 상대화를 통해 세계문학을 모든 개별문학의 수평적 총합으로
규정할 때 예전에 확실한 것처럼 보이던 보편의 허상은 사라진다. 문학
의 보편성이 있다면 그것은 어딘가에서 만들어 독점적으로 공급해 주
는 기성품이 아니라 수많은 개별문학들의 성취로부터 추출, 종합되어
야 할 요청적 이상으로 존재할 따름이다. 이것은 과격한 原子的 상대
주의의 논리처럼 보이지만 왜곡된 보편주의의 환상을 넘어서서 모든
개별 문학이 저마다의 주체적 몫을 찾도록 하려면 필연적으로 거치지
않을 수 없는 각성의 한 단계이다.

그러나, 이 한 단계만으로는 아직 충분치 않다. 하나하나의 개별문
학이 그 주체에게 제각기 소중하다 함은 당연한 이치지만, 그 소중함

의 의의는 자국문학의 범위에 국한될 수도 있고 이로부터 나아가 여러 개별문학이 지닌 문제에 빛을 던지는 폭넓은 範例的 성취로 확산될 수도 있기 때문이다. 이 점은 특정 시대의 민족문학을 구성하는 여러 계층, 유형의 문학 가운데서 어떤 부분이 그 시대의 긴절한 문제들을 보다 충실하게 표현함으로써 해당 민족문학을 이끌어 가는 의의를 발휘하는 점과 비슷하다. 예컨대 조선조 후기의 우리문학에 있어서 가장 의의 깊은 부분은 평민문학의 발달이었으며, 한문문학은 종래의 중세적 규범과 미의식으로부터 벗어나 이러한 역사적 추이에 부응함으로써 새로운 단계의 문학사적 진전에 합류할 수 있었다는 점을 음미할 필요가 있다.

그렇다고 할 때 우리가 위에서 개별문학적 상대성으로 해체, 평면화한 세계문학의 질적인 의미는 역사상의 각 시대에 있어서 인류 문화의 진보적 가치를 구현하는 데에 보다 크게 기여한 문학이 어떤 것이었으며 현재에는 또 어떠한가를 준거로 하여 새로이 입체화될 수 있다. 다시 말하여 세계문학의 이념은 모든 개별문학의 가치를 포용하되 각 시대의 세계사적 과제에 역동적으로 응답한 문학적 성취를 중심으로 하여 파악되어야 하리라는 것이다. 여기서 다시금 생각해 보건대 시민사회의 성립·발전기를 배경으로 성숙한 서구 근대문학이 서구 중심주의의 허구를 벗겨내고도 세계문학적 의외를 잃지 않는 것은 그것이 이 시대의 인류사적 단계에서 인간 개체의 자유와 존엄 그리고 새로운 사회적 연대를 향한 문학상의 성취로 값진 範例的 가치를 띠기 때문이다. 그러나, 이와 같은 성취는 서구가 세계를 자본주의 시장과 식민 영토로 지배하는 이익에 안주하면서 시민사회 성립기의 이상으로부터 스스로를 기만하게 됨에 따라 지속적으로 확대되지 못하고 오히려 서구 현대문학의 심각한 혼돈으로 轉移되었다.

우리문학을 포함한 오늘날의 제3세계 문학이 자신의 삶을 일으켜 세우는 민족문학으로서 소중할 뿐 아니라 세계문학적 의의까지 지닌다고 말하여지는 것은 바로 이러한 이유에서다. 제3세계란 인종적·문화적 특성을 달리하는 다수의 국가, 민족들을 공통된 역사적 과제 위에서 인식하고자 한 데서 나온 現狀打破的 개념인 바, 식민지 혹은 반식민지의 경험을 딛고 일어나 세계 역사의 주체적 일원으로 서고자 하는 그들의 모색은 곧 그릇된 세계질서의 재편성과 내부적 모순의 극복을 통해 인류사의 이상에 한 걸음 더 나아가려는 노력의 의의를 지닌다. 그리고 바로 그러한 실천의 한 부분으로서 모습을 드러내고 있는 제 3세계의 문학은 현대 세계문학의 넓은 지평에서 각별히 중요한 의의를 띠게 되는 것이다.

물론 이와 같은 이상은 가까운 장래의 손쉬운 결실을 예측하기 어려운 것임이 분명하다. 우리나라의 경우도 그렇지만 제3세계는 이루어야 할 역사적 과제가 많은 만큼 그것을 가로막는 안팎의 장애도 험난한 세계이다. 그러나 그것은 결국 이 세계에 속한 모든 민족들이 감당해야 할 역사의 몫이며, 그 표현으로서의 민족문학에 부과된 짐이다. 우리는 여기에서 우리문학의 민족문학적 과제에 충실함이 곧 세계문학적 이상의 보편성에로 나아가는 길임을 확인하게 된다. 〈참으로 민족적인 문학이 곧 세계문학〉이라고 괴테가 말하였을 때 그가 생각한 민족과 세계란 유럽의 범위에 국한된 것이었으나, 오늘날의 한국문학과 기타 제3세계의 문학에서는 이 말이 그러한 한정성을 넘어서는 의미로 되살아나야 할 것이다.

참고문헌

1 아래의 참고문헌 목록은 이 책을 쓰는 데에 직접·간접으로 힘입은 바를 밝히는 동시에, 한국문학에 대해 보다 깊은 이해를 얻고자 하는 독자들에 게 기존 연구성과를 안내하기 위한 것이다.

2 목록의 구성은 가능한 한 본문의 체제와 부합하도록 하되, 일부 작은 갈 래들은 연구의 慣行 혹은 배열상의 편의에 따라 가까운 것들끼리 한데 묶 었다.

3 이 목록의 목적은 완벽한 전문적 書誌를 제공하는 데 있지 않으므로 硏 究史的 가치가 남아 있을 뿐인 업적은 대개 제외하고, 單行本으로 출간되 거나 재편집된 성과들을 우선적으로 선택하였다.

4 領域別 연구의 축적이 고르지 않은 까닭으로 어떤 부문에서는 중요한 성 과가 충분히 수록되지 못한 반면, 일부 분야에서는 연구의 稀少性이 선택 의 요인이 된 사례도 있다. 따라서, 이 목록에의 수록 여부가 해당 저서· 논문에 대한 평가를 반드시 均整하게 반영하는 것은 아니다.

5 조사·검토의 소루함에 기인하는 누락이나 불균형은 새로운 연구 진전을 수용하는 주기적 재조정 작업에서 함께 보완하고자 한다.

1 韓國文學 總論·槪說

金起東, 『國文學槪論』, 精硏社, 1969.

金東旭, 『國文學槪說』, 民衆書舘, 1974.

김수업, 『배달문학의 길잡이』, 금화출판사, 1978.

張德順, 『國文學通論』, 新丘文化社, 1963.

張德順·趙東一·徐大錫·曺喜雄, 『口碑文學槪說』, 一潮閣, 1971.

조동일, 『국문학 연구의 방향과 과제』, 새문사, 1983.

黃浿江·金容稷·趙東一·李東歡 編, 『韓國文學硏究入門』, 知識産 業社, 1982.

2 文學史

金東旭, 『國文學史』, 日新社, 1976.

金錫夏, 『韓國文學史』, 新雅社, 1975.

金烈圭, 『韓國文學史』, 探究堂, 1983.

金允植·김현, 『韓國文學史』, 民音社, 1973.

金俊榮, 『韓國古典文學史』, 螢雪出版社, 1971.

文璇奎, 『韓國漢文學史』, 正音社, 1961.

白 鐵, 『朝鮮新文學思潮史』 上·下, 首善社, 1948·1949.

呂增東, 『韓國文學史』, 螢雪出版社, 1973.

李家源, 『韓國漢文學史』, 民衆書舘, 1961.

李秉岐·白鐵, 『國文學全史』, 新丘文化社, 1962.

張德順, 『韓國文學史』, 同和文化社, 1975.

조동일, 『한국문학통사』 1~3, 知識産業社, 1982~1985.

趙演鉉, 『韓國現代文學史』, 成文閣, 1969.

趙潤濟, 『韓國文學史』, 東國文化社, 1963.

3 韓國文學의 갈래

(1) 抒情的 갈래

詩歌 一般 및 詩史

金大幸, 『韓國詩歌構造研究』, 三英社, 1976.

金東旭, 『韓國歌謠의 研究』, 乙酉文化社, 1961.

金相善, 『韓國詩歌 形態論』, 一潮閣, 1979.

金聖培·『韓國 佛敎歌謠의 研究』, 亞細亞文化社, 1973.

金學成, 『韓國 古典詩歌의 研究』, 원광대 출관국, 1980.

金學成·權斗煥 編, 『古典詩歌論』, 새문사, 1984.

朴晟義, 『韓國歌謠文學論과 史』, 宣明文化社, 1974.

朴喆熙, 『韓國詩史研究』, 一潮閣, 1980.

徐首生, 『韓國詩歌 研究』, 螢雪出版社, 1979.

정병욱, 『한국 고전시가론』, 신구문화사, 1977.
趙潤濟, 『韓國詩歌史綱』, 乙酉文化社, 1954.

古代歌謠·鄕歌
金思燁, 『鄕歌의 文學的 硏究』, 계명대 출판부, 1979.
金承璨, 『韓國 上古文學 硏究』, 第一文化社, 1978.
金烈圭·鄭然粲·李在銑, 『鄕歌의 語文學的 硏究』, 서강대 인문과학
　　　　연구소, 1972.
金完鎭, 『鄕歌解讀法 硏究』, 서울대 출판부, 1980.
金雲學, 『新羅 佛敎文學 硏究』, 玄岩社, 1976.
金鍾雨, 『鄕歌文學 硏究』, 二友出版社, 1975.
朴魯埻, 『新羅歌謠의 硏究』, 悅話堂, 1982.
梁柱東, 『朝鮮古歌硏究』, 博文出版社, 1942.
尹榮玉, 『新羅歌謠의 硏究』, 螢雪出版社, 1980.
李在銑, 『鄕歌의 理解』, 三星文化文庫 130, 1979.
林基中, 『新羅歌謠와 記述物의 硏究』, 二友出版社, 1981.
崔　喆, 『新羅歌謠 硏究』, 開文社, 1979.

高麗俗謠
국어국문학회 편, 『高麗歌謠 硏究』, 正音社, 1979.
權寧徹, 『鄭瓜亭歌 新硏究』, 螢雪出版社, 1974.
金大幸 編, 『高麗歌謠의 情緒』, 開文社, 1985.
金烈圭·申東旭 編, 『高麗時代의 歌謠文學』, 새문사, 1981.
朴炳采, 『高麗歌謠 語釋硏究』, 二友出版社, 1980.
梁柱東, 『麗謠箋注』, 乙酉文化社, 1947.
李明九, 『高麗歌謠의 硏究』, 新雅社, 1974.
韓國語文學會 編, 『高麗時代의 言語와 文學』, 螢雪出版社, 1975.
黃浿江·朴魯埻·林基中 編, 『鄕歌·麗謠 硏究』, 二友出版社, 1985.

時調·辭說時調
朴乙洙, 『韓國 時調文學 全史』, 成文閣, 1978.
沈載完, 『校本 歷代時調全書』, 世宗文化社, 1972.
＿＿＿, 『時調의 文獻的 硏究』, 世宗文化社, 1972.

李能雨, 『李朝時調史』, 以文堂, 1956.

李在秀, 『尹孤山 研究』, 學友社, 1955.

李泰極 編, 『時調研究論叢』, 乙酉文化社, 1956.

李泰極, 『時調의 史的 研究』, 宣明文化社, 1974.

임선묵, 『時調詩學 序說』, 靑磁閣, 1974.

鄭炳昱, 『時調文學事典』, 新丘文化社, 1966.

丁益燮, 『湖南歌壇 研究』, 進明文化社, 1975.

趙奎卨・朴喆熙 編, 『時調論』, 一潮閣, 1978.

秦東赫, 『古時調文學論』, 螢雪出版社, 1976.

_____, 『李世輔 時調 研究』, 集文堂, 1983.

崔東元, 『古時調 研究』, 螢雪出版社, 1977.

_____, 『古時調論』, 三英社, 1980.

崔珍源, 『國文學과 自然』, 성대 출판부, 1977.

抒情民謠

高晶玉, 『朝鮮民謠研究』, 首善社, 1949.

金時鄴, 「近代民謠 아리랑의 性格形成」, 林熒澤・崔元植 編, 『轉換期의 東아시아 文學』, 創作과 批評社, 1985.

金榮敦, 『濟州道 民謠 研究』・上, 一潮閣, 1965.

_____, 『濟州道 民謠 研究』, 조약돌, 1983.

徐元燮, 『鬱陵島 民謠와 歌辭』, 螢雪出版社, 1979.

任東權, 『韓國民謠史』, 集文堂, 1974.

_____, 『韓國民謠研究』, 宣明文化社, 1974.

鄭東華, 『韓國 民謠의 史的 研究』, 一潮閣, 1981.

趙東一, 『慶北民謠』, 螢雪出版社, 1977.

雜歌・十二歌詞・虛頭歌

姜漢永, 『관소리』, 세종대왕기념사업회, 1977.

鄭在鎬, 「雜歌考」, 『韓國歌辭文學論』, 集文堂, 1982.

漢詩

具滋均, 『朝鮮平民文學史』, 高麗文化社, 1950.

金相洪, 『茶山 丁若鏞 文學 研究』, 단국대 출판부, 1985.

金時鄴, 「李奎報의 現實意識과 農民詩」,《大東文化硏究》2, 성대 대동문화연구원, 1978.

金鎭英, 『李奎報 文學 硏究』, 集文堂, 1984.

朴性奎, 『李奎報 硏究』, 계명대 출판부, 1982.

徐首生, 『高麗朝 漢文學 硏究』, 螢雪出版社, 1971.

孫八洲, 『申緯 硏究』, 太學社, 1983.

宋載邵, 「茶山文學 硏究 : 詩를 중심으로」, 박사논문, 서울대 대학원, 1984.

王 甦, 『退溪詩學』, 李章佑 譯, 退溪學硏究院, 1981.

李東歡, 「朝鮮 後期 漢詩에 있어서 民謠趣向의 擡頭」,《韓國漢文學 硏究》3·4, 同 연구회, 1979.

李佑成, 「高麗 中期의 民族叙事詩」, 논문집 7, 성균관대, 1962.

印權煥, 『高麗時代의 佛敎詩 硏究』, 고대 민족문화연구소, 1983.

林熒澤, 『韓國文學史의 視角』, 創作과 批評社, 1984.

鄭良婉, 『朝鮮 後期 漢詩 硏究』, 성심여대 출판부, 1983.

허경진, 『허균 평전』, 평민사, 1983.

_____, 『여섯 사람의 옛 시인』, 청아출판사, 1983.

現代詩

金容稷, 『韓國現代詩 硏究』, 一志社, 1974.

金允植, 『韓國 現代詩論 批判』, 一志社, 1976.

金載弘, 『韓龍雲 文學 硏究』, 一志社, 1982.

金宗吉, 『眞實과 言語』, 一志社, 1974.

金澤東, 『韓國 近代詩人 硏究』, 一潮閣, 1973.

_____, 『韓國 現代詩人 硏究』, 民音社, 1977.

_____, 『韓國 開化期 詩歌 硏究』, 詩文學社, 1981.

金興圭, 『文學과 歷史的 人間』, 創作과 批評社, 1980.

申庚林·鄭喜成, 『韓國 現代詩의 理解』, 眞文出版社, 1981.

申東旭, 『우리 詩의 歷史的 硏究』, 새문사, 1981.

吳世榮, 『韓國 浪漫主義詩 硏究』, 一志社, 1980.

吳鐸藩, 『現代文學 散藁』, 고대 출판부, 1976.

李起墅, 『韓國 現代詩意識 硏究』, 고대 민족문화연구소, 1984.

鄭漢模, 『現代詩論』, 民衆書舘, 1973.

_____, 『韓國 現代詩文學史』, 一志社, 1977.
崔東鎬, 『現代詩의 精神史』, 열음사, 1985.

(2) 叙事的 갈래

神話·傳說·民譚
金烈圭, 『韓國의 神話』, 一潮閣, 1976.
_____, 『韓國 神話와 巫俗 研究』, 1977.
金載元, 『檀君神話의 新研究』, 探究堂, 1947.
成耆說, 『韓國 口碑傳承의 研究』, 一潮閣, 1976.
蘇在英, 『韓國 說話文學 研究』, 숭전대 출판부, 1984.
孫晋泰, 『韓國 民族說話의 研究』, 乙酉文化社, 1947.
申東旭 編, 『三國遺事의 文藝的 價值 解明』, 새문사, 1982.
張德順, 『韓國 說話文學 研究』, 서울대 출판부, 1970.
張籌根, 『韓國의 神話』, 成文閣, 1965.
趙東一, 『인물전설의 의미와 기능』, 영남대 민족문화연구소, 1979.
_____, 『동학 성립과 이야기』, 弘盛社, 1981.
趙芝薰, 『韓國文化史序說』, 探究堂, 1964.
崔來沃, 『韓國 口碑傳說의 研究』, 一潮閣, 1978.
玄吉彦, 『濟洲道의 將帥傳說』, 弘盛社, 1981.
黃浿江, 『新羅 佛教說話 研究』, 一志社, 1975.

叙事巫歌
金泰坤, 『黃泉巫歌 研究』, 創又社, 1966.
_____, 『韓國巫歌集』, 1·2권, 원광대 민속학연구소, 1971·1976;
       3·4권, 集文堂, 1979.
徐大錫, 『韓國 巫歌의 研究』, 文學思想社, 1980.
崔正如·徐大錫, 『東海岸巫歌 研究』, 螢雪出版社, 1974.
玄容駿, 『濟州道 巫俗資料事典』, 新丘文化社, 1980.

판소리
姜漢永, 『판소리』, 세종대왕기념사업회, 1977.
金東旭, 『韓國歌謠의 研究』, 乙酉文化社, 1961.

朴 滉, 『관소리 小史』, 新丘文化社, 1974.

_____, 『唱劇史 研究』, 白鹿出版社, 1976.

白大雄, 『한국 전통음악의 선율구조』, 大光文化社, 1982.

徐鍾文, 「申在孝 관소리辭說 研究」, 박사논문, 서울대 대학원, 1984.

鄭炳昱, 『韓國의 관소리』, 集文堂, 1981.

趙東一·金興圭 編, 『관소리의 理解』, 創作과 批評社, 1978.

叙事民謠(抒情民謠 부분 문헌도 참조)

趙東一, 『叙事民謠 研究』, 계명대 출판부, 1979.

古典小說

金起東, 『李朝時代小說論』, 精研社, 1959.

_____, 『韓國 古典小說 研究』, 敎學研究社, 1983.

金東旭, 『春香傳 研究』, 연대 출판부, 1965.

金戊祚, 『西浦小說 研究』, 螢雪出版社, 1976.

金烈圭, 『韓國民俗과 文學研究』, 一潮閣, 1971.

史在東, 『佛教系 國文小說의 形成過程 研究』, 亞細亞文化社, 1977.

서대석, 『군담소설의 구조와 배경』, 이대 출판부, 1985.

薛重煥, 『金鰲新話 研究』, 고대 민족문화연구소, 1983.

成賢慶, 『韓國小說의 構造와 實相』, 영남대 출판부, 1981.

蘇在英, 『壬丙兩亂과 文學意識』, 韓國研究院, 1980.

柳鐸一, 『完版 坊刻小說의 文獻學的 研究』, 學文社, 1981.

李家源, 『燕岩小說 研究』, 乙酉文化社, 1965.

李相澤, 『韓國 古典小說의 探究』, 中央出版印刷, 1981.

李相澤·成賢慶·徐大錫 編, 『古典小說 研究論文選』, 계명대 출판
　　　부, 1974.

李樹鳳, 『家門小說 研究』, 螢雪出版社, 1978.

丁奎福, 『九雲夢 研究』, 고대 출판부, 1974.

鄭柱東, 『梅月堂 金時習 研究』, 新雅社, 1965.

趙東一, 『韓國小說의 理論』, 知識産業社, 1971.

車溶柱, 『玉樓夢 研究』, 螢雪出版社, 1981.

崔三龍, 『韓國 初期小說의 道仙思想』, 螢雪出版社, 1982.

崔昌祿, 『韓國 神仙小說 研究』, 螢雪出版社, 1984.

黃浿江, 『朝鮮王朝小說 硏究』, 韓國硏究院, 1978.

開化期小說 · 現代小說

金時泰, 『韓國 프로文學 硏究』, 亞細亞文化社, 1979.
金宇鍾, 『韓國現代小說史』, 宣明文化社, 1968.
金允植, 『韓國 現代小說 批判』, 一志社, 1981.
金鍾均, 『廉想涉 硏究』, 고대 출판부, 1974.
徐宗澤, 『韓國 近代小說의 構造』, 詩文學社, 1982.
宋敏鎬, 『韓國 開化期小說의 史的 硏究』, 一志社, 1975.
宋河春, 『1920년대 韓國小說 硏究』, 고대 민족문화연구소, 1985.
尹弘老, 『韓國 近代小說 硏究』, 一潮閣, 1980.
李在銑, 『韓國 開化期小說 硏究』, 一潮閣, 1972.
_____, 『韓國 短篇小說 硏究』, 一潮閣, 1975.
_____, 『韓國現代小說史』, 弘盛社, 1979.
全光鏞, 「韓國小說發達史 · F」, 韓國文化史大系 V : 言語 · 文學史,
　　　　고대 민족문화연구소, 1967.
鄭漢淑, 『現代韓國作家論』, 고대 출판부, 1976.
_____, 『現代韓國小說論』, 고대 출판부, 1977.
曺南鉉, 『韓國 知識人小說 硏究』, 一志社, 1984.
趙東一, 『新小說의 文學史的 性格』, 서울대 한국문화연구소, 1973.
蔡壎, 『1920년대 韓國作家 硏究』, 一志社, 1976.
千二斗, 『韓國現代小說論』, 螢雪出版社, 1969.
崔元植, 『民族文學의 論理』, 創作과 批評社, 1984.
韓承玉, 『李光洙 硏究』, 鮮一文化社, 1984.
洪一植, 『韓國 開化期의 文學思想 硏究』, 悅話堂, 1980.

(3) 戱曲的 갈래

탈춤 · 꼭둑각시놀음

金遇鐸, 『韓國 傳統演劇과 그 固有舞臺』, 開文社, 1978.
金在喆, 『朝鮮演劇史』, 學藝社, 1936.
宋錫夏, 『韓國民俗考』, 日新社, 1960.
沈雨晟, 『男寺黨牌 硏究』, 同和出版社, 1974.

_____, 『韓國의 民俗劇』, 創作과 批評社, 1975.

尹光鳳, 『韓國 演戲詩 硏究』, 二友出版社, 1985.

李杜鉉, 『韓國假面劇』, 문화재관리국, 1969.

이병옥, 『松坡 山臺놀이 硏究』, 集文堂, 1982.

李相日, 『韓國人의 굿과 놀이』, 文音社, 1981.

林在海, 『꼭두각시놀음의 이해』, 弘盛社, 1981.

趙東一, 『탈춤의 歷史와 原理』, 弘盛社, 1978.

崔常壽, 『河回假面劇 硏究』, 高麗書籍, 1959.

_____, 『韓國 人形劇의 硏究』, 高麗書籍, 1961.

唱劇・新派劇・現代劇

朴 滉, 『唱劇史 硏究』, 白鹿出版社, 1976.

徐淵昊, 『韓國 近代戲曲史 硏究』, 고대 민족문화연구소, 1982.

呂石基, 『韓國演劇의 現實』, 同和出版公社, 1974.

柳敏榮, 『韓國現代戲曲史』, 弘盛社, 1982.

_____, 『韓國劇場史』, 한길사, 1982.

李杜鉉, 『韓國 新劇史 硏究』, 서울대 출판부, 1968.

(4) 敎述的 갈래

樂章

金文基, 「鮮初 頌禱詩의 性格 考察」, 한국어문학회 編, 『朝鮮 前期의 言語와 文學』, 螢雪出版社, 1978.

金思燁, 『李朝時代의 歌謠 硏究』, 大洋出版社, 1956.

Peter H. Lee(李鶴洙), *Songs of Flying Dragons*, Harvard University Press, 1975.

唱歌

金澤東, 『韓國 開化期詩歌 硏究』, 詩文學社, 1981.

宋敏鎬, 「韓國詩歌文學史・F」, 韓國文化史大系 V：言語・文學史, 고대 민족문화연구소, 1967.

記述・議論類 散文文學

국어국문학회 編, 『隨筆文學 硏究』, 正音社, 1980.

金都鍊,「古文의 源流와 性格」,《韓國學論叢》2, 국민대, 1979.

金明昊,「燕巖의 現實認識과 傳의 變貌樣相」, 林熒澤・崔元植 篇,
『轉換期의 東아시아 文學』, 創作과 批評社, 1985.

金血祚,「燕巖體의 成立과 正祖의 文體反正」, 석사논문, 성대 대학
원, 1981.

金用淑,『朝鮮朝 女流文學의 硏究』, 숙대 출판부, 1978.

_____,『閑中錄 硏究』, 韓國硏究院, 1983.

金智勇,『內訓 硏究』, 宣明文化社, 1970.

金泰俊,『洪大容과 그 時代』, 一志社, 1982.

柳基龍,『韓國 記錄文學 硏究』, 螢雪出版社, 1978.

張德順,『韓國隨筆文學史』, 새문사, 1985.

崔康賢,『韓國 古典隨筆 講讀』, 고려원, 1983.

崔勝範,『韓國 隨筆文學 硏究』, 正音社, 1980.

(5) 中間・混合的 갈래

景幾體歌(高麗俗謠 부분 문헌도 참조)

金文基,「景幾體歌의 綜合的 考察」,『韓國詩歌硏究』, 螢雪出版社,
1981.

金興圭,「장르論의 展望과 景幾體歌」,『白影鄭炳昱先生華甲紀念論
叢』, 新丘文化社, 1982.

成昊慶,「景幾體歌의 構造 硏究」, 석사논문, 서울대 대학원, 1980.

李明九,『高麗歌謠의 硏究』, 新雅社, 1974.

趙東一,「景幾體歌의 장르적 性格」,『學術院論文集』15, 1976.

歌辭

姜恩海,「開化期 歌辭 硏究」, 석사논문, 계명대 대학원, 1979.

국어국문학회 編,『歌辭文學 硏究』, 正音社, 1979.

權寧徹,『閨房歌辭 硏究』, 二友出版社, 1980.

金東旭,『韓國歌謠의 硏究・續』, 宣明文化社, 1975.

金文基,『庶民歌辭 硏究』, 螢雪出版社, 1983.

金澤東,『韓國 開化期詩歌 硏究』, 詩文學社, 1981.

徐元燮,『歌辭文學 硏究』, 螢雪出版社, 1978.

李能雨, 『가사文學論』, 一志社, 1977.

李東英, 『歌辭文學論攷』, 螢雪出版社, 1977.

李相寶, 『韓國 歌辭文學의 硏究』, 螢雪出版社, 1974.

이종건, 『俛仰亭 宋純 硏究』, 開文社, 1982.

鄭在鎬, 『韓國歌辭文學論』, 集文堂, 1982.

曹南鉉, 「社會燈歌辭의 諷刺方法」, 《국어국문학》 72·73, 국어국문
학회, 1976.

崔康賢, 『韓國 紀行文學 硏究』, 一志社, 1982.

河聲來, 『天主歌辭 硏究』, 성·황석두루가 서원, 1985.

假傳·夢遊錄

金光淳, 『天君小說 硏究』, 螢雪出版社, 1980.

金昌龍, 『韓中 假傳文學의 硏究』, 開文社, 1985.

徐大錫, 「夢遊錄의 장르적 性格과 文學史的 位置」, 《韓國學論集》 3,
계명대 한국학연구소, 1975.

鄭學城, 「夢遊錄의 歷史意識과 類型的 特質」, 《冠岳語文硏究》 2,
서울대 국문학과, 1975.

車容注, 『夢遊錄系 構造의 分析的 硏究』, 昶學社, 1979.

野談

權泰乙, 「東野彙集 所載 野談의 類型的 硏究」, 석사논문, 영남대
대학원, 1979.

朴熙秉, 「靑邱野談 硏究」, 석사논문, 서울대 대학원, 1981.

李康玉, 「朝鮮 後期 野談集 硏究」, 석사논문, 서울대 대학원, 1982.

李京雨, 「於于野談 硏究」, 석사논문, 서울대 대학원, 1976.

李佑成·林熒澤 譯編, 『李朝漢文短篇集』 上·中·下, 一潮閣, 1973
〜1978.

曹喜雄, 『朝鮮 後期 文獻說話의 硏究』, 螢雪出版社, 1981.

秦京煥, 「朝鮮 後期 野談의 士大夫的 指向과 그 變改 樣相」, 석사
논문, 고대 대학원, 1983.

玄吉彦, 「野談의 文學的 意義와 性格」, 《韓國言語文學》 15, 한국언
어문학회, 1978.

4 言語·文體와 律格

(1) 國語의 特質과 文體

金亨奎,「國語 語彙의 歷史的 研究」,『國語史研究』, 一潮閣, 1962.

朴鍾哲,「開化期小說의 言語와 文體」,『開化期文學論』, 螢雪出版社, 1979.

柳龜相,「語彙面으로 본 春香傳」,《語文論集》14·15, 고대 국문학과.

俞昌均,「國譯 聖書가 國語에 끼친 影響」, 東西文化 1, 계명대 동서문화연구소, 1967.

劉昌惇,「女性語의 歷史的 考察」,《亞細亞女性研究》5, 숙대 아세아여성연구소, 1966.

李能雨,「韓國 女性語 調査」,《亞細亞女性研究》10, 숙대 아세아여성연구소, 1971.

李庸周,「韓國語 語彙體系의 特徵」,《국어교육》15, 국어교육연구회.

李仁模, 文體論, 東華文化社, 1965.

李在銑,「開化期의 修辭論」,『韓國近代文學研究』, 서강대 인문과학연구소, 1969.

鄭漢模,『現代作家研究』, 凡潮社, 1959.

曺壽鶴,「古小說 文體攷」,『韓國語文論叢』, 螢雪出版社, 1976.

(2) 韓國詩歌의 律格

金大幸 編,『韻律』, 文學과 知性社, 1984.

金興圭,「韓國詩歌 律格의 理論 I」,《民族文化研究》13, 고대 민족문화연구소, 1978.

成基玉,「韓國詩歌의 律格體系 研究」, 석사논문, 서울대 대학원, 1980.

芮昌海,「韓國詩歌 韻律의 構造 研究」,《成大文學》19, 성대 국문학회, 1976.

李能雨,「字數考 代案」, 서울대 논문집 : 인문사회과학편 10, 1958.

鄭　光, 「韓國詩歌의 韻律研究 試論」, 《應用言語學》 7-2, 서울대
　　어학연구소, 1975.
정병욱, 『한국고전시가론』, 신구문화사, 1977.
趙東一, 『한국시가의 전통과 율격』, 한길사, 1982.
趙潤濟, 「時調 字數考」, 『韓國詩歌의 研究』, 乙酉文化社, 1948.
黃希榮, 『韻律 研究』, 동서문화 비교연구소, 1969.

5　文學批評

權寧珉, 『韓國現代批評史：資料目錄(1910〜1950)』 단국대 출판부,
　　1981.
金允植, 『韓國近代文藝批評史 研究』, 한얼문고, 1973.
＿＿＿, 『韓國 近代文學思想 批判』, 一志社, 1978.
＿＿＿, 『韓國近代文學思想史』, 한길사, 1984.
金興圭, 『朝鮮 後期의 詩經論과 詩意識』, 고대 민족문화연구소,
　　1982.
申東旭, 『韓國現代批評史』, 한국일보사, 1975.
李佑成, 「金秋史 및 中人層의 性靈論」, 《韓國漢文學研究》 5, 한국
　　한문학연구회, 1981.
全鎣大・鄭堯一・崔雄・鄭大林, 『韓國古典詩學史』, 弘盛社, 1979.
趙東一, 『韓國文學思想史 試論』, 知識産業社, 1978.
趙鍾業, 『韓國古代詩論史』, 太學社, 1984.

6　文學作品의 流通과 書册

金東旭, 「坊刻本에 대하여」, 《東方學志》 11, 연대 동방학연구소,
　　1970.
＿＿＿, 「坊刻本小說 完板・京板・安城板의 內容比較研究」, 《연세
　　논총》 10, 연대 대학원, 1973.
金斗鍾, 『韓國古印刷技術史』, 探究堂, 1974.
安春根, 『韓國書誌學』, 廣文書舘, 1967.

_____, 「坊刻本 論攷」,《書誌學》 1, 1968.
李能雨, 「坊刻板本志」, 논문집 4, 숙명여대, 1964.
_____, 「古典小說 舊活字本 調査目錄」, 논문집 8, 숙명여대, 1968.
張德順・趙東一・徐大錫・曹喜雄, 『口碑文學槪說』, 一潮閣, 1971.
趙東一, 『韓國小說의 理論』, 知識産業社, 1971.
『增補 文獻備考』: 藝文考
大谷森繁, 『朝鮮 後期 小說讀者 研究』, 고대 민족문화연구소, 1985.
M. 쿠랑, 『韓國의 書誌와 文化』, 朴相圭 譯, 新丘文化社, 1979.

7 韓國文學의 位相

계명대 동서문화연구소 編, 『比較文學叢書 Ⅰ: 文學・장르・文學
        史』, 同 연구소, 1979.
_____, 『比較文學叢書 Ⅱ: 文學研究方法・比較文學』, 同 연구소,
        1983.
金興圭, 『文學과 歷史的 人間』, 創作과 批評社, 1980.
白樂晴, 『民族文學과 世界文學』, 創作과 批評社, 1978.
_____, 『民族文學과 世界文學 Ⅱ』, 創作과 批評社, 1985.
趙東一, 「韓國文學과 世界文學」, 金禹昌・金興圭 編, 『文學의 地
        平』, 고대 출판부, 1984.
崔元植, 『民族文學의 論理』, 創作과 批評社, 1984.

238

김흥규

고려대 국문과를 졸업하고 서울대 대학원에서 문학석사학위를, 고려대 대학원
에서 문학박사학위를 취득했다. 현재 고려대 명예교수로 재직 중이다.
저서로『문학의 역사적 인간』,『한국 현대시를 찾아서』,『조선 후기의 시경론
과 시의식』등이 있으며 편저로『판소리의 이해』,『전통사회의 민중예술』등
이 있다.

한국문학의 이해

1판 1쇄 펴냄 —— 1986년 4월 15일
1판 52쇄 펴냄 —— 2023년 3월 16일

지은이 —— 김흥규
펴낸이 —— 박근섭, 박상준
펴낸곳 —— (주)민음사

출판등록 1966. 5. 19. 제16-490호
서울특별시 강남구 도산대로1길 62(신사동)
강남출판문화센터 5층 (우편번호 06027)
02-515-2000(대표전화) / 02-515-2007(팩시밀리)
www.minumsa.com

ISBN 978-89-374-1049-9 93810

* 잘못 만들어진 책은 구입처에서 교환해 드립니다.